致青春 013

戀愛吧，江小姐

（上）

烏雲冉冉　著

高寶書版集團

目錄
CONTENTS

第一章　活色生香

二〇〇六年，北京。

這年的夏天來得特別早，五月過後溫度持續攀升，白天時烈日炙烤著大地，炎熱又乾燥；直到入了夜，有了習習涼風，才又是初夏的樣子。

江美希從公司的公務車裡下來，踩著十二公分的高跟鞋悠悠晃晃地往自家社區走。

她陪著老闆和客戶吃飯時喝了點酒，對一般人而言真的就是一點，但是她有個外號叫做「江三杯」，意思是三杯就倒。

今天喝了幾杯，她自己也不記得了，但勉強還能從社區大門走回家，就是有點費力。

她住的社區雖然不大，但設計師硬是在這不大的空間裡建出曲徑通幽的小橋流水，這樣一來對她的高跟鞋就不怎麼友善了。

江美希歪歪扭扭地一步三晃著，好不容易靠著最後一點意識在昏暗的光線下摸到「家門」前按下開鎖密碼，結果竟然不對！

又試一次，還不對！

第三次，又不對！

她有些懵了，遲緩地回頭去看牆上的樓層號碼，是八樓沒錯啊！

這一次，她乾脆把開鎖密碼唸出聲來，唸一個數字就按一下，但還是錯了。

今天是怎麼了？下午因為工作和老闆發生爭執，剛才飯局上還被客戶屢屢刁難，現在竟然連這道破門都跟她過不去！

而就在醉鬼江美希即將爆發時，這門竟然破天荒地自己開了。

幫她開門的是個高高瘦瘦的年輕男人，身上穿著鬆鬆垮垮的棉質白色T恤和黑色及膝短褲，腳上踩著人字拖，一身居家打扮。不過他頭髮有點長，又是背光，讓人看不清五官，但還是可以看得出眼眸深邃、輪廓立體。

江美希怔怔看了他片刻，才回過神來：「你誰啊？」

男人微微皺眉：「江美希？」

江美希愣了愣，又笑了。她差點就要以為自己走錯門了，但他還知道她是誰，看來是沒錯。

她推開男人跟跟蹌蹌往門裡走，一路走一路踢掉鞋子：「誰讓你進來的？又是江女士？我媽現在逼人相親的功力升級了？說了不見，竟然直接硬塞進家裡了，過分！」說著，她腳下一軟，整個人倒在沙發上。

眼前一陣天旋地轉，她立刻閉上眼，一動也不想動。

迷糊間江美希聽到關門的聲音，還有拖鞋來來回回摩擦地板的聲音，最後腳步聲停在了她身邊。

「起來。」

江美希努力將眼皮睜開一條縫隙，瞇著眼看向說話的人，他手上此時正端著一杯水。

「喝水。」他說。

被他這麼一提醒，她倒是覺得渴了，可是渾身軟綿無力，她花了好大的力氣才讓自己坐起來。她想伸手去接水杯，手卻怎麼樣都不聽使喚，直接就握在了男人端著水杯的那隻手手腕上。

與她身上的灼熱溫度截然相反，她指腹觸及的地方都是冰冰涼涼的，倒是讓她覺得挺舒服。她索性就放肆一回，雙手捧著男人的手湊近嘴邊，喝了幾口杯子裡的水。

自始至終男人一聲不吭，就在那裡安靜地站著，任由她揩油，這讓江美希突然覺得挺無趣的。

她用手背胡亂擦了擦嘴，口齒不清地說：「你走吧。」

「走？走去哪？」

這是不想走的意思嗎？

她斜著眼睛看了他一會兒，然後緩緩從沙發上站起身來，朝他笑了笑：「才第一次見面你就留下來，是不是進展太快了？」

她的態度已經很明確，這是下逐客令了。

可是男人無動於衷地看著她：「第一次見面妳就醉成這個樣子，進展已經不算慢了。」

這個反應倒是讓江美希很意外。她突然很想看看這個人究竟長什麼樣子，可是屋子裡的光線不好，她又真的醉了，醉得雙眼無法聚焦，所有的一切都像意識流一樣在她眼前晃。

當她剛踮起腳尖想看個清楚時，竟然不小心又扭到了腳，整個人都朝另一邊的茶几倒去。

好在男人的反應不慢，在她倒下時拉了她一下，沒把她拉住，但也沒有讓她直接倒在生硬的茶几上，而是摔在了柔軟的真皮沙發上，只不過，他自己也跟著一起倒了下來……

沒有預想中的痛感，皮膚相觸的地方都是冰冰涼涼的感覺，讓她覺得沒那麼難熬了。在所有理智潰散前的最後一刻，她想，既然他不願意走，那就留下來吧。

於是她腦子一熱，雙手勾住他的脖子，把酒氣熏天的自己湊了上去。

公司裡上上下下都說她江美希霸道蠻橫，但霸道蠻橫地強吻一個男人，這還是她將近三十年人生中的頭一遭。

她明顯感覺在她的唇觸碰到他時，他整個人瞬間僵直了一下。

那一刻，她聽到自己稍稍紊亂的心跳——難道是她理解錯了，他不願意嗎？

好在，在那一瞬間之後，他也開始回應她，先是溫柔繾綣，漸漸成了狂風驟雨。

身體的熱度緩緩上升，她沉浸在他細密如雨點般落下的吻中。

夜風漸大，吹動著窗外的草木嘈嘈切切，像是正載著什麼人去赴一場急迫的約會。

江美希從來沒有過這種感覺，從情緒到身心都被人操控著，而當那種四肢麻痺、心跳加速的陌生感猛然襲向她時，她才條件反射地想要立刻躲開，想讓一切馬上停下來。

而事實上，她也的確這麼做了。

男人抬起頭詫異地看著她，似是在用眼神詢問她為什麼。

她坐在他面前，心神不定地回想著剛才那種不真實的感覺，不由得伸手去捂胸口：「我好像……有心臟病？」

「心臟病？」

「就是，手腳發麻、心跳加速，有窒息的感覺……」

男人先是一愣，繼而笑了，笑得非常無害，湊上前嘴唇輕輕擦過她的耳廓低聲說：「那不是心臟病，那叫做『欣喜』。」

昨夜沒有拉窗簾，夏日晨光從玻璃窗上傾瀉而入，光芒不算刺眼，但還是讓江美希醒了。

她眯著眼睛打量了一眼窗外，碧空萬里，又是一個好天。

她又閉上眼，習慣性地翻了個身。然而，與往日不同，手下不是冰涼的床單被褥，而是結實堅硬的、溫熱的、滑膩的……就像是人的皮膚？

這個感覺讓江美希整個人瞬間清醒了過來，她立刻睜開雙眼，映入眼簾的是一個男人光裸的後背，而她的手正搭在他的背上！

她像是被燙了一下立刻收回手，倏地彈坐了起來。

這個人是誰？

昨晚回家後的零星畫面漸漸浮現在腦海之中，她只是想努力弄清楚事情的原委，但記憶就像斷了線的珠子一般零零散散的，無法拼湊在一起。

她也不用再去看被子下的自己，身體的感覺已經告訴她昨晚究竟發生了什麼事。

她有個小毛病，緊張或尷尬的時候會想找個東西抓一下，此時的她不自覺地去抓手中的床單。

但很快的，她發現到了床單的觸感不對。

低頭一看，不僅床單，這個房間裡的一切都不對勁！

雖然這間臥室跟她的臥室布局差不多，但是這個床單、這個窗簾，還有傢俱的款式，都不是她所熟悉的……

她連忙起身看向窗外，果然，窗外的社區景色也跟她每天早起看到的有些不同。

這社區裡的幾棟樓外觀大同小異，裡面的戶型也是如此……難道她昨晚走錯門了？

這個念頭一冒出來，昨晚的某些畫面，連帶著那些一閃而過的疑惑好像也都有了根源。

江美希暗叫糟糕，一時間不知道怎麼收場，回頭瞥見床上的男人還在安靜地睡著，這才稍稍冷靜了下來。

男人只是在腰下搭著一條薄被，露出的上半身皮膚光潔，肌肉勻稱，因為是半趴半側臥的姿勢，所以江美希只看到一個側臉。

雖然只是側臉，但從長而濃密的睫毛、英挺的鼻梁，線條美好的下顎弧度都不難看出，這是一張引人注目的臉。

江美希不自覺地鬆了一口氣，好像也沒那麼懊惱了。

她躡手躡腳地撿起自己的衣服套上，想趁著男人醒來前趕快離開。可是當她收拾妥當，正打算拎著高跟鞋出門時，又有些猶豫了。

昨晚是她走錯門在先，印象中好像也是她先主動的，在這種事情上，江美希的觀念隨她老闆，比較西方化，從來不覺得女性是吃虧的那一方，就覺得大家各取所需而已。

她掃了眼滿屋的狼藉，昨晚人家收留了她、照顧了她，關鍵是有些事情好像還挺美好的，她卻把人家家裡搞得亂七八糟，尤其是客廳裡的那套沙發，看著就價值不菲，但上面似乎還有她嘔吐過的痕跡……這樣不辭而別好像有點說不過去……

她又回到房間，從包裡拿出所有的現金壓在床頭櫃上的手錶下方，想了想覺得未必夠，於是又留了張字條，附上自己的電話以及一句話：「如果不夠，請再聯繫我。」

當外面的關門聲響起時，葉栩緩緩睜開眼，想像著某人一早如臨大敵的模樣，不禁笑了笑。可是當他看見床頭櫃上的錢時，他的笑容僵住了。

他倏地坐起身，拿過壓在下方的字條，只看了一眼，臉色瞬間變得鐵青。

江美希剛回到家，手機鬧鐘就響了，比平時早了十五分鐘，這才讓她想起今天上午公司還有很重要的事情。

U記一年一度人才招募的最後一個階段——合夥人面試就在今天上午舉行。

之所以說重要，有兩個原因：第一是她要代替合夥人去主持面試；第二，面試的人當中有她的親外甥女穆笛。

說起穆笛，江美希就有點頭疼。

以她那做什麼事都得過且過的六十分萬歲心態明顯無法成為菁英，雖然僥倖考上了財經大學也混到了畢業，但相比U記的招募標準，她還真的差了不少。而且對於能不能進U記，她自己好像也不太在意，可是家裡的兩位江女士——江美希她媽和她大姊則對此事十分關心，如果穆笛沒有被錄取，那就是江美希這個做小阿姨的不負責任。

果然江美希剛到公司停好車子，老江女士的電話就又打了過來。

為了不給自己添麻煩，她自然是以安撫為主，但為防面試結果真的有什麼不測，快掛電話前，她還是先打了預防針：「放心吧，小笛的事情我會盡力的。不過您也得做好壞的打算，畢竟公司又不是我們家開的，就算是合夥人說的都未必算數，更何況是我一個臨時替合夥人主持面試的小小總監，有沒有辦法上最後還得看小笛的表現。」

但老江女士完全不為所動：「我說妳的腦袋能不能靈活一點？妳堅持要留下誰，誰能說什麼？妳這榆木腦袋，兩年了還沒做到合夥人的位置，我看跟這個很有關係！妳……」

江美希發現，自己在面對老江女士時，每一句話都是多餘的。她看了眼時間，已經快要遲到了，於是打斷母親：「好了、我知道了，我會看著辦的。沒別的事，我先掛了。」

「等一下！」江母突然放緩語氣，「人家小張都約了妳好幾次了，妳卻總是加班，昨天說好了見面又沒見到。妳看什麼時候有空見一下，別讓兩邊大人再跟著你們操心了。」

不說還好，一說這件事江美希立刻就想到昨晚的大烏龍，剛剛勉強壓著的火氣此時又躥了起來。有路過的公司同事和她打招呼，江美希略微點頭回應，快步走進電梯。

電梯裡此刻只有她一個人，電梯門闔上的一剎那，她也不再憋著火氣了：「我說媽，您能不能別再幫我安排這種毫無意義的相親了？誰說人活著就得結婚啊？看過那麼多失敗的婚姻，您的、我姊的，您怎麼對婚姻還有這麼強烈的執念呢？這是不是也是斯德哥爾摩症候群[1]的表現之一啊，婚姻虐妳千百

1　斯德哥爾摩症候群：指被害者對於加害者產生情感，同情與認同加害者的某些觀點與想法，甚至反過來幫助加害者的一種情結。

遍，妳待婚姻如初戀？我勸您和我姊啊，有功夫勸我相親結婚，不如先去看看病！」

「江、美、希！」老江女士的怒氣一絲不減地從聽筒裡傳遞給了江美希，她是嘶吼著回應的：「我江家從來就沒有嫁不出去的女兒！哪怕最後要離婚，妳也得先找個人嫁了再說！還有，妳媽我沒病，就算是有病，也是被妳氣病的！」說完不等江美希的回話，直接掛斷了電話。

江美希聽著「嘟嘟」的忙音不禁出神了片刻。

在她的印象中，這鬥爭已經持續快十年了，她媽什麼時候才能真的替她考慮一下，不要再為了別人的眼光逼她做她不想做的事？

有那麼一瞬間，她懷疑自己快要崩潰了，但是當電梯門再打開的那一刻，她又立刻重新調整好自己，像是什麼事都沒發生過一般，大步流星走了出去。

祕書林佳看見她出現後，終於鬆了口氣：「Maggie 妳總算來了，路上塞車了？」

江美希沒有回答，而是問林佳：「面試在哪個會議室？」

「第三會議室。」說到這裡，林佳擠出一個笑容，「剛剛開始。」

江美希不由得挑了挑眉，她負責主持面試，她還沒到怎麼已經開始了？

林佳很快會意，尷尬地笑了笑說：「這不是還有 Kevin 在嗎？」

「誰讓他多管閒事的？」

林佳左右看了看，確定周圍沒人，才壓低聲音說：「他說是老闆的意思，讓你們兩個一起負責面試，我也不好說什麼呀。」

聽到這句話，江美希不屑地輕笑一聲，不過究竟是對她那位老同學 Kevin 陸時禹的不屑，還是對老闆這種時時想制衡他們的不屑，她也說不上來，也不願意去細想。

此時她們已經走到了第三會議室門前，林佳正要去敲門，江美希卻沒看見一樣直接推門走了進去。會議室裡此時只有兩個人，坐在面試官位置上的正是陸時禹，還有一個人此時正背對著她。聽到聲音，那人也沒有回頭，倒是陸時禹，隔著老遠朝她虛偽地笑了笑。

江美希連敷衍都懶得敷衍，一句話都沒說，直接走到陸時禹旁的位置坐下。可是當她抬頭看清面前的男人時，整個人在瞬間石化了！

他怎麼在這裡？今天早上剛見過的那個人是他嗎？

她看著對面的年輕男人，對方也直視著她，目光坦蕩、不卑不亢。

「路上塞車嗎？」陸時禹突然出聲，讓江美希回過神來。

她迅速低頭，佯裝去看桌上的履歷，同時整理好自己的情緒。

見她沒有回話，陸時禹也不生氣，簡單幫她和對面的人做著介紹：「Daniel 啊，這位就是我剛才跟你提到的，我們部門的另一位總監 Maggie。Maggie 妳來之前，我們剛剛開始，Daniel 英語不錯，專科成績也很棒。」

江美希微笑點點頭，目光迅速掃過面前的履歷。原來他叫葉栩，英文名是 Daniel，今年二十二歲，財經大學金融學系畢業，GPA[2] 排名第一名。

2 GPA：成績平均基點，是一種評估學生成績的制度，計算方法為：將學科所得到的評鑑等級換算成績點，再按照各學科所佔的學分比加權所得。

「那我們繼續。」陸時禹接著說，「我看你成績不錯，怎麼不選投行[3]，來做審計[4]了？」

「其實也沒什麼特別的，就是想多學一點東西。」

陸時禹聽到這個回答，很給面子地哈哈大笑：「在我們這裡確實能學到不少東西，不過好的事務所有很多，你為什麼會選擇我們U記呢？」

問這種問題明顯就是想聽別人誇自己，所以江美希原本也不在意，誰知道竟然久久沒有聽到葉栩回話。她不由得抬起頭來，發現對方正一動不動地盯著她。

兩人隔著會議桌遙遙對視著，伴隨著他緩緩牽起的嘴角，江美希的心底隱隱生出一絲不好的預感。

「為了一個人。」

會議室裡有片刻的死靜。

那之後，陸時禹「哇哦」一聲，很八卦地向前探身：「我很好奇是為了誰？」

葉栩這才看向他，笑著解釋說：「其實也不能這麼說，三年前我偶然參加過一次U記的校園招募會，當時 Maggie 的演講很精彩，讓我從此對這個行業很嚮往。」

江美希鬆了口氣。

「原來如此。」陸時禹點頭，接著看向江美希：「看來妳已經在不知不覺間收穫了一枚迷弟。」

江美希無所謂地笑了笑：「我都忘了這件事了。」

---

3 投行：即投資銀行，是一種以經營證券業務為主的金融機構，為企業發行股票或債券，提供重組、清盤服務，從中抽取佣金。

4 審計：用企業所提供的資料加以蒐集證據與分析，用來評估企業財務狀況，就資料與一般公認準則之間的相關程度作出結論及報告。

但說這話時，她在心裡已經做出了決定——在她和陸時禹競爭合夥人的關鍵時刻，任何小失誤都可能成為她職場生涯的催命符，所以不管這個葉栩是不是真的存了什麼不好的念頭，她絕對不能讓他進入公司！

因為江美希沒怎麼提問，所以這一輪面試很快便進入了尾聲。

陸時禹象徵性地問了最後一個問題：「那你有什麼問題想問我們嗎？」

最後給面試人提問的機會，這好像已經成了面試的一個基本流程。網路上不少攻略指導畢業生如何在這一階段反問面試官，原則上都是不求有功、但求無過。

江美希本來以為葉栩也會問一個不痛不癢的問題，沒想到葉栩卻看著她問：「妳真的忘了嗎？我們之前見過的。」

江美希已經不知道該用什麼詞來形容自己此刻的心情了，她甚至不敢去看陸時禹，害怕只看一眼，就被這老狐狸看出什麼端倪來。

片刻後，她笑了笑：「很抱歉，時間太久了，確實不記得了。」

「是嗎？」葉栩也笑，「可是對我來說，還像是昨天、今天發生的事。」

江美希可以想像得到，如果再給他說話的機會，他還不知道會說出什麼，而陸時禹肯定也會發現端倪，並且用此大做文章，所以她沒有接他的話，而是直接拿起手機打給等候在門外的林佳：「叫下一個人進來吧。」

葉栩離開後，江美希一直心神不寧。

很明顯的，陸時禹對葉栩非常滿意，而且他可能已經嗅到了什麼不尋常的味道，正打算深度挖掘……所以，她要以什麼理由來拒絕葉栩的加入呢？

對接下來進來的幾個人，江美希都只是應付一下走個過場，直到最後一個，穆笛走進來時，她才又打起精神。

不過跟她狀態相反的是，陸時禹從穆笛開始用英文自我介紹後，就表現出一副興致缺缺的模樣。

江美希看這情形就暗叫不好，穆笛的抗壓性一向不怎麼樣，陸時禹的態度必定會影響她的表現。

果不其然，穆笛自我介紹到一半時就開始結巴，看到這個情況的陸時禹竟然笑了，邊笑還邊搖頭，態度已經非常明顯了。

等穆笛自我介紹完，陸時禹只是象徵性地隨便問了個問題，當江美希聽到問題，心裡稍稍鬆了口氣，因為這是她之前指導過她的，她應該早有準備。

也不知道穆笛是太緊張還是怎麼了，支支吾吾半天只是說：「那個……我剛才沒聽清楚，您能不能再說一遍？」

眼見陸時禹的表情由不屑變為意外，好像就在說「這妳都聽不懂」，江美希立刻在他再度開口之前用非常標準卻異常緩慢的美式英語重複了一遍他剛才的問題。

這一次穆笛聽完，很快給出了一個中規中矩的回答。

不過此時會議室裡的人除了穆笛自己，應該是再也沒人關心她到底說了些什麼。

陸時禹詫異地看著江美希，而江美希早就感受到了他的目光，卻不回應，因為她知道他在想什麼——一向對自己嚴格、對別人也顯得過於挑剔的她，向來對新人也不會心慈手軟，這一次居然大發慈悲，事出反常必有妖。

江美希表面上雖然維持著鎮定，但心裡已經非常沮喪了——這一個早上下來她的漏洞太多了，偏偏無論是她和葉栩的關係還是她和穆笛的關係，都不能被別人知道。

和葉栩的事情，她怕陸時禹會借題發揮，再說那本來也只是個烏龍而已。至於和穆笛的關係……事實上，以穆笛的條件來說，實在是沒資格進U記，而她又不得不和家裡那兩尊大佛交代，所以就只剩下「徇私」這條路了。

既然不是什麼光彩的事，那還是得低調些，不然也同樣會成為陸時禹手上的一把刀。

但現在的問題是，陸時禹明顯已經起疑了，所以江美希不得不盤算著，一會兒陸時禹問起時，她要怎麼應付。

或許是因為她的出手，陸時禹沒再刁難穆笛，簡單走了個過場，樂呵呵地把人送走。

面試一結束，江美希一刻也沒在會議室多留，迅速起身離開，但陸時禹哪肯那麼容易放過她，一路尾隨她出來。

她愈走愈快，陸時禹在後面追得氣喘吁吁，他叫她的名字，她也只能假裝沒聽見。

還好此時正是午休時間，公司裡沒什麼人，不然兩位出了名水火不容的總監這樣相親相愛、你追我趕的情形，被剛進公司的小朋友們看到，還不知會被傳成什麼樣子。

前面就是電梯，眼看著電梯門正準備關上，江美希加快腳步，在電梯門徹底關上前按下下樓鍵，即將闔上的門又徐徐打開來。

於是在陸時禹追上來之前，她閃身進了電梯，然後迅速按了關門鍵。

電梯終於開始順利下行，她長長呼了一口氣。

放鬆下來後，她隨意掃了一眼電梯裡的人，這一掃，剛剛鬆弛下來的神經又不得不緊繃起來。

他是第一個面試完的，應該早就離開公司了，為什麼還沒走？

江美希心中警鈴大作。

葉栩站在電梯的另一側，看著她的目光有了隱約的笑意。

現在剛好沒其他人，江美希也懶得再裝了：「你不是早就面試完了嗎，怎麼現在才走？」

葉栩說：「我在等人。」

這句話徹底激怒了江美希。

她沒好氣地說：「你到底想怎樣？昨天那件事純屬烏龍，你還不明白嗎？這樣糾纏不休有什麼意思？」

「糾纏不休？」葉栩挑眉。

江美希冷笑：「難道不是嗎？我不覺得我們還有什麼糾纏下去的必要，而且我該給的補償也已經給了。」

「妳說那是補償？」

江美希發現不提這個還好，提到這個，葉栩的臉色明顯難看了許多……難道他家沙發不止被她弄髒，還弄壞了？不然那些錢做一次簡單的護理應該也夠了。但江美希很快又想到另一種可能，對方很有可能只是想順便敲竹槓！

想到這裡，江美希又理直氣壯了起來：「我知道你怎麼想的，但我勸你還是適可而止吧。」

葉栩盯著她看了片刻，然後突然笑了：「那妳說，我該怎麼做才算適可而止？」

「很簡單，離我遠一點。像今天這樣在電梯附近堵我的事情，我希望不要再發生了。」

葉栩聞言笑了笑：「妳想像力真豐富。」

就在這時，「叮」的一聲，電梯再度停下，電梯門緩緩打開，外面擠滿了吃完飯回來等電梯的U記員工。

當著這麼多人的面，葉栩回頭看了江美希一眼：「既然昨天的事只是烏龍，那今天的面試是不是可以公平公正一點？」

「當然。」江美希說。

就在這時，人群中突然有人叫了葉栩的名字。

江美希循聲看過去，一個小胖子正對著他們這邊招手：「我在這裡！」

江美希一眼就認出那位也是來參加面試的，好像叫劉剛，看畢業院所，應該跟葉栩是同學。

葉栩看了劉剛一眼又看了她一眼，這才緩緩走出電梯。在電梯門再度關上前，她聽到劉剛抱怨：「你說要等我也沒說在哪，害我找半天！」

所以，他真的在等人，但等的人並不是她？

當江美希回過神來時，她發現電梯再度回到了她的辦公室所在樓層。

電梯門打開，陸時禹正焦躁不安地按著外面的按鍵。

抬頭看到江美希，他瞬間眼前一亮：「喲、我正要去找妳呢。怎麼樣，中午一起吃個飯吧？」

江美希出了電梯，面無表情地從他面前經過：「沒胃口。」

陸時禹立刻跟了上來：「那正好，我們討論一下錄取名單的事情吧。」

該來的總會來，江美希猶豫了一下說：「好啊。」

針對上午面試的那幾個人，陸時禹率先表達了自己的態度，江美希對他大部分的決定是認可的，唯獨在兩個人的去留上，她和他意見截然不同——那就是葉栩和穆笛。

陸時禹笑：「他這樣的條件，我們有什麼理由拒絕？」

江美希說：「就是條件太好了，所以才要拒絕。不就是想拿我們當跳板嗎？」

陸時禹說：「我們公司有個資料統計，有三年年資的人員流失率高達百分之五十，大家都一樣，怎麼唯獨對他這麼苛刻？」

江美希頓了一下說：「總之，他就是不行。」

陸時禹突然笑了：「我說美希啊，那小帥哥到底哪裡惹到妳了？你們之前真的不認識？」

江美希回頭看他：「如果我說我和他認識，還很熟，他進公司之後就是我的左膀右臂，這樣他是不是就可以出局了？」

陸時禹愣了一下，笑著說：「我仔細想了想，妳和他能有什麼關係啊，親戚？應該不是，妳家出了名的陰盛陽衰，而且看著長相也不像；朋友？妳這個人除了我，哪還有什麼朋友！戀人？更不可能了，妳那老頑固思想，肯定接受不了姊弟戀，最重要的是，對方沒有斯德哥爾摩症候群的話，就不會選擇妳。」一說完陸時禹好像還覺得自己很幽默似的哈哈笑了幾聲。

江美希跟他過招多年，對他說的那些話也不生氣，只是不冷不熱地糾正他說：「其他的都對，唯獨第二點，你別自作多情，我和你，算不上朋友。」

陸時禹無所謂地笑了笑：「太傷感情了吧，江美希？」

江美希回以一笑：「傷感情總比傷其他的強，畢竟這年頭最不值錢的就是感情。總之葉栩，我是不同意錄取的……不然這樣吧，晚點我自己去和老闆說。」

陸時禹看了江美希片刻，頗為遺憾地說：「既然如此，那麼我就尊重妳的意思，葉栩和穆笛都不錄用了。」

江美希愣了一下說：「你等等！」

陸時禹一臉困惑地看著她：「怎麼了？」

如果她拒絕了葉栩，那陸時禹不管出於什麼原因都會咬死不收穆笛，而且理由比她的充分太多了。看著他一臉小人得志的表情，江美希糾結了片刻，「算了，我聽說今年的業務量增加不少，你既然那麼看好那個葉栩，就把他們兩個都留下吧。」

陸時禹沒有去挑剔她話裡的邏輯，只是滿意地點點頭：「那好啊，下午我就讓人事部去發通知。」

送走了陸時禹，江美希幾乎是癱坐在椅子上。為了穆笛，她不得不向陸時禹妥協，但是以後一邊要和陸時禹這老狐狸周旋，一邊又要防著葉栩那小狼崽子把他們之間的事情抖出去，更要防止那兩人惺惺相惜、狼狽為奸！

想到這裡，她前所未有地覺得工作壓力好大啊……

氣溫一天天地逐漸攀升，空氣變得黏膩潮濕，傳說中的桑拿天又來了，而且來勢洶洶。大學生們都在忙著畢業，U記在那場面試後也進入了一年中的淡季。

難得在天色擦黑的時候，江美希就回到了家。她從冰箱裡拿出一罐汽水，習慣性地走到窗前，邊喝邊看著窗外。

此時正是華燈初上，不同顏色的燈光妝點著社區的住宅大樓，有種讓人眷戀的人間煙火氣息。

她不由得又想到了一個月前的那天早晨，她從葉栩家出來後才搞清楚，為什麼印象中自己明明是回了家，結果卻在另一個男人家裡醒來——一模一樣的兩棟樓，所以她喝了點酒，就走錯了門。

當然還有一個原因，就是他開門時清楚地叫出了她的名字……看來他真的早在那之前就知道她了，而且對她的出現絲毫不覺得意外。

即使如此，那天還是發生了後面的事情，想到這裡，江美希不由得捂了下臉。

就在這時，她的手機突然響了。

她看了一眼來電顯示，是一位培訓部的同事，這提醒了江美希，葉栩和穆笛馬上就要正式進入公司了。

按照U記的慣例，每年新員工到職前都會由培訓部規劃一次為期四週的內部培訓，所以每年這個時候，培訓部的同事就會騷擾各位合夥人、總監或者是Senior[5]，邀請他們去分享經驗給新員工。

江美希的老闆Linda為人親和，很會帶動現場氣氛，每次講課反應跟回饋都很不錯，還有陸時禹，

5 Senior：即資深經理。

衣冠楚楚、道貌岸然，在江美希看來，他別的不一定行，但給小朋友洗腦這種事倒是有一套，所以這兩人都是那裡的常客，基本上年年都會去。

但是她自己對這種事情沒什麼興趣，幾乎每次都拒絕，所以這位同事找她多半也是為了不傷面子意思一下，可是這一次，江美希決定要去。

那位同事也不掩飾意外：「本來我打這個電話是不抱希望的，今年妳怎麼改變主意了？」

江美希笑：「剛好這幾天有空而已。」

其實每年的這個時候她都有空，但驅使她去幫新人講課的真正原因只有一個，那就是葉栩。

上一次分別時，她是篤定他不會進公司的，但是現在情況有變，有些事情還是要提前說清楚才好。而且陸時禹那個老狐狸肯定已經起疑了，搞不好會藉由這次培訓的機會去套他的話，到時候事情穿幫，那U記哪還有她的立足之地？

培訓地點是位於郊區的培訓基地，在江美希的印象裡，那附近窮鄉僻壤，連個賣水果的都沒有，說是要去「提醒」一下葉栩，其實她也想順便去看看穆笛是否適應培訓基地的生活。

去之前她特地去了一趟超市，挑選了一些日常用品和水果。

正值一天之中最熱的時候，人只是站著就會出汗，超市店員正在推銷一款冰霸杯，她就順手買了一個，然後又在超市門口的飲料店外帶了一杯柳橙汁放在冰霸杯裡，打算等一下一起帶給穆笛。

然而，當她跟著導航找到北京郊區的培訓基地時，她才知道自己瞭解的資訊有誤。培訓基地早就不似從前，周遭熱熱鬧鬧，小超市、小飯館多得是，吃的用的應有盡有。

她看著副駕駛座上的大包小包猶豫了一下，最後只拿了那個裝著柳橙汁的冰霸杯下車。

距離下午上課還有半個小時，她沒有直接去找穆笛，而是先找到一個空的教室，確定一時半刻不會有人來，才拿出手機打給葉栩。

「喂？」

電話響了很久才被接通，聽得出那邊的環境有點吵雜，像是在餐廳一類的地方，還有人叫他的名字，看來他不是一個人吃飯。

江美希稍稍壓低了聲音說：「我是 Maggie。」

「誰？」

江美希有點鬱悶，但還是提高音量說道：「我是江美希。」

對面沉默了片刻，而後葉栩再開口，環境已經不像剛才那麼吵雜。

「什麼事？」他問。

「你現在有空嗎？來 302 教室一下，有事跟你說。」

「我在吃飯。」

江美希壓著火氣耐心問：「大概要多久？」

「不好說。」他頓了頓說，「有什麼重要的事情不能在電話裡說？」

江美希一時語塞，這對他來說的確算不上什麼重要的事，但對她而言就不一樣了。

見她不說話，他無所謂地笑了：「還是妳又想給我錢？」

江美希不理會他的揶揄，乾脆地結束了這通電話：「一點前，我在 302 等你。」

她以為他會讓她空等，可是也就大約十五分鐘的時間，她聽到門外有腳步聲由遠及近，抬頭一看，穿著白色T恤和淺咖啡色休閒褲的葉栩拎著半瓶礦泉水走進了教室。

走到她面前，他把那半瓶水放在她身後的桌上，問她：「什麼事？」

江美希端著手臂仰頭看著面前的年輕男人，不得不承認，無論從長相還是身材，甚至是某些方面的能力看，他都是很多女孩子心目中的理想對象。可是因為兩個人現在的上下級關係，他的存在就成了她的一顆蛀牙，時不時發作一下，就能要了她的命。

「還沒恭喜你，順利進入U記。」江美希說。

「所以呢？」葉栩雙手插在褲子口袋裡，居高臨下地迎接著她的目光，「是想告訴我，U記如妳所說，是公平公正的嗎？」

江美希心裡已經將這小狼崽子罵了幾百遍，但臉上依舊淡定沉穩：「我是想告訴你，我們現在是上下級關係，你跟我說話的口氣應該稍微客氣一點。」

葉栩冷笑：「妳叫我來就是……」

「等一下！」江美希突然出聲打斷他，因為她似乎聽到有其他人在說話。仔細一聽，果然是有人在附近，而且那聲音愈來愈近，正朝著他們這邊來的。

江美希朝窗外看了一眼，是那個培訓部的同事。

為了不被人發現，她選的這間教室在走廊盡頭，所以那位同事往這邊來就只有一個目的地。

江美希急中生智，迅速看了下四周的環境，沒有地方躲，只有一扇門。

此時他們兩個一起出去或者前後腳踏出門都顯得可疑，如果只是在這裡隨意聊聊天，也會引人遐想，看來眼下只有最後一招了。

江美希從身後的桌上拿起水杯，當她拿起那杯柳橙汁時，短暫猶豫了一下又放了回去，轉而拿起旁邊那半瓶礦泉水，迅速擰開，就在那位同事剛跨進教室門的那一剎那，江美希把半瓶水如數潑在了對面葉栩的臉上。

「你以為你是誰？」她嚴厲呵斥，「把我叫到這裡來就是為了這種事？覺得自己很有魅力是不是，可以隨便搭訕上司是不是？我告訴你，別以為你進了公司就可以為所欲為了！如果讓我發現你能力不夠或者品行不端，我照樣可以讓你離開公司！」

葉栩抹了一把臉上的水，不可置信地看著江美希。

江美希也看著他，餘光卻注意著門口的方向，眼見那位同事掛著一臉震驚的表情悄然離開後，江美希才鬆了口氣，可回頭再看著一臉狼狽的葉栩，還有那只空了的礦泉水瓶，她有點不知所措了。

葉栩咬著牙笑著朝她點頭：「我懂了，還有別的事嗎？」

江美希突然覺得百口莫辯，剛才那個情況她要怎麼跟他解釋呢？不過確實要說的話還沒來得及說，於是她說：「還有。」

「還有？」

雖然隔著兩公尺，江美希已經清楚感受到了對面人的怒氣。

潑人一臉水這件事讓江美希確實有些過意不去，但是把她逼到今天這個地步的難道不是他嗎？

想到這裡，江美希說：「我還是想提醒你一下，職場不比學校，很多人沒有你看到的那麼單純，同事就是同事，朋友都算不上，所以工作之餘的事情就不要和同事說了。」

葉栩冷笑：「放心吧，我沒妳想的那麼無聊。」

說完也不等江美希回應，他轉身朝門外走去。才剛走出幾步，他又突然想起什麼似的停了下來，回頭又說：「不過這也得看心情。」

江美希愣了愣，心裡升起一股不祥的預感：「什麼意思？」

葉栩笑意更甚：「意思就是我心情很不好的時候可能也會做一些無聊的事情來排解一下。」

直到葉栩離開很久之後，江美希才意識到，她本來是想仗著自己在公司裡的資歷，給那小狼崽子敲敲警鐘，結果卻被對方反將了一軍！

正在氣頭上，江美希握在手裡的電話突然響了，她沒好氣地接通，對方無奈地說：「誰又惹妳老人家了？」

江美希這才想起來，自己還約了穆笛，於是說：「還能有誰，當然是妳！這都幾點了？妳人呢！」

穆笛嘿嘿笑了聲說：「剛才先去教室占了個座位，耽誤了一會兒，怕妳生氣，先打個電話給妳，我等等就到啦！」

片刻後，穆笛到了，她一進門就先四處張望：「我要的東西呢？」

江美希皺眉：「什麼東西？」

「妳真的忘了？我要妳幫我帶幾本言情小說的，在這裡生活無聊死了！」

江美希無語：「都什麼時候了，妳還看小說？」

「什麼時候？可以最後瘋狂一把的時候啊！誰不知道在U記工作忙死了，我們也沒幾天好日子可過了。」

雖然穆笛一向不怎麼上進，但她這話說得也對，所以江美希難得沒繼續訓她，而是把帶來的冰鎮柳橙汁遞給她：「上課時喝吧，解解暑！」

「謝謝小阿姨！」

江美希又忍不住叮嚀幾句：「別以為進了U記就萬事大吉了，以後每年都會淘汰一部分的人，妳自己好好斟酌一下吧。」

穆笛不耐煩地應了，然後問江美希：「所以小阿姨，妳叫我來就是要給我這杯水呀？」

江美希想到葉栩的事情，心情又複雜了起來。她整理了一下思緒後問穆笛：「對了，我聽說你們這一屆有個挺優秀的小夥子……」

她話沒說完，穆笛就打斷她：「妳說葉栩啊？」

江美希一愣：「哦、好像是叫這個名字……」

穆笛說：「他確實挺優秀的，是他們系上第一，聽說原本是打算出國的，不知道為什麼跑來找工作了。」

「我記得他跟妳是不同系的，妳怎麼對他的事這麼瞭解？」

「風雲人物嘛！大家都會注意一下，而且我們現在天天上課坐一起，很熟的。」

江美希一聽，暗覺不妙：「什麼情況？穆笛妳不會……」

「等等、等等！就知道妳會亂想，他是蠻好的，但不是我喜歡的類型。」

江美希鬆了口氣，不過還是有點好奇，畢竟葉栩那長相一看就知道不是省油的燈。

「為什麼？」她問穆笛。

穆笛想了想，勉為其難地回答說：「情敵太多了，整天提心吊膽的，煩都煩死了。」

江美希笑了，這個答案倒是很「穆笛」。

「那妳還整天跟他混在一起，又是為什麼？」

穆笛笑嘻嘻地說：「這不是培訓完還有個結業考試嗎，先搞好關係再說。」

「不是吧！我說穆笛小姐，這種考試妳都想著作弊？」

「大家都作弊，妳不知道而已！」穆笛不以為然地看了眼時間，「哎呀、快上課了！」

江美希煩躁地朝她擺了擺手：「快走、快走，看見妳我就頭疼！」

「那親愛的 Maggie，小的先告退啦！」

跟高材生做朋友也需要天時地利人和，穆笛和葉栩是同系校友，這是天時；兩個人一起進了U記，這是地利，剩下的就只差人和了。

穆笛早就發現葉栩每次來教室都很晚，有時候甚至找不到座位，所以就以老同學的名義順便幫他占座位，葉栩沒拒絕，她的攀附之路也就開啟了。

還好穆笛去見江美希之前就已經占好了位置，還把座位的大致位置透過簡訊告訴了葉栩，不然她這個時候趕到還真的是沒位置了。

今天葉栩到得比她早，正坐在位置上低頭看書。穆笛走過去坐在他旁邊的空位上，把手裡的冰霸杯放在桌子的一角。

葉栩回頭看了她一眼算是打招呼，而當那一眼掃到她面前的粉紅色冰霸杯時，竟然皺了皺眉頭。

「哪來的？」

穆笛愣了一下，順著他的目光看去，才明白他在問什麼。雖然也搞不懂一向對任何事情都沒什麼興趣的人，怎麼突然對她這水杯這麼感興趣，但還是把自己在回來路上想到的拙劣謊話掏了出來。

「一直帶著的呀，剛才太渴了，出去裝了杯水。」

說著怕葉栩不信，特地打開來想喝一口，一打開才發現裡面竟然是柳橙汁。

於是乾笑著補充了一句：「出去……裝了杯柳橙汁……」

穆笛自問這輩子睜眼說的瞎話無數，但是像今天這麼瞎的還是第一次，不過她很快注意到了別的事情。

「你頭髮怎麼濕濕的？衣服也是……」她看了眼窗外，「沒下雨啊。」

葉栩沒好氣：「洗了個臉。」

穆笛又掃了眼他幾乎全部濕透的T恤，乾笑兩聲說：「這臉洗得還挺徹底的。」

江美希看準時間，估計穆笛已經到了，才拎起包包往階梯教室走去。

她沒有走正門，而是從後門進了教室，然後從學生們中間的寬敞階梯一步步走向講臺。

原本亂糟糟的教室突然安靜了下來，靜得甚至只能聽到她的鞋跟敲打地板的聲音，絲毫不像一間坐著三、四百人的教室。

就這樣一步一步走到講臺上，她緩緩放下手提包，拿出手機並調成靜音，這才抬起頭來，掃了眼講臺下方的人群。

沒有簡報，沒有教材，她說：「大家好，我是Maggie。」

她記得上次在這裡也說過同樣的話。當時老師讓大家自我介紹，第一次公開亮相，其他人都想盡辦法讓自己被人記住，只有她，簡簡單單只說了那麼一句。

她不是想特立獨行，她只是怯場罷了，把準備好的發言全都忘得乾乾淨淨，可是誰又能想到，當年那個有點膽怯的女孩，會變成現在這樣。

具體是什麼樣——江美希掃了一眼臺下交頭接耳、竊竊私語，或大氣都不敢喘一下的眾人，輕蔑地笑了笑。

他們以為他們的小動作她看不到？還是他們在說什麼，她猜不到？她不去理會，不是她不在意，只是她承受過的遠比他們想像的要多。

感受到一道灼熱的目光，江美希順著那感覺看過去，臉上的笑容倏地凝固了。

葉栩正懶洋洋地坐在那裡看著她，旁若無人，滿是嘲諷地看著她。

他臉上的水已經被擦乾淨，但是濕漉漉的頭髮和上衣還是讓她有點愧疚。

她很快把視線移開，輕咳了一聲，開始今天的內容。

她沒有像其他老師一樣從U記的歷史和文化入手，而是直接分享了幾個工作案例。所有的內容都是真實案例，而且她講得淺顯易懂又非常生動，所以整整一個小時，教室裡鴉雀無聲。

直到距離下課時間還剩幾分鐘時，她覺得有必要找幾個人來問問，看看講課的效果。

目光掃到臺下，氣氛開始有些緊張，不管剛才是不是在認真聽講的人，此時都在有意無意地避免與她的目光相觸。

葉栩他們身後的女生A見此情形不明所以地問女生B：「其實從剛開始上課時我就想問了，怎麼感覺大家都很害怕這個 Maggie？」

B小聲說：「那妳得好好補一補U記的八卦了，妳沒聽說過嗎？U記有兩虎，一公和一母。」

A女生好奇：「什麼一公一母？」

B說：「公的就是上午幫我們上課的 Kevin，人稱笑面虎。據說他私底下為人很親和，但是這個人一旦切換成工作模式，就會變得六親不認、鐵面無私，做專案時壓著下面人連軸轉是常有的事，生病也不准請假！」

「嘶……」A忍不住搓了搓手臂，「這麼可怕啊！那 Maggie 呢？」

「她？她的大名就更響亮了，在整個大中華區都赫赫有名。傳聞中她這個人刻板、教條、龜毛、工作狂、沒朋友！」

A偷笑：「那這兩人還挺配的。」

B說：「算了吧，一山容不得二虎，妳沒聽說過嗎？這兩個人為了爭合夥人的位置打得不可開交呢！」

A問：「那妳看誰更有希望？」

B說：「我覺得是 Kevin 吧。女孩子嘛，在職場上肯定要比男的差一點。」

一直在前面偷聽兩人說話的穆笛聽到這裡就有點坐不住了，別的她可以忍，甚至還無比認同，但是說她小阿姨當不了合夥人這件事，是江家人就絕對不能忍！

她正想回頭嗆B兩句，旁邊葉栩竟然先她一步回過頭去：「很吵。」

後面兩位立刻噤了聲，而葉栩還沒完，他緊接著又補充了一句：「真不知道像你們這種還沒進職場就自認不如別人的人，是怎麼被U記錄用的。」

這話簡直大快人心，穆笛在心裡暗暗稱快，可是當她回過神來時，才發現教室裡的氣氛好像不大對。

所有人，甚至包括江美希，都在看著他們這邊。

「那位男同學……」江美希的聲音沒什麼溫度。

教室裡靜悄悄的，只有頭頂風扇發出呼呼的旋轉聲。

葉栩與她對視片刻，正要起立，就聽她突然話鋒一轉：「後面那位女生，妳來回答一下我剛才的問題。」

葉栩怔了怔坐回原位。

女生B懷疑地指了指自己：「我嗎？」

江美希緩緩點了下頭，臉上沒有一絲多餘的表情。

女生B顫顫巍巍地站了起來，江美希又給了她最後一擊：「請用英文回答。」

女生B剛才忙著說八卦，本來就沒聽到江美希的問題，現在聽說還要用英文回答，只想找個縫鑽進去。

在座的都是學校裡的菁英，她這樣乾站著挨訓實在太丟人了，於是眼一閉、心一橫，開始瞎掰。

教室裡響起低低的竊笑聲，江美希不為所動，端著手臂做出傾聽的姿態，完全沒有叫她停下來的意思，最後還是女生B實在編不下去，自己停了下來。

教室裡又安靜了下來，過了好一會兒，江美希才開口：「我們公司人事部的同事曾經給過我一個資料，員工入職三年後的離職率高達百分之五十，妳知道他們都去哪了嗎？」

還沒正式進入公司，女生B就被搞得這麼沒面子，心裡免不了有氣，於是有點賭氣地回答說：「跳槽了吧。」

江美希搖頭，一字一句地給出正確答案：「是被跳槽，所以並不是進了U記就萬事大吉了，能不能留下來，還要看各位的本事。」

下課鈴聲在此時響起，江美希拍了拍手說：「好了，今天就到這裡吧。感謝大家來聽我的課，希望對你們有所幫助。」

正當江美希打算宣布下課時，培訓部那位同事突然風風火火地衝了進來，跟在他身後的是去而復返的陸時禹，還有他們的老闆Linda。

Linda朝著講臺上的江美希笑了笑，江美希從意外中回神，回以一笑，走下臺來。

培訓部的同事向眾人介紹：「今天特別榮幸邀請到了我們U記最優秀的合夥人之一、Linda。Linda工作特別忙，是典型的『空中飛人』，在公司的時間都很少，今天Linda也是百忙之中抽出時間來給大家上課，大家掌聲歡迎！」

在眾人的掌聲中，Linda走上講臺，江美希和陸時禹找了前排的位置坐下。

江美希問陸時禹：「你不是早該回市裡了嗎？」

陸時禹聳了聳肩：「都走到半路了，聽說她突然要來，正好我也沒什麼事，就又折了回來，給老闆捧捧場嘛。」

江美希冷哼一聲：「馬屁精！」

陸時禹也不生氣，無所謂地笑了笑：「沒辦法，跟妳這老闆一手帶起來的嫡系部隊不能比啊！」

「啊、妳看 Maggie 和 Kevin 好像關係挺好的，不像妳說的那樣……」說話的又是 A。

B「呿」了一聲：「做做樣子誰不會？」

穆笛不喜歡聽到別人抹黑江美希，轉過頭小聲提醒後面的兩個女孩：「別說了，小心等一下又被點名。」

兩個女孩撇了撇嘴，但也都沒再說什麼。

穆笛轉過頭來時，目光掃到身邊的葉栩，發現葉栩臉色不善。

她順著他的目光看過去，正看到前排的江美希和陸時禹有說有笑。

「你是不是也很不喜歡他們兩個呀？」穆笛小聲問。

其實那些關於U記二虎的傳聞，她也早有耳聞，但是她從來沒跟江美希確認過，一方面是不敢，另一方面就她對江美希的瞭解來看，那多半是真的……

葉栩說：「還好，不過更不喜歡其中一個。」

「哦。」穆笛沒敢問他更討厭誰，她對她小阿姨的人緣真的沒什麼信心。

她沒有追問的意思，倒是葉栩突然回過頭，目光先是掃過她桌上的冰霸杯，最後停留在她的臉上：「你們什麼是關係？朋友？親戚？」

穆笛被問得有點懵：「你在說什麼？」

葉栩沉默了片刻說：「算了。」

臺上 Linda 的發言沉穩大氣且不失幽默，時不時引得臺下一眾「小朋友」笑聲連連，不過她沒有講太久，不到一個小時就結束了。

其實她這次來的主要目的是見見自己部門的這批新人，於是一早就和陸時禹交代過，晚上要請這批新人一起吃個飯。

培訓基地後面有個湖，湖邊有幾家路邊燒烤攤，陸時禹就把晚上的聚餐安排在了其中一家。郊區不比市區，入了夜就顯得空曠冷清。此時的湖邊，除了那幾家燒烤攤附近還算熱鬧，其他的事物都和黑漆漆的夜色融為了一體。

陸時禹招呼眾人落座，又把菜單遞給幾個小朋友，讓大家點菜：「平時都是老闆壓榨大家，像今天這種『吃大戶』的好事，我入職這麼久也沒遇過幾次，機會難得，大家不要客氣。」

其實在來的路上，大家就有說有笑聊了一路，已經不像初見時那麼拘謹了。

尤其是Linda，一點都沒有老闆的架子，此時聽到陸時禹這麼說，不禁大笑：「你少在這裡裝好人了，你別以為你的名號我沒聽過！」

說著她看向穆笛他們：「究竟是誰壓榨誰，你們很快就知道了！」

陸時禹無所謂地笑：「我這還不是上行下效嗎！」

他這麼一說，大家也都笑了起來。

他是活躍氣氛的高手，一開始還有些小朋友因為老闆在場顯得有點拘束，後來似乎是發現老闆們也都和平常人沒什麼不同，就徹底放鬆了下來，再加上酒精的作用，氣氛很快就活絡了起來。

飯吃得差不多了，但時間還早，立刻有人提議玩遊戲，商量來、商量去，最後選了個最簡單的猜數字遊戲。

遊戲規則就是一個人想好一個數字寫在紙上，其他人不斷地縮小數字所在的範圍，直到猜出正確數字為止，猜對的人可以請他旁邊的兩個人表演才藝或喝酒。

江美希吃飯時被逼著喝了兩杯啤酒，此時覺得腦袋有點暈，就聽之任之，由大家安排。前面幾局懲罰、獎勵都沒有涉及她，她樂得跟著眾人看熱鬧，而接下來這局輪到她想數字了，她接過穆笛遞過來的紙筆，想了一下，在紙上寫下三十八。

說來也奇怪，之前幾輪最多猜個七、八次也就猜到了，但這一次遲遲沒人猜出正確答案。到了穆笛，她猜江美希會寫一個和生日有關的數字，而她的生日是一月二十日，於是就猜了二十，但還是不對。

輪到葉栩時，他想著前面已經有人猜過年齡、猜過生日，也實在沒什麼頭緒，就猜了十八——她的手機末兩碼，結果依舊不對。

葉栩後面是陸時禹，而此時正確答案所在的範圍依舊很大，但陸時禹不慌不忙，喝了口啤酒，望著對面的江美希說：「是不是三十八？」

江美希愣了一下：「你怎麼知道？」

這麼說也就是猜對了！眾人歡呼，Linda 自認對江美希足夠瞭解了，都沒猜到，也問陸時禹是怎麼猜到的。

陸時禹說：「我看你們前面有猜年紀的、猜生日的，明顯是不瞭解 Maggie 嘛！我們 Maggie 再強悍也是個女人，女人過了二十五歲自然就開始避諱提到自己的年齡了，所以她肯定是不會給大家機會討論這個的。至於猜生日，Maggie 很敬業，也是典型的工作狂，她可能自己都快忘了生日是哪天吧。」

有人等不及了：「所以三十八到底有什麼特殊意義？」

陸時禹笑著瞥了那人一眼：「這一行做久了對數字都很敏感，所以我跟你們的方向不一樣，我猜 Maggie 一定會寫下某條會計準則，巧的是，前幾天我去她辦公室時，正好看到她桌上的書翻到了 IAS38[6]。」

Linda 恍然大悟，回過頭問江美希：「真的是這樣嗎？」

江美希不置可否地笑了笑。

眾人立刻拍起馬屁，讚嘆陸時禹心思縝密，就連穆笛也感慨：「看來 Kevin 真的很瞭解 Maggie。」

只有葉栩好像是個徹徹底底的局外人，等眾人感慨得差不多了，他問：「要怎麼懲罰？」

陸時禹怔了一下說：「哦、對了，差點忘了還有懲罰這回事，葉栩同學很自覺啊！」

陸時禹的一邊坐著葉栩，另一邊就是上課時坐在葉栩身後的女生 B。她從面試階段就想方設法接近葉栩，明眼人都看得出來她對葉栩有意思。此時正好要讓她和葉栩才藝表演，大家也就順水推舟做個人情，起鬨讓兩人接個吻。

江美希沒想到這一屆小朋友這麼奔放，但想到被整的是那小狼崽子，心裡又有點幸災樂禍，只是礙於自己的身分不好火上澆油，只好隔岸觀火地笑看著大家起鬨。

葉栩突然站起身來，女生 B 見狀，臉立刻就紅了。

正當眾人以為葉栩會朝著女生 B 走過去時，他卻只是說：「我認為這個懲罰不公平。」

---

6 IAS38：國際會計準則第三十八號，說明無形資產相關詳細規則。

眾人意外：「什麼意思？」

葉栩說：「那麼容易就被別人猜中心思，不是更應該接受懲罰嗎？」

陸時禹愣了一下：「你說誰？」

葉栩看了眼江美希：「她。」

陸時禹問：「Maggie？」

葉栩說：「對，我覺得最應該接受懲罰的是她。」

江美希這才意識到，中午那件事並沒有過去，被潑一臉水的某人正想盡辦法報復她呢。

江美希說：「可是之前幾輪都是按照這個規則來的，現在臨時改變才是不公平吧。」

葉栩沒有直接回答她，而是轉向 Linda 說：「為了表示對之前接受懲罰的人的公平，我願意接受懲罰，但我覺得她更應該接受懲罰。」

Linda 也被葉栩弄得有點懵，怔了怔問：「所以呢，你到底覺得怎樣才更合理？」

葉栩看向江美希：「所以，我勉為其難親她好了。」

穆笛聞言倒吸一口涼氣，陸時禹和 Linda 則不可置信地看著他。

其他人早忘了 Maggie 是什麼身分，也忘了那個關於 U 記二虎的傳聞，在安靜了片刻後，爆發出一陣穿破夜空的狂歡——他們為他們當中有這麼有種的人而感到驕傲。

在眾人的起鬨聲中，葉栩朝著江美希走了過去，而江美希怎麼也沒想到事情會急轉直下波及自己。

她望著年輕男人愈走愈近，聽著自己如擂鼓般的心跳，一句毫無殺傷力的「你敢」剛一出口，就被淹沒在眾人的尖叫聲中，與此同時她只覺得眼前一暗——他真的親了下來。

他竟然真的親下來了！

這不是那種迫於無奈一觸即分的吻，眾目睽睽之下，一片叫好聲中，他完成了一個情意綿長的吻。

江美希氣息不勻、不可置信地仰頭看著面前的年輕男人：「你瘋了吧？」

然而除了葉栩，沒人聽得到她在說什麼。

眾人還在沒完沒了地尖叫著，葉栩已經回到座位上。

Linda 碰了碰江美希的手臂：「感覺怎麼樣？」

江美希用行動回答了她——她狠狠地擦了下嘴：「造反了！」

Linda「噗哧」一笑：「妳呀，這脾氣該收斂一下了，總被人叫母老虎也不好聽啊。不過我看這小朋友不錯啊！」

江美希沒好氣地看了她一眼：「說什麼呢！」

Linda 笑著壓低聲音說：「我一直以為妳和 Kevin 能湊成一對的，還一直想著撮合你們兩個，可是你們兩個一個比一個還要不解風情……現在上面有意從你們兩個之中升一個做合夥人，我一聽說這事就知道我這些年的努力全白費了，所以有個新的選擇也不錯。」

江美希心不在焉地說：「我怎麼不知道妳還有這心思。」

Linda 笑了笑說：「說真的，那小夥子挺不錯的，長得比 Kevin 還討人喜歡，他敢這樣當眾親妳，說明他也不是一個好對付的人。」

江美希心煩意亂地看向別處：「小朋友而已，怎麼可能？」

她突然覺得自己沒辦法再待在這個地方了，於是站起身來對 Linda 說：「我去趟洗手間。」

Linda笑著點頭：「去吧，順便補一下妝。」

剛才葉栩強吻江美希的小高潮一過，眾人也就沒有再繼續玩下去的興致了，畢竟比起剛才那一輪，後面不會再出現更精彩的了，於是眾人就三三兩兩地互相敬酒聊天。

陸時禹端著酒杯和葉栩換了個位置，穆笛見他坐過來，也連忙端起酒杯，小心翼翼地叫了聲Kevin。

陸時禹笑容和煦地跟她碰了碰杯，問出的話卻不怎麼溫和：「妳和Maggie什麼關係啊？妳居然知道她的生日。」

穆笛愣了一下，連忙否認：「我和Maggie會有什麼關係呀？那數字是我隨便猜的，真的！」

陸時禹臉上笑容不變：「她是不是和妳說，你們的關係不能告訴我啊？怕什麼啊，我和Maggie是老同學，妳知道吧？她的親戚朋友就是我的親戚朋友。」

穆笛又想起外界說他是笑面虎的傳言，之前她對這種說法還沒什麼切身體會，但此時她只想舉雙手雙腳表示贊同。

「我真的是隨便亂猜的……」

葉栩坐在一旁靜靜聽著，不禁勾了勾嘴角。就在此時，他放在口袋裡的手機震了震，他拿出來打開一看，是一封簡訊。

『我在湖邊，給你五分鐘，過來見我！』

葉栩抬頭朝河邊望了一眼，除了黑漆漆的夜色，什麼也沒有。

「820是誰啊？還有人叫這個名字的？」

陸時禹不知道什麼時候湊了過來，也不知道究竟看到了多少簡訊的內容。

葉栩不慌不忙地收起手機，對他說：「剛喝了點酒有點暈，我去透透氣。」

陸時禹意味深長地拍了拍他的肩膀：「這樣就對了，去吧！」

葉栩起身，朝著湖邊走去。

葉栩漸漸遠離了人群，想起陸時禹剛才的問話，他不禁冷笑一聲。

那個號碼在他進入U記前就已經存在了，至於姓名為什麼存成820，那得問問那號碼的主人——有零有整剛好八百二十塊，她是怎麼給他定價的？

白日裡看著既不壯觀也不浩渺的城中湖，此時被茫茫夜色包裹，竟也顯現出幾分神祕蕭索來。

江美希在湖邊等了許久才聽到身後有腳步聲傳來，與她此時的焦躁不安相比，對方的步伐顯得有些過於沉穩冷靜了。

她回過頭，正看到一個高高瘦瘦的身影緩緩從黑暗中走來，最後停在了距離她兩公尺外的地方。

江美希的第一反應是探看他身後，想確認有沒有被其他人發現。

葉栩像是看出了她的顧慮，揶揄地笑了笑說：「放心，再往前走幾公里就不是北京了，那些人跟不到這裡。」

江美希大大地鬆了一口氣，然後才想起正事。

她怒氣衝衝地看著葉栩：「剛才你那是什麼意思？」

葉栩雙手插在褲子口袋中，懶洋洋地說：「遊戲而已。」

「遊戲？遊戲規則根本就不是那樣的！」

葉栩無所謂地說：「比起那個我不認識的女生，我們兩個畢竟不是第一次了，所以兩者相比，我選擇妳有什麼無法理解的嗎？妳該不會以為我特別想親妳吧？」

她當然知道他不會，在她看來，葉栩的舉動純屬幼稚低劣的報復。

江美希深吸一口氣：「你到底想怎樣？」

「這話應該我問妳，叫我來到底什麼事？」

「當然是提醒你，想你該想的，做你該做的。不管以前怎樣，我們現在是上下級關係，你知道嗎？人言可畏你懂嗎？你應該時刻注意你的言行，就像剛才那種事情，以後不要再發生了！」

「是嗎？」葉栩笑了，「如果真的知道人言可畏，好像就不該一次又一次地單獨約男下屬來這種沒人的地方見面吧？」

江美希被噎得一句話也說不出來。

葉栩點了點頭：「也是，人言可畏。那沒其他事的話，我先回去了。」說著，葉栩轉身往來路方向走去，可剛走兩步，又想起什麼似的停了下來。

「哦、對了……」他回頭看了眼江美希，突然伸手抹了下自己的下唇，「沒人告訴妳嗎？這個唇膏的顏色不適合妳。」說完便轉身朝著漆黑的夜色中走去。

江美希要瘋了！中午時只是想嚇唬嚇唬他，結果反被他要脅，剛才叫他出來是想訓他幾句，結果又被他調戲了？

想她江美希長這麼大還沒受過這種窩囊氣，尤其對方還是個初出茅廬的小狼崽子！

她想，無論如何，必須讓他離開U記！

江美希這近三十年的人生其實挺「精彩」的。她四、五歲時，父親帶著全家值錢的東西突然消失，把她和姊姊留給了沒工作的母親；二十幾歲時，已經談婚論嫁的男友突然提出分手，於是嗷嗷待嫁的她一夜之間變成了單身；這些年在公司裡，她硬生生把自己從一個職場小白變成了人人喊打的女魔頭。

她也曾害怕怯懦，但是她愈來愈明白，你怕困難，困難就會欺負你；你不怕麻煩，麻煩反而會繞道而行。

「與天鬥、與地鬥，其樂無窮。」這句話在江美希身上體現得淋漓盡致。

但是此刻，江美希面前擺著一張紙，時間已經過了半個小時，那上面依舊只有一個「一」，其餘的什麼也沒有。

她需要制定一份趕走小狼崽子的詳細計畫，鬥爭的血腥味已經很濃烈了，但好鬥的江美希卻一反常態，非但沒有感到熱血沸騰，反而覺得很頭疼……

在仔細研究勞基法和公司規章制度後，江美希發現，自己可以利用的只有每年一次年底「小黑會」上的評分權。

這個「小黑會」對U記的每個員工來說都非常重要，這直接關乎一個員工是否能夠順利升遷。

江美希之前講課時提到的「被跳槽」並不是危言聳聽，因為一般人還是渴望留在U記的，除非不能升遷。同期的同事如果成了自己的上司，還可以對自己指手畫腳，大部分人是無法接受這種落差的，所以才不得不跳槽。

能在員工最後的實力綜合評分上發揮作用的，除了與會的老闆們，這個員工的對接[7]負責人發言權也很重要，所以江美希要做的下一步就是努力成為葉栩的對接人，而要成為他的對接人，就必須每個專案都帶著他。

除此之外，為防他在別人面前說什麼不該說的話，她還要盡可能地減少他和其他同事的長時間接觸，也就是說，她要盡可能地親自帶他！

原本這份殊榮是打算留給穆笛的，但是現在情況有變，也就只能便宜那個小狼崽子了。

正好Linda剛談下一個IPO[8]專案，這個專案不算大，一般不需要總監級的人親自帶隊。但這個公司老闆是Linda的熟人介紹的，公司資質又不算很優，Linda特地囑咐過，最好由江美希親自接手，她才放心。

原本江美希還有些猶豫，畢竟手上的事還很多，但是現在多了葉栩這個不定時炸彈，她決定親自來做這個專案。

確定這件事後的第一時間，她就通知祕書林佳把葉栩後面三個月的時間全部占好。

7　對接：將一份工作轉交給另一個人，需要將工作內容、工作資料、相關聯絡人聯繫方式以及注意事項說明完整交接給對方。

8　IPO：首次公開發行，指企業透過股票交易市場公開發行股票上櫃、上市，利用投資者的資金協助企業順利發展。

新人進公司接專案，這本來就是很正常的事情，但是當江美希在洗手間裡偶然聽到其他同事議論這件事時，她才意識到自己再一次低估了群眾的想像力。

女同事甲誇張地說：「我聽培訓部那邊的同事說，好像新來的那小帥哥不懂行情，想找個靠山，結果好死不死找到 Maggie，還約她在空教室見面。」

女同事乙很配合地捧場：「這麼刺激啊！然後呢？」

同事甲說：「這位是個什麼樣的人妳也知道，非但沒異性，更加沒人性啊！那小帥哥簡直被碾壓啊！據說小帥哥向她表明心意，她二話不說潑人一臉水，是真的用水潑人家啊！還說『你別以為進了公司就可以為所欲為了，如果讓我發現你能力不夠或者品行不端，我照樣可以讓你離開公司』！」

同事乙說：「哇、果然是 Maggie，氣場全開，但不解風情也是真的……」

同事甲說：「就是啊，妳是沒見過那小帥哥長什麼樣子，如果他看上的是我，我保證立刻從了他！」

同事乙笑：「妳又犯花癡！對了，後來怎麼樣？」

「後來 Linda 去了，請這批新人吃飯，吃完飯後就玩遊戲，小帥哥也不是個好對付的人，當時按照遊戲規則讓他吻另外一個女生，結果他為了報復，主動和 Linda 說要吻 Maggie！」

同事乙尖叫起來：「真的假的！」

「當然是真的，現在公司上下都知道了。」

「所以，那個 IPO 專案，Maggie 點名要帶著小帥哥去，其實是為了趁機搞死他嗎？」

江美希稍微整理衣服，「咣噹」一聲大力推開門走了出去，不慌不忙走到洗手台前打開水龍頭，慢條斯理地開始洗手。

她邊洗邊從鏡子中掃了那兩人一眼：「我要搞死誰？」

「Maggie，其實……我們也是道聽塗説，這是從培訓部那邊傳出來的……」

「對對對！」

那兩位女同事一見話題主角在此，早就嚇得魂飛魄散了，語無倫次地道了個歉就溜之大吉。

她們離開之後，洗手間裡再度安靜了下來。此時的江美希這才意識到，一個月的培訓時間已經結束，葉栩正式進入公司了，可是她腦袋裡浮現出的卻是那天他當眾吻她的情形，還有他們第一次見面時，她捧著他的臉，他看向她的那一眼……

她感到額角的某根血管正突突跳動著，她不禁伸手按住，想不到到了這個年紀，竟然又惹上大麻煩了。

第二章　冤家

晚上回到家，江美希就發現，對面樓上的那扇窗竟然破天荒地亮了。她以為是自己看錯了，正要重新數一遍樓層確認一下，一個高高瘦瘦的身影就出現在了她的視線中。

葉栩穿著單薄的T恤和略長的寬鬆休閒褲，和面試時襯衫、西裝褲的菁英模樣截然不同，卻和一個多月前他們第一次見面時差不多。但是好像無論是哪一種風格，都很適合他。

他在房間裡徘徊了片刻，他們相隔的距離有點遠，江美希雖然看得不清楚，但是憑藉著模糊的場景和動作，她也能將畫面在腦海中補齊——喝水、摘手錶、看手機，然後脫掉了T恤，美好的肌肉線條立刻暴露在了江美希的視線內。

江美希毫無防備，正端著水杯喝水的她差點嗆到自己。一陣劇烈咳嗽後，她抬眼看向對面，葉栩正伸手解著褲頭的鬆緊帶……

江美希連忙心虛地別開視線，心裡不禁暗罵葉栩這脫衣服從來不拉窗簾的暴露癖什麼時候能改，可是腦中卻不由得浮現出那天晚上的某些畫面。

伴隨著零星記憶碎片慢慢拼湊，一個小小的聲音從心底冒出——看一下又怎麼樣？又不是沒看過。

然而，當她好不容易說服自己再把視線移回對面那扇窗時，原本亮著的窗戶已然漆黑一片。

動作可真快！

第二天一早，江美希剛到公司，就看到一個剛進公司兩年的女下屬正在對著小鏡子塗口紅。她不由得微微挑眉，倒不是說上班不能化妝，而是這位女同事是公司裡少數不太在意形象的年輕女孩之一。

女同事把所有的注意力都放在了自己的嘴唇上，完全不像平日裡那麼警覺，以至於江美希走近時，她才注意到她，立刻手忙腳亂地收起口紅和鏡子。

江美希想假裝沒看見直接走過去，可是當她走到女同事面前時，還是忍不住停下腳步提醒了一句：「口紅擦到外面了。」

女同事愣了一下隨即明白過來，但第一反應不是去照鏡子修正妝容，而是直接抽了張衛生紙略微粗魯地把嘴巴擦得乾乾淨淨，擦完之後還戰戰兢兢地朝著江美希露出一個討好又抱歉的笑容。

江美希看著她這一連串的反應不由得一愣，但很快她又自嘲地笑了笑。

無所謂了，都這麼久了，她難道還沒習慣嗎？

於是她什麼也沒說，朝自己辦公室的方向走去。

快到辦公室門前時，她又遇到了剛從陸時禹辦公室裡出來的葉栩。

江美希皺了皺眉，他怎麼會從陸時禹的辦公室出來？如果情報無誤，他們兩人目前應該是還沒什麼交集……看來是有人還沒死心。

江美希朝葉栩身後的玻璃窗望了一眼，陸時禹正懶懶地靠在辦公椅上笑著跟她打招呼。

她當作沒看見，目光又落回葉栩臉上，開口的語氣比剛才提醒那位女同事時冷了不知道多少倍：

「林祕書跟你說了嗎？明天要去一趟南京，調查一家半導體公司。」

「我知道。」葉栩說。

「既然知道了，一大早沒事情做嗎？那家公司的背景瞭解了嗎？半導體企業的營運相較於其他行業有什麼特點知道了嗎？同業競爭的情況怎麼樣？技術特點對財務狀況有影響嗎？」

正常情況下，江美希說的這些，已經足以讓一個剛入職幾天的小朋友手忙腳亂了，可是正當她以老闆的姿態等著看葉栩服軟時，葉栩卻用比她還清冷的口氣回答：「昨天晚上下班之前我寄了一份報告到妳的信箱，剛好妳剛才提到的那些我都有寫到。如果妳昨天晚上晚走一點，或者今天早到幾分鐘，現在應該已經看到那封信了。」

江美希飛快地掃了眼牆上的時鐘，九點二分，所以他是在暗示她遲到了嗎？

這讓她有點尷尬，因為不用回頭她也知道身後有多少雙眼睛正在盯著他們這邊。

但江美希是誰？與葉栩對視了幾秒，她笑了笑，既然所有人都認為她想藉著這個IPO專案搞他，那她也不能讓大家太失望，搞死倒是不至於，給這小狼崽子一點愛的教育倒是可以的。

於是她說：「看來你對這個專案還是很有熱情的，不用著急，我們來日方長。」

被「恐嚇」了的葉栩不慌不忙地笑了：「求之不得。」

江美希剛在辦公桌前坐下來，就收到了穆笛的訊息。

『小阿姨，我能不能和妳打聽一下，妳和葉栩到底有什麼深仇大恨啊？有殺父之仇嗎？剛才你們兩個對視的那幾秒，我好像看到火花四濺了！』

江美希隨手回覆道：『妳是怎麼沒外公的，妳不清楚嗎？』

『那你們兩個才認識沒幾天，為什麼關係這麼緊張？』

『妳不是有很多小道消息嗎？』

『妳說葉栩勾引妳不成，結果惹怒妳的傳聞嗎？我有腦袋，我才不信呢！』

江美希看到穆笛這麼說有點好奇：『為什麼？』

『我們兩個以前雖然不熟，但他可是我們學校的名人啊，所以對他的事我多少還是瞭解一些。在校四年追他的漂亮女孩子無數，他看都沒看過一眼……而且我聽他的一個室友說，他們男生宿舍偶爾會找些限制級影片來看嘛，可是每次這種時候葉栩都會自己躲出去，從來不和大家一起看。所以我們懷疑，他根本不喜歡女人，對女人提不起「性趣」來。』

江美希看到這條訊息差點笑出聲來，『不可能。』

『咦，小阿姨妳怎麼這麼篤定？』

看到這則訊息時，江美希握著手機的手不由得一頓，片刻後，她回覆穆笛：『妳和他那位室友聊得很深入嘛。』

如她所料，穆笛的訊息沒再回覆，她滿意地打開電腦開始工作。

下班時，江美希路過穆笛的座位，發現人已經不知去向，但桌子上的東西卻讓她停下了腳步。

這傢伙不知道從哪裡搞了個軍用望遠鏡，辦公室需要這東西嗎？

江美希拿起來看了看，抬頭見辦公區裡已經沒什麼人，便拿起望遠鏡放在眼前試了試，很奇妙地發現幾十公尺外的一個桌曆上，那些原本密密麻麻的數字卻都看得清清楚楚。

不知怎麼，她突然想起昨晚那扇窗子裡的情形……

此時眼前突然一黑，江美希不明所以地轉了轉調焦旋鈕，然而還是漆黑一片。她試著往後退了一下，面前漆黑一片漸漸有了顏色，淡藍色且有暗紋，好像今天在哪裡見過……

「好玩嗎？」一個清清冷冷的聲音突然響起。

江美希手一抖，望遠鏡直接從手裡飛了出去，還好對面的葉栩反應夠快，輕輕鬆鬆地穩穩接住。

有驚無險，江美希長吁一口氣。

葉栩把望遠鏡遞到她面前：「還不下班嗎？」

江美希接過望遠鏡狐疑地看了他一眼：「有事嗎？」

「外面下雨了。」

「所以呢？」

「妳是不是可以早點下班了？」

問這些幹什麼，莫非他要約她？江美希立刻警惕地掃了眼四周，所幸周圍沒什麼人。

葉栩像是讀懂了她的眼神，安撫性地說：「大家都去吃飯了。」

江美希暗自鬆了一口氣，抬頭再看葉栩，只覺得頭疼。這樣提心吊膽的日子不知道還要過多久，她覺得很有必要好好「教育」他一下了。

「我想我該說的話都已經說得很清楚了，在公司裡和我保持正常的上下級關係有那麼難嗎？職場是個有規則的地方，遵從上司的意思就是這裡的規則！我一直以為你是個聰明人，現在看來是我看錯了。」

江美希對自己這番話非常滿意，既表現了她的不滿，也表現出了她對他的失望，同時也是再次暗示他，他如果繼續這樣不懂規矩，她是完全有能力讓他在這裡混不下去的。

葉栩沉默了片刻後說：「我就是想說外面下雨了，我沒帶傘，如果可以想搭個順風車。不過如果這已經超出了妳所謂的『正常的上下級關係』的話，那就算了。」

江美希愣了愣，她真的誤會他了？

葉栩走到門口，突然又停下腳步轉過身來看著江美希：「知道妳為什麼會想那麼多嗎？」

「為什麼？」江美希想都沒想脫口而出。

葉栩笑了笑，無比風輕雲淡地說：「因為妳、做賊心虛。」

等到江美希反應想過來要生氣的時候，人已經走遠了。

身後突然響起一陣爽朗的男人笑聲，江美希嚇了一跳，回頭一看正是陸時禹。

「你什麼時候站在那的？」

陸時禹說：「別擔心，沒多久，就剛剛他說妳做賊心虛的時候吧。不過我挺好奇的，那孩子為什麼說妳做賊心虛，難道不是他單方面勾引妳嗎？」

江美希說：「怎麼你一把年紀了還不明白，好奇心有時候會害死人的。」

陸時禹說：「我知道，可是我還是想好奇地問一句，江美希妳到底在怕什麼？」

江美希看著對面的陸時禹，沉默了片刻笑了笑說：「怕你輸得太慘。」

陸時禹聞言非但不生氣，反而哈哈大笑起來：「美希妳沒發現嗎？妳只有在沒有把握的時候，才喜歡放這種毫無意義的狠話。」

江美希離開的腳步微微遲疑，但她不打算再和陸時禹繼續糾纏，快步朝著電梯走去。

直到上了車，她才注意到她手上還拿著那個望遠鏡。

她想了想發了個訊息給穆笛：『妳桌上那個望遠鏡我拿走了。』

『啊、不行！』

『妳要這個東西幹嘛？』

『明天阿信的演唱會啊，就靠它了！』

『還有時間去看演唱會，看來妳挺閒啊。我在想是不是要適當地幫妳增加工作量了。』

『小阿姨、總監大人！我可是妳的親外甥女啊！』

江美希想了想回覆說：『妳很久沒有送我禮物了，我正好生日快到了，就這個吧，不嫌棄。』

『妳確定嗎？還有大半年呢！哎、不對啊，妳要這個幹什麼？窺探什麼人的隱私嗎？』

江美希收起手機，沒再回覆。

江美希在回去的路上簡單吃了個晚餐，又在社區門口的麵包店買了第二天的早餐。

在路上其實沒有花多少時間，可是當她回到家時，發現對面樓上的那扇窗竟然還是暗著的。

難道真的被這場雨給攔截了？可是這雨也沒那麼大呀。

江美希把望遠鏡丟在桌上，脫掉衣服去浴室洗了個澡，出來後又邊敷面膜邊看電視。

終於在十點半的時候，對面的那扇窗亮了起來，她連忙拿下面膜，拿起望遠鏡對準那扇窗。

視線中的男人還穿著白天在公司時的那套衣服，一邊走來走去，一邊解著襯衫上的鈕扣。

江美希緩緩轉動調焦旋鈕，葉栩的臉漸漸清晰起來。

他走到窗前，將襯衫脫下隨手丟在床上。

天氣也沒之前那麼熱了，江美希想說這小狼崽子真的很喜歡暴露。但與前一天晚上有所不同，在望遠鏡的幫助下，一切都看得更清晰了。

流暢的肌肉線條、隱約可見的馬甲線、奶油色的皮膚，她都看得一清二楚。

在公司裡，陸時禹的身材就很不錯，據說是經常去健身房的緣故。去年春天員工訓練的時候，江美希也曾注意到，他的肌肉是練得不錯，可是如今看來，這小狼崽子好像更勝一籌。

江美希正在心裡默默比較，突然鏡頭前一暗，上演限制級畫面時都不想拉窗簾的某人竟然拉上了窗簾！

難道他看到她了？可是不可能啊，別說他不知道她到底住在哪一戶，就說剛才，他可是一眼都沒有往她這邊看啊！

江美希不爽地放下望遠鏡，而就在這時，她放在桌子上的手機突然震了震。

她以為是專案上的同事有事找她，拿起手機一看，竟然是葉栩。

『我剛才約了計程車明天送我去機場，要一起嗎？』

林佳替他們訂的是早上的班機，早上不好叫車，葉栩這一次倒是很周到。只不過她今晚剛拒絕了對方的搭車請求，現在這麼痛快地說一起去好像有點沒面子。

然而就在江美希想著如何勉為其難地接受他的好意時，葉栩又傳來了訊息：『哦、忘了，一起搭車好像超越了正常上下級的關係。算了，還是分開行動吧。』

什麼？耍她呢？

江美希怒了，立刻手忙腳亂地輸入起訊息，她倒是要教教他，什麼叫作職場規則！

然而訊息剛編輯到一半，又被新進來的簡訊打斷：『沒看到嗎？睡了？那晚安。』

她一個字都還沒說，怎麼就晚安了？

江美希憋著一口氣，乾脆直接打電話過去，可是有人比她動作更快，電話裡只響起一個清冷的女聲：『您撥打的電話已關機……』

一腔怒火無處發洩的江美希，這天晚上徹底失眠了。

江美希幾乎是睜著眼睛熬到天亮的。

雨還持續在下著，只不過比前天夜裡小了點。

她用最快的速度盥洗、穿衣，拎著行李箱從家裡出來時剛好五點半。

天還沒有徹底亮起來，社區的路上也有凹凸不平的地方，無論是對她的行李箱還是高跟鞋來說都不算友好，所以只是從大樓到社區大門前這段短短的路程裡，江美希就已經很狼狽了。

到了社區門口，她才發現自己竟然還期待著有什麼奇蹟出現——葉栩會在那裡等她，就算是偶遇也好。

然而並沒有，他真的說到做到，社區大門前清淨得連隻鳥都沒有。

後來江美希又撐著傘拖著行李箱走了十幾公尺，走到一個十字路口，這才招到了計程車。

不出意料，她是整個航班中最後一位登機的。

當她在最後一刻趕上了飛機，找到自己的座位時，葉栩正悠閒自在地翻著一份財經報紙。見她趕來，他似有若無地笑了下：「我以為我們要在南京會合了。」

江美希上下打量了他一眼，臉色紅潤、精神抖擻，一看就知道昨晚睡得不錯，而且他一身西裝筆挺，連腳上的皮鞋都一塵不染，簡直和她狼狽的模樣形成了鮮明的對比。

江美希沒接他的話，當然也沒給他什麼好臉色，轉過頭去開始在兩邊的行李架上找位置。

好不容易找到一個空位，但飛機上的行李架對她來說有些高，江美希往機艙前後各掃了一眼，兩位漂亮的女空服員都在服務其他人，出於無奈，只好自己想辦法。

她帶的箱子不算重，其實努力一下還是放得上去的，但她今天穿了件比較修身的連身裙，裙子也不算長，所以高舉雙臂這個動作會讓她有點尷尬。

正猶豫片刻，江美希突然感到手上一輕，箱子被從她身後伸過來的一雙手輕輕巧巧地塞進了行李架上，整個過程不到三秒。

江美希錯愕，再回頭時葉栩已經坐回了座位上。

「小姐，飛機即將起飛，請回到您的座位上。」

江美希悻悻然地坐到葉栩身旁的空位上。

「昨晚沒睡好嗎？」葉栩問。

江美希一邊低頭繫著安全帶一邊說：「恰恰相反，睡得特別好。」

葉栩了然點頭：「那就是素顏的關係。」

江美希不明所以地抬頭看他：「什麼意思？」

葉栩坦然地與她對視：「臉大了一圈。」

「喂！」江美希這一喊立刻引來前前後後的不少目光，她也意識到自己的失態，深吸一口氣連忙壓低聲音說：「你是不是以為出了公司，我們就不是上下級了？但你別忘了，這還是工作時間。」

葉栩抬起手腕看了眼時間，滿不在乎地說：「還差一個小時。」

向來無往不利的江美希突然發現，在面對眼前這小狼崽子的時候，她總是被動、處於下風的，是被氣得半死的那一個。

「好看嗎？」葉栩收起報紙瞥了她一眼。

江美希從他臉上移開目光：「和素顏的我比起來差不多吧。」

葉栩笑了，難得笑得很純粹，是那種既不帶嘲諷也不帶挖苦的笑。

江美希假裝沒看到，從包裡拿出眼罩來，準備戴上時卻聽葉栩突然問：「望遠鏡好用嗎？」

江美希手上動作一頓：「什麼望遠鏡？」

葉栩無所謂地笑了笑：「睡前應該看些有助於睡眠的東西，不然的確很容易失眠。」

「不知道你在說什麼。」江美希說完便戴上了眼罩，結束對話。

難道真的是因為在睡前看了令人血脈賁張的畫面，所以她才失眠的嗎？姑且不論是什麼原因，此時此刻的她實在是太睏、太累了，很快地，在一陣輕微顛簸中，她的意識漸漸陷入混沌。

再一次醒來時，飛機已經落地。

江美希第一時間打開手機，進來的第一條訊息來自一個陌生號碼，內容竟然和他們要來調查研究的那家半導體公司有關。

『芯薪的水可深著，接他家的專案，小心上不了岸！』

江美希不由得怔了怔，這算什麼？仇家報復、善意提醒，還是只是無聊的惡作劇？

「打小報告的簡訊？」聲音來自一旁的葉栩。

她回過頭沒好氣地看他一眼：「你視力有那麼好？」

「視力一般般，不過身高有優勢。」

她沒心情跟他鬥嘴，心裡還在思索著究竟是誰會發這種訊息給她，重要的是對方居然知道他們今天會來。

葉栩像是讀懂了她的想法：「可能是某家競爭對手吧。」

「為什麼這麼說？」她隨口問道。

葉栩替她分析：「這家公司能不能上市跟我們關係不大，我們只是拿錢辦事而已，倒是券商[9]那邊承擔的風險比較大一些。所以這個人不可能是衝著我們來的，只能是不想讓芯薪順利上市而已。」

其實只要稍微細想一下，大家肯定都能想到這一點，但是這話出自一個剛到公司沒幾天的小朋友，就讓她有點意外了。

9　券商：證券公司的簡稱。

但她還是說：「任何事情都沒有絕對。」

此時他們已經走到出口，接機人群中寫著「江小姐」的大字招牌無比顯眼。舉牌子的是一個個子不太高的年輕男人，對方顯然也猜到他們可能就是要被接的人，於是瘋狂朝他們兩個晃了晃手裡的牌子。

江美希和葉栩對視一眼，沒再繼續剛才的話題，朝那人走了過去。

對方叫李亮，是芯薪財務部的人，這次代替老闆接待江美希他們。路上和李亮聊起來才知道，芯薪的老闆林濤此時正在外面出差，並不在南京，這次配合他們做專案調查的公司主管是公司的財務部總監王明。

江美希他們很快就見到了這位傳說中的王總。王總身材不高、略胖，據說人還不到四十歲，但是頭頂上的髮量卻已經開始令人堪憂。

見到江美希和葉栩，他的態度不冷不熱，例行公事般帶著他們參觀公司，接了個電話後，就再也沒出現了。

江美希從業多年，什麼樣的客戶都見過，對王總這類的人也不陌生。畢竟人家是掏錢的業主，不把他們放在眼裡也可以理解，而且她也樂得如此，因為有時候客戶太熱情了，反而會增加不少麻煩。

中午在芯薪的員工餐廳吃了頓午餐後，下午他們就在公司臨時騰出來的一間小辦公室裡開始翻看資料。

芯薪應該也做了一些準備，所以江美希他們的工作進展還算順利。她本來想著晚上加個班，明天就可以早一點趕回去給 Linda 覆命了，可是晚餐前，她又接到了林總的電話。

江美希不是第一次和林總通電話，林總給她的感覺就是個很熱情豪爽的人，這次也是，聽說江美希他們中午是在員工餐廳吃的飯，晚上無論如何也要請他們吃飯。

江美希問：「您不是在出差嗎？」

林總哈哈一笑：「我們這事是大事，聽說你們已經到了，我就馬不停蹄地趕回來了。」

原來林總是特地提前一天趕回來的，這樣一來江美希想拒絕也拒絕不了。

晚上吃飯時，是李亮和王明陪著林總一起來的。與上午的不冷不熱相比，王明的態度簡直三百六十度大轉彎，對江美希稱讚不斷，對葉栩也禮遇有加。

林總這個人沒什麼架子，不只對江美希他們，對下屬也很隨和，所以飯局的氣氛還算融洽，也沒出現江美希最害怕的勸酒。

後來飯吃到一半，林總突然接到一個電話，聽內容應該是和家人有關。眾人都心照不宣地不再說話，給林總一些空間，王明更是離開了包廂，臨走前拍了拍李亮的肩膀，李亮立刻起身跟了出去。

見那兩人離開，江美希沒太在意，可是那兩人前腳剛走，她身邊的葉栩也站了起來。

他要是一走，包廂裡就只剩下她和林總了，那多尷尬，所以她說什麼也不能讓葉栩離開。

她一把拉住他：「去哪裡？」

「上洗手間。」

江美希壓低聲音問：「不能等一下再去嗎？」

葉栩不慌不忙地看她一眼：「這種事都是急了才要解決一下，要怎麼等？」

那種只需要上司一個眼神就什麼都明白的下屬，怎麼她江美希從來就遇不到！

她煩躁地揮揮手：「去吧、去吧！」

葉栩離開過沒多久，林總終於結束了那通電話，兩人開始尋找話題，說著說著就又說回了專案。

江美希問林總：「券商和律所[10]那邊談好了嗎？」

說到這個，林總皺眉：「說來有點奇怪，之前幾家券商都談得不錯，可是到最後都臨時變卦，所以券商這裡還沒敲定，律所倒是談好了，不過也有些波折。」

這不合理啊，他們這些仲介機構，說白了就是拿錢辦事，只要費用談妥，還有什麼問題呢？江美希不由得又想到她下飛機時收到的那則訊息。

她猶豫了一下，還是覺得有些事情應該早點溝通：「冒昧問一下，公司是不是得罪過什麼人？」

林總也是聰明人，立刻讀懂了江美希話中的意思。

他略微思索了一下：「在市場上難免會有一、兩家競爭對手，但做生意不就是這樣嗎？」

確實如此，有市場的地方就有競爭，這的確沒什麼稀奇的。但江美希做過的專案不計其數，有一些上市公司年審時偶爾會收到這種檢舉訊息，然而像這次的 IPO 專案，卻是第一次遇到這種事。

其實江美希對發訊息的人也不是毫無頭緒，她試著問：「我聽說您自己出來創業時，好像和老東家華誠鬧得蠻不愉快的？」

10 律所：律師事務所的簡稱。

提到這個，林總毫不掩飾地嘆了口氣：「這件事說來話長啊。我和華誠老闆是大學同學，上學時關係很不錯，畢業後在各自單位又都做得不太順利，就約好了一起出來創業。我們兩個雖然都是技術出身，但是他明顯更擅長搞那些人際方面的事，所以我們最初搭檔也很合拍，我負責技術把關，他負責跑市場。後來華誠做大了，我還是把精力放在研發上，但他接觸的人多了，想法就變了。我發現公司的發展已經偏離我們最初的想法，多次提意見他不聽，後來也煩了。那之後我意識到公司漸漸架空了我，有些流程批審我都看不到，對公司經營情況也一無所知，於是一氣之下離開了華誠，自己出來弄了現在的芯薪。可能是因為華誠對預算研發專案不夠重視，都在吃老本，也可能是因為原來的研發團隊覺得跟著我工作更舒適，他們就陸陸續續從公司辭職到了我這裡。」

江美希聽了也不由得感慨：「原來是這樣。」

林總自嘲地笑了笑：「我知道外面傳的和我說的並不一樣。」

的確不一樣。

外界傳聞中林濤是個恃才傲物、性格孤僻的怪人，在公司裡獨斷專行，與公司管理層頻頻發生衝突，最後為了避免這種情況出現，研發之外的有些事情就不再找他參與了。他知道後，一氣之下離開公司，同時挖走了公司最核心的研發團隊，也讓公司陷入絕境。

這種做法無疑是不道德的，然而圈子就這麼大，你傳我、我傳你，這導致芯薪在業界口碑一直都不怎麼樣。所以，除非芯薪的產品有很大的價格優勢，否則真的很難在這種情況下打開市場的大門，這也就是為什麼芯薪設計的晶片雖然從指標到可靠性上都優於華誠的老牌產品，但是華誠的市場占有率依然是芯薪的好幾倍。

江美希不以為然：「傳聞這種東西向來是半真半假。」

林濤無所謂地笑了笑：「Maggie 妳是聰明人，對什麼事情都會有自己的判斷。但是我有時候會想，或許從我那老同學的角度來看，那些傳聞就是全部的真相。」

或許是因為工作的關係，江美希對她不瞭解的事情向來都先抱持著懷疑的態度，所以她從來不會人云亦云，關於外界對林總的傳聞，她聽到時也就只是聽聽，並沒有放在心上。

這幾天接觸下來，她發現自己對林總的印象挺好的，此時聽到他這麼說，更加確定這次的匿名訊息十之八九跟華誠有關，而且芯薪和其他幾家仲介機構之所以談得不順利，她猜測可能也是因為他們收到了什麼風聲，尤其是券商一方，在專案中承擔的風險更大，所以也更謹慎。

葉栩出了包廂並沒有去洗手間，而是走到了沒有禁菸告示的樓梯間裡抽菸。為了避免遇到熟人，他沒有停留在他們吃飯的那層樓，而是又往上走了半層。

結果事實證明，他的顧慮不是沒有道理的。

一支菸剛抽到一半，他聽到樓下樓梯間的門打開又闔上，緊接著是王明的聲音：「我看老林就是太閒了，你說今天晚上這個局有必要嗎？他一來，我也得跟著來。」

「公司上市是大事，說明林總重視這件事。」

葉栩朝樓下看了一眼，見李亮在替王明點菸。

王明冷哼一聲：「他重視有什麼用，也得對方重視，你看看就派兩個人來，這種態度是重視嗎？」

李亮說：「可是我聽說江姊是他們公司的總監，僅次於合夥人，我們公司這種專案如果不是林總的關係，可能都不一定請得動她。」

「什麼總監？」王明用夾著菸的那只胖手點了點小李的腦門，「女人怎麼在職場上生存這種事你還不懂嗎？」

李亮嘿嘿笑著：「也不一定吧，這行業本來就是女多男少，是女性當領導者也很正常，我聽說他們的合夥人也有很多是女的。」

「你懂什麼？」王明白了他一眼，「這種外商可亂著呢！你也說了他們女多男少，那她出差怎麼就帶了一個男的？誰知道他們兩個有沒有一腿，我看、啊……」

王明話沒說完，突然有什麼東西從天而降，輕飄飄地正好落在他「指手畫腳」的那只手上，而且還帶著熱度，燙得他哆嗦大叫著。

他低頭一看，竟然是支還沒有掐滅的菸頭，於是火氣就更大了，朝著樓上吼道：「哪個不長眼的亂丟菸蒂？」

葉栩雙手插在褲子口袋裡，緩緩走下樓梯：「不好意思，手滑。」

他雖然在道歉，但他的態度並沒有表現出歉意。

見他突然出現，李亮的臉立刻漲得通紅，連忙站出來打圓場：「你別誤會，我們沒別的意思。」

「沒事，可以理解。」葉栩直接打斷他，「大家觀念不同，想到的自然也不同。」

李亮鬆了口氣，站在一旁的王明冷哼一聲，一副無所謂的樣子。

葉栩走到王明面前，低頭踩滅剛才被自己丟下來的菸蒂，抬頭朝他笑了笑說：「有句話不知道王總有沒有聽過，心中有佛，所見萬物皆是佛；心中是牛屎，所見皆化為牛屎。」

說著，葉栩上下掃視了王明一眼繼續說：「小時候我媽一直教我不要以貌取人，現在覺得這還真的有點難度。」

王明反應了好一會兒才明白過來，葉栩這是拐著彎罵他心思齷齪且相由心生。剛才他被燙了一下，本來就惱火，現在更是氣得發抖，伸手指著葉栩破口大罵：「你這臭小子，是不是不想幹了？」

葉栩不屑地將他的手指撥開：「我是不想幹了，可是你說了算嗎？」

王明最恨別人拿他和林總在公司的職階說嘴，此時還被一個外來的小崽子戳中要害，頓時失去了理智，朝著葉栩揮起拳頭。

先不說他年紀大了，而且平時只懂吃喝玩樂不注重鍛鍊，從身材上的先天缺陷來看，便知道他肯定不是葉栩的對手。

果然那毫無殺傷力的拳頭剛到葉栩面前就被葉栩輕巧地治住，葉栩手腕輕輕一轉，像提著一隻笨雞一樣提著王明。

王明的胳膊被扭住，疼得直大叫，奈何李亮那身材在葉栩面前也占不到什麼便宜，只能替王明求饒。

就在此時，葉栩揣在褲子口袋裡的手機震了震，他拿出來掃了一眼，是江美希問他怎麼還不回去，這才鬆開了手。

王明怒瞪著他，但氣勢明顯大不如前。

葉栩笑著湊到王明耳邊，「看見了吧？我這臭小子，偶爾也可以教你怎麼做人。」說完便轉身走出了樓梯間。

葉栩回到包廂沒多久，王明和李亮也回來了。江美希很快就注意到王明和李亮臉色都很難看。

她湊近葉栩壓低聲音問：「你在外面遇到他們了？」

葉栩坦坦蕩蕩地回答說：「是啊，怎麼了？」

江美希見他這麼大方地承認，稍微放下心來，看來不是他在外面惹了對面兩個人，那只能是他們內部矛盾了。

她了然地笑笑，湊到葉栩跟前說：「你真該慶幸你進的是U記。」

見葉栩似乎不解，她接著說：「文化包容啊，業務能力永遠排在第一位，其他都是其次。」

「所以呢？」

「所以你看芯薪，」江美希的目光飛快地掃了一眼王明和李亮那邊，「來的時候兩個人還好好的，也不知道才過了一下子，李亮做錯了什麼，還得被王總叫出去訓話。你要是在這種企業裡，早就被開除好幾次了。」

「是嗎？」葉栩勾起嘴角，「但我要感謝的好像不是U記的包容文化或者大度的老闆吧？我這樣的人，應該好好感謝勞基法才對。」

江美希被噎了一下，悻悻地坐直身子。

本來以為這頓飯就要在這死氣沉沉的氣氛裡結束了，沒想到葉栩也不知道哪根筋不對，突然站起身來給林總敬酒，敬完林總開始敬王明，敬完王明還是敬王明。

起初王明還愛理不理，後來像是在跟什麼賭氣似的，只要葉栩敬他，他就喝。

敬到第五杯時，江美希就有點坐不住了，在桌子底下瘋狂去拉葉栩的袖子，葉栩就好像沒感覺一樣，依舊堅持不懈地敬王明酒。

江美希不好意思地看了眼林總，林總倒是無所謂地笑笑：「我們王總可是公司裡出了名的好酒量，這麼多年來無論是同事還是客戶，我還沒見過能喝過他的，這位小兄弟很厲害啊！」

「哪裡、哪裡，剛出校園還不懂事。」江美希一邊訕訕笑著，一邊又去拉葉栩。

這一次江美希沒能精準地扯住葉栩的袖子，而是一不小心拉到了他放在桌子下面的手。

江美希連忙鬆開，但從眼角餘光中感覺得出來葉栩正看著她。

好歹葉栩是停下來了，但剛才林總那番話不知道是刺激到了王明的哪根神經，葉栩不主動敬他了，他卻反過來開始敬葉栩。

葉栩也沒有推託，兩個人不知道拚了多少杯，眼見這事態愈來愈失控，江美希和李亮都想制止雙方，但是誰也不聽他們的，直到王明喝掛了，這一輪拚酒才終於結束。然而葉栩也比王明好不到哪裡去，幾乎也醉得不省人事。

事後，林總坐公司的車離開，李亮負責送王明回去，江美希只好獨自一人架著死豬一般的葉栩叫車回飯店。

江美希架著葉栩在路邊叫車，可能是因為太晚了，路過的空車特別少。

葉栩整個人的重量全部壓在江美希的肩上，他的頭甚至還靠在她的頭上，微微乾澀的下巴或者溫軟濡濕的唇偶爾會輕輕擦過她的額角，江美希卻被他煩得不行。

她從業多年，還從來沒見過這麼會給上司添麻煩的下屬，如果殺人不犯法，她很想趁著這個夜黑風高的好機會將這傢伙拋屍荒野。

等了二十分鐘，終於招到了計程車，司機見他們當中有個醉漢，極不情願，操著當地口音罵罵咧咧地說什麼怕吐弄髒了他的車，還是江美希好說歹說願意加錢，那司機才同意開車。

所幸吃飯的地方離他們住的飯店不遠，不到十幾分鐘就到了。

江美希對司機大哥千恩萬謝一番，又拉起葉栩朝著飯店大廳走去。

短短幾十公尺的距離，她走得很艱辛，忍辱負重了一整天的雙腳，此時在葉栩和高跟鞋的雙重折磨下也開始反抗，使得江美希每走一步，都忍不住罵上幾句。

「帶你出差絕對是我最大的失誤，正經事幹得馬馬虎虎，添亂倒是有一套！」

「你說你拚酒拚贏了有什麼意義嗎？你還是小朋友，人家還是老總，幼稚！」

「哎、你別離我這麼近，別以為你喝醉了，我就不能告你性騷擾！」

說話時他們好不容易進了飯店大廳，但因為時間太晚，前檯只有一位女性櫃檯人員在值班，連個能幫忙的人都找不到。

江美希無奈，只能自己架著葉栩往電梯的方向走，好不容易兩個人挪到了電梯門前，但電梯一直停留在十樓就是不下來。

江美希實在是沒有力氣再架著葉栩繞到前檯去找那位小姐詢問電梯故障的原因了，所幸他們就住在二樓，旁邊就是樓梯間，她思考了一下，決定走樓梯。

她一邊拖著葉栩爬樓梯，一般忍不住繼續罵道：「我真不知道我是不是上輩子欠你的，我發現你每次出現，我都沒什麼好事。以前我真的不迷信，現在也開始相信有剋星這回事了。」

艱難地挪了半層，勝利在望，可是江美希的腳，卻不斷地傳來那種尖銳的痛感。

她猶豫了一下，一邊扶著葉栩，一邊脫鞋。可是脫到第二隻時卻突然失去了平衡，她本能地抓住旁邊的扶手，但她身上的葉栩卻在她鬆手的一剎那倒了下去，並在她的注視下直接滾回了一樓。

一陣「乒乒乓乓」的聲音過後，接著是葉栩的悶哼聲，周遭陷入了死寂一般的安靜。

江美希站在樓梯上，看著樓梯下面的葉栩，大氣都不敢喘一下。

不會這樣就掛了吧？

江美希回過神來飛快跑下樓去檢查葉栩的傷勢，還好沒有撞到頭，只是手臂上有些輕微的撞傷。

「葉栩？」江美希拍了拍他的臉，叫了他一聲。

他迷迷糊糊地睜開眼，回應她：「江美希。」

江美希鬆了口氣，重新架起他往樓上走，短短二十個階梯，她卻覺得自己已經走了一個世紀。

好不容易到了房間，她氣鼓鼓地把他扔在了床上。正想離開，突然又看了他手臂上的傷，心裡多少有些過意不去。

她從客房服務員那裡要了些緊急醫護用的酒精棉片，簡單幫他處理了一下傷口，擔心他明天醒來發現問她是怎麼回事，她猶豫了一下，決定幫他換件長袖。

翻了下他帶來的行李，還真的有一件長袖T恤。

於是她又把葉栩拉了起來，非常粗魯地扯下了他身上那件短袖T恤，他結實的上半身立刻暴露在了她的面前。

這還是江美希第一次清醒地、近距離地面對赤裸的他，她猶豫了一下，還是伸手在他小腹上摸了一把，心裡正感慨著怎麼會有人把肌肉練得這麼硬，一抬頭卻對上了一雙迷離的眼。

葉栩不知什麼時候睜開了眼，正看著她，神色有些迷濛。

「那個……」江美希看了現下兩人的情況——葉栩上身赤裸地靠坐在床頭，而她跨坐在他的腿上，不僅如此，她的手還停在他結實的小腹上。

「江美希？」

「是我，那個……你聽我解釋！」江美希正語無倫次著，抬頭一看，發現不知什麼時候葉栩又閉上了眼睛，原來剛才他並沒有真的醒來。

「這是喝了多少啊！」她不敢再怠慢，手腳俐落地替他套上那件長袖T恤，然後將他放在床上。

離開前，江美希又看了床上的男人一眼，此時的他睡得正熟，臉上神色柔和，完全沒有白日裡那種欠扁的樣子；眼睫毛細細長長的，像兩支小扇子，襯托得他整個人像個安靜漂亮的孩子，腳上卻在此時又傳來了那種尖銳的痛感。

「嘶……」江美希抬腳朝著葉栩的小腿上踹了一腳，「都怪你，明天再跟你算帳！」

被「毆打」的人只是輕輕皺了皺眉頭，很快又沉沉地睡去。

江美希嘆了口氣，順手扯過被子胡亂地蓋在他身上，這才離開。

第二天一早，江美希和葉栩在飯店的餐廳裡相遇。

精神不濟的葉栩坐在江美希的對面問：「昨晚我怎麼回來的？」

江美希低頭吃飯：「李亮跟我把你弄回來的。」

「哦、那我怎麼換了件衣服？」

江美希掃了他一眼：「是嗎？可能你昨晚吐了，李亮幫你換的吧。」

「可是我換下的那件衣服上沒發現吐過的痕跡。」葉栩看著江美希，「我身上的傷是怎麼回事？」

「有嗎？」江美希放下筷子起身，「對了、你要不要喝牛奶？我去拿。」

江美希試圖岔開話題，等她再回到座位時，就聽葉栩又說：「我懷疑昨天有人趁我喝醉時毆打我，妳確定是李亮送我回房間的？」

江美希端著牛奶的手不由得抖了抖，但她很快就鎮定了下來：「不是李亮還會有誰？難道你還指望我把你送回房間嗎？」

她指了指他面前的杯子：「牛奶你喝不喝？哦、對了，牛奶不解酒，優酪乳怎麼樣？」

說著她又舉手向服務生點了杯優酪乳。

很快地優酪乳送來了，江美希推到葉栩面前，看也不看他：「快喝吧。你也就是仗著自己年輕，不然昨天那種喝法，多喝兩次能要人命！」

葉栩的目光在面前的牛奶和優酪乳間徘徊了一下，然後落在了江美希的臉上：「江美希，妳什麼時候這麼好心了？還是妳昨晚又對我做了什麼？」

江美希擔心的事情還是發生了，他終究懷疑到了她的頭上，但她很快又反應過來，似乎他們兩個想的好像不是同一回事。

她說：「什麼叫『又』對你做了什麼？」

她故意沒好氣地把杯子重重地往桌上一放，「你還敢跟我提昨天晚上？你看看你昨晚的表現，那樣灌王總酒，沒大沒小、沒上沒下，如果我是李亮，我也要揍你！」

葉栩的臉色不太好看：「你說我沒大沒小，沒上沒下？」

「不是嗎？你說喝個酒有什麼好逞強的？我看你昨晚那頓飯肯定是得罪王總了，我們以後入駐公司免不了要和他們打交道，到時候人家不配合怎麼辦？你這不是在給我長臉，純屬在給我找麻煩！」江美希氣鼓鼓地訓完話，抬頭看向對面的男人，發現他正端著手臂看著她笑，只不過他的笑是冷笑。

他說：「江美希，妳這人真是不知好歹。」

如果是往常，面對他這種態度，江美希一定不遺餘力反駁回去，但是這一次，不知道是想到他身上的傷，還是在她的潛意識裡他從來不是那種做事毫無道理的人……總之，她覺得自己沒底氣。

但江美希的擔憂不是毫無道理的，當他們吃過早餐趕到芯薪，並且打算把剩下的工作完成時，就發現今天財務部人員的配合度明顯沒有昨天那麼高，要個財務報表，不是找不到就是一去不復返。

這麼低效率的工作就這樣持續了一整個上午。

江美希看了眼時間，原本計畫是今晚離開南京的，現在看來機票要改簽了。

她又看了某位罪魁禍首一眼，只後悔昨晚沒有多踹他幾腳。

葉栩瞥了她一眼，繼續低頭看報表：「如果是想讓我跟那傢伙低頭認錯，那妳還是打消念頭吧。」

江美希怔了怔，旋即明白過來：「如果只是勸酒也說不上誰對誰錯。說吧，你和王總之間到底怎麼了？」

葉栩頭也不抬：「這跟妳沒關係。」

「我們現在這樣，你覺得還跟我沒關係嗎？而且這關係著我們日後的合作……」

葉栩沒等她說完，倏地從椅子上站起來，然後往門外走去。

「你去哪？」江美希愣了好一會兒才做出反應。

他雙手插兜，頭也不回：「洗手間。」

「哎、你最近去的頻率有點高啊……」

葉栩終於停下腳步，回頭看她：「這妳也管？」

江美希被噎了一下，只好說：「我是擔心你的身體。」

葉栩笑了：「那妳可想多了，我身體好不好沒人比妳更清楚了。」

江美希一開始還不明白這話什麼意思，後來等人走遠了才反應過來，又被那傢伙調戲了！

但她也沒時間生氣，思索了一下，她決定去找王明聊聊。

江美希找到王明的辦公室，門是虛掩著的，她剛要上前敲門，卻聽到裡面有人交談的聲音。

她正猶豫著要不要過一會兒再來，就聽到王明問：「跟那邊交代好了吧？我倒要讓他們看看這是誰的地盤！一個女人和一個毛頭小子想跟我作對？門兒都沒有！」

一個女人？一個毛頭小子？怎麼聽都好像是在說她和葉栩。

「那個葉栩我看就是個愣頭青[11]，我們當時也沒說他什麼，他就發那麼大的脾氣！」說話的是李

---

11 愣頭青：形容人做事不用腦袋，莽撞行事。

亮。

王明冷哼一聲：「我們是沒說他，但我們提到那個江美希了啊！所以我說什麼來著，那兩個人的關係肯定不一般！」

江美希沒有再聽下去，入行多年，她遭到的非議和不理解遠比外人想像的還要多，她甚至可以猜到王明昨晚在背地裡是怎麼說她的。可是她沒有想到葉栩會撞見，更沒有想到，他會替她出頭。

難怪他會說她不知好歹……想到這裡，江美希對自己昨晚的施暴行為更加內疚了。

她轉身往回走，回到辦公室時，發現葉栩已經回來了。

「收拾一下。」她說。

葉栩意外：「幹什麼？」

「回北京。」

「盡調[12]報告不寫了？」

「當然要寫。」

江美希和葉栩收拾好東西就來到林總辦公室辭行。

林總以為兩人這麼快就完成了調查內容，甚至比預先說好的時間提前了半天，於是樂呵呵地說著

---

12 盡調：盡職調查，在簽署合約之前，先進行合約公司或者是交易對象的資訊與資產，進行成本、利益以及風險的評估，以便衡量決策。

感謝的話。

江美希臉上掛著很職業的笑容：「您不用客氣，這是我們應該做的。另外關於盡調報告，我們會如實體現貴公司的財務狀況。」

林總滿意地點頭：「辛苦你們了。」

江美希繼續微笑：「當然關於專案存在的風險，也會如實回報給公司，至於我們雙方最後能不能真正達成合作，還得看公司的意思。」

葉栩聽到江美希的話不由得微微挑眉。

林總臉上的笑容也僵住了：「不是……這個專案不是之前說好的嗎？」

江美希不解：「公司傳達給我們的只是要我們來做詳細的盡職調查。」

葉栩垂眸看著面前茶几上的茶杯，嘴角不易察覺地勾起了一個弧度。

林總顯然沒想到事情會是這樣的結果，但好涵養讓他迅速鎮定下來：「那個……您剛才說的風險，具體是指哪方面的風險？」

「財務那邊沒人跟您彙報嗎？」江美希愣了愣，似乎是有點意外地問。

「可能還沒有來得及彙報。」林總尷尬地笑笑。

江美希了然點頭：「是這樣的，盡調報告中需要公司前三年的應收帳款周轉率、存貨周轉率、流動比率、速動比率、淨資產收益率等這些財務指標，因為貴公司提供的報表文件中不包含以上這些內容，所以我們沒辦法評估公司的運營是否正常。」

這些都是很基礎的財務資料，公司不可能沒有相關報表，等江美希說完，林總直接拿起桌上的電話撥了個號碼，然後語氣不善地命令道：「你過來一下。」

林總掛上電話後，辦公室裡出現了短暫的寂靜，片刻後就見到王明出現在了辦公室門口。

王明見到江美希他們，臉色立刻就不怎麼好看了。

林總把江美希的話原封不動地轉達給了王明，並問他：「是這樣嗎？」

王明冷哼一聲，沒有直接回答林總的問話，而是看向江美希：「有沒有這些又有什麼關係？我們請你們了啊！我們請你們來是幹什麼的，不就是幫我們解決問題的嗎？你們現在這樣是什麼意思？」

王明一來就氣勢洶洶地接連問起了幾個問題，江美希始終保持著笑容：「王總，您可能對我們彼此之間的合作有一些誤解。從我們公司的角度來看，我們當然是希望可以促成合作的，而在這種關係下，我們的使命也的確是幫助貴公司解決一些財務方面的問題，但是這件事是在控制我們自身風險的前提下來進行的。」

王明不屑：「你們能有什麼風險？拿錢辦事而已！」

話說到這個份上，林濤也算是看明白了。江美希的話說得再明顯不過——意思就是，他們是想合作的，但是前提是芯薪得讓他們心裡有數。眼下他們突然鬧這一齣，一方面可能是公司確實有些他們判斷不了的問題，而另一方面，看看王明此時的態度就非常明白了。

林濤立刻打斷王明說：「老王，先不說別的，剛才 Maggie 想要的那些報表文件，財務那邊有現成的嗎？」

王明愛理不理地應了聲：「應該有吧。」

林總轉過頭對江美希和葉栩抱歉地笑了笑：「既然我們的目標是一致的，大家都希望達成合作，要不然 Maggie 你們等一下再看看那些文件，之前八成是有些誤會，我們財務部有些工作人員也是剛到公司不久，非常沒有經驗。」

林總這話說得很是周到，既顧全了江美希的面子，也顧全了王明的面子。

就連葉栩都以為江美希會順水推舟，點頭同意，但她只是皺著眉頭看了眼時間：「不好意思啊、林總，我們買了下午三點回北京的航班，真的沒時間了。主要是我們後面的行程已經安排好了，不好再改。」

此時，林總的臉色也不太好看：「那不然我和 Linda 再溝通一下？」

林總這時候搬出 Linda，早在江美希預料之內，她笑著說：「那真是求之不得了，正好我也左右為難，畢竟後面的專案是她老人家安排好的，說是非常重要的客戶。」

「那好吧。」話雖這麼說，但林總拿起電話卻又猶豫了。

江美希早就料到他不會當著她的面打這個電話，誰不知道 U 記的人費用很貴？江美希工作一小時，收費在人民幣四千八百元到五千兩百元之間，而芯薪白耽誤她一個上午的時間。如果以後真的達成合作，對方又一直是這個態度，可想而知，這個專案的成本會大幅度提高，而這個成本考核直接關乎 Linda 的年終考核，所以江美希斷定，如果林總對他們稍微多瞭解些，就不會打這個電話。

林總放下電話略微沉吟，然後說：「老王你先出去一下。」

「林總！」王明似乎也意識到了什麼，不甘心地叫了林總一聲。

林總看也沒看他，只是無奈地朝他揮了揮手。

王明離開後，林總提議：「老王年紀大了，眼界有時候還是不夠開闊，你們不要介意。我們財務部的副總肖偉年紀雖然不大，但是應該能和你們談得來。對了、好像還是小葉的學長，所以Maggie妳看你們能不能把機票改簽，再給我們半天時間？」

江美希佯裝思考了一下，最後勉為其難地同意了林總的提議。

從林總辦公室裡出來，江美希目不斜視地走在葉栩前面：「你不用謝我，我這麼做不是為了你。雖然我不想承認，但畢竟你也代表著公司，他們怠慢你就是沒把U記放在眼裡。合作是需要在雙方互相尊重、彼此友好的前提下進行的，如果不及早扭轉局面，我們日後入駐公司後也會非常被動。」

葉栩笑：「誰說我要謝妳？不過，我們扯平了。」

江美希本來也沒指著這小狼崽子向她道謝，但她好歹替他擺平了王明，他就算不當面感激，心裡也該記著她的好吧，誰知道等來的卻是這麼一句。

「你什麼意思？」江美希問。

葉栩擼起袖子把結實有力的手臂伸到她面前，她看到那上面從手肘到肩膀處有好大一片瘀青。這是昨晚她替他換衣服時還沒有出現的，看來是今天早上剛出現的。

葉栩重新把兩邊的襯衫袖管都挽到手肘處，然後看了江美希一眼說：「昨天晚上妳趁我喝醉毆打我的事，一筆勾銷了。」

江美希回過神來，有點沒底氣地問：「你哪隻眼睛看到我毆打你了？」

葉栩指了指自己的眼睛：「兩隻眼睛都看到了。」

江美希突然想起昨晚幫他脫衣服時，他有片刻是醒著的，那時候她以為他還醉著，還趁機摸了他一把，難道他記得？

葉栩看著她笑：「想起來了？」

江美希飛快錯開視線，朝著臨時辦公室的方向走去：「你如果真看到我了，那只能說明你還挺在意我的，做個夢都能夢到我。」

走出一段距離，還沒聽到身後人跟上來的腳步聲，江美希停下來回頭看，葉栩依舊站在原地，雙手插在褲子口袋裡，神色不明地看著她。

窗外不知何時下起了雨，雨淅淅瀝瀝，顯得周遭異常安靜。

江美希抬手看了眼手錶：「還在那邊拖拖拉拉什麼？再不快點，改簽後的航班也趕不上了。」

盡調報告是來不及完善了，查完最後一部分的資料，江美希和葉栩便匆匆趕往機場。

雨勢漸大，路上塞得水泄不通，好在計程車司機經驗豐富，帶著他們走小路繞捷徑。

又是一路兵荒馬亂，和江美希來的時候差不多，可是當他們好不容易掐著時間趕到機場時，才被告知飛機因為天氣緣故暫時無法起飛，而且起飛時間未定。

這個季節出門，最怕的就是班機延誤，但經常出差的人對這一切多少都有一些心理準備。

她找了個位置坐下，從行李箱裡翻出筆記型電腦，開始查閱其他專案負責人發來的專案底稿。

葉栩沒有陪著她，在她開始工作沒多久，他就起身離開，不知道去哪兒了，她也沒在意。

不知過了多久，身邊的人來來去去，吵吵鬧鬧的，而她的筆電電量也開始警示不足。她疲憊地閉了下眼，再睜眼時面前多了一瓶礦泉水。

「妳今天已經工作十四個小時了。」葉栩說著，也不知道他是什麼時候回來的。

江美希掃了他一眼，接過礦泉水，用力擰了幾下沒擰開，手心被蹭得通紅。她在衣服上稍稍擦了擦，打算再試一次的時候，手裡突然一空——葉栩拿過水瓶，輕巧擰開，重新遞給她。

「沒人告訴過妳嗎？」葉栩說，「女人有的時候要適當地示弱才可愛。」

江美希已經漸漸適應了葉栩這沒大沒小的態度，或許是因為兩人最初的那場烏龍，在她心裡，其實她也沒有只把他當成一個和穆笛同齡的小朋友。

江美希仰頭喝了口水，然後慢條斯理地說：「在U記，沒有性別這種東西。」

「可是現在不是在公司，只有妳和我。」

夜愈來愈深，疲憊感讓人緊繃一整天的神經不由得放鬆下來，讓江美希差點忘了，眼前的人是她要一邊拉攏，一邊又要劃清界限的人。

但是在劃清界限之前，有個問題她一直很想問：「你為什麼對那個王總有這麼大的偏見？」

葉栩似乎想了一下才明白她指的「王總」是哪一位，頓時就沒什麼好臉色。

他明顯不願意說，但江美希既不著急也不生氣，因為她早就知道了答案。

她低頭打開行李箱，把沒電的筆電塞進去。

就在這時，不遠處突然傳來亂糟糟的吵鬧聲。江美希抬眼望過去，有七、八個旅客圍著一個工作人員，似乎在談論著什麼。

她說：「我去看一下。」

她正要起身，就被一隻修長有力的大手壓著肩膀按回了椅子上：「妳在這裡等著，我去。」

在她猶疑的同時，人高腿長的葉栩已經走向那群人，過沒多久便仗著身高優勢，輕鬆地擠進人群。

江美希看著他不疾不徐地和工作人員交談了幾句，又折了回來。

他走到江美希面前，彎腰拎起她腳邊的行李箱：「今晚走不了了，找地方住吧。」

他站在她面前，因為個子夠高，正好擋住了她頭頂上的光。兩人離得近，她坐他站，她一抬頭，映入眼簾的是他稜角分明的下顎弧度。

朝夕相處了這麼久，江美希的心裡也不由得感慨，這小狼崽子究竟是吃什麼長大的，怎麼長得這麼好？

葉栩看了眼時間：「動作快點，或許附近的飯店還有空房間，要是再晚一些，我們估計就只能在這裡睡一晚了。當然，妳又有一整晚的時間可以工作了。」

江美希站起身來朝著候機大廳外走，邊走邊說：「是啊，這年頭誰還睡覺啊，丟臉！」

結果真的被葉栩說中了，因為大批被滯留的旅客，附近比較像樣的飯店早就人滿為患，就連旁邊的小賓館都沒有客房了。

江美希他們不知道走到了第幾家，依舊沒房。賓館前廳裡此時也是亂糟糟的，江美希望著夜色中的馬路對面，那邊還有幾家小賓館的霓虹招牌在雨夜中飄搖。

她回頭對葉栩說：「我們去對面看看吧。」

葉栩一把拉住她：「妳在這裡等我，我過去看看，有房間再過來接妳。」

江美希也確實累了，就沒拒絕：「不用來接我，打個電話告訴我就好。」

葉栩掃了一眼她腳邊的行李箱，堅持說：「妳等我回來吧。」

說完才鬆開握著她手腕的那只手，推開門衝入了雨夜中。

江美希雙眼望著夜色中的某一個點，注意力卻都集中在剛才被他握過的地方。原本他們早就有過更親密、更讓人臉紅心跳的接觸，可是今天晚上不知道是怎麼了，江美希覺得自己的心裡和外面的天氣一樣，亂糟糟的。

過沒多久，葉栩回來了，手上還多了一把黑色的長柄雨傘。他的頭髮濕漉漉的，髮絲黑黑亮亮，更襯得皮膚有點不健康的白。

他這次出門沒帶行李箱，那個超大號的黑色雙肩背包，此時就顯得便利許多。

「走吧。」他拎起江美希的行李箱推開門，撐起手中的雨傘，回頭招呼江美希，「不過傘只有一把。」

江美希看了他一眼，二話不說走到了傘下。

傘是不小，但還是不足以為兩個人遮風擋雨。在過馬路時，江美希一側頭，就看到葉栩幾乎半個肩膀都暴露在雨中。

她知道他從來不屑於討好她，對她這個上司更沒什麼敬畏感，那他今晚對她的照顧，大概是出於他本身的涵養吧。

想到這裡，不知道為什麼，江美希的心裡竟然有隱隱的失落感。

不經意間，她的目光掃到了他握著傘的手臂上，那上面倒是沒有瘀青，卻有一片擦傷，此時傷口已經結痂，看著讓人很不舒服。

江美希朝他那邊靠了靠，同時推了一下他握著傘的那隻手，讓傘面朝他那邊挪了挪。

她沒有抬頭看，但她還是感覺到了他低頭注視著她的目光。

綠燈亮起，行人通行。他突然抬起手肘，將她那隻還沒來得及放下的手夾在了他的腋下，強行讓她做出挽著他手臂的動作。

江美希還沒來得及說些什麼，就聽到葉栩說：「靠近一點，這樣就都不用淋雨了。」

他身上溫熱的男性氣息立刻籠罩著她，驅走她身旁的濕寒。有那麼一瞬間，江美希覺得這個雨夜好像也沒那麼糟糕了。

她偷偷偏頭看他了一眼，他依舊目不斜視地看著前方，臉上的表情和平常沒什麼兩樣，依舊寡淡疏離。

過了馬路，小賓館就在前面。在走上兩個階梯時，江美希一個不注意，腳下一滑，眼見著整個人就要摔倒，好在她身邊的男人眼疾手快，在她摔倒前，飛快抓住她兩側的肩膀，向上一提，將馬上就要坐倒在地上的她又提離了地面。

江美希回過神來時，她已經在他懷裡了。

葉栩低頭看她：「腳沒事吧？」

江美希站直動了動腳踝，還好沒傷到。

「沒事。」她說。

「那走吧。」

葉栩在回去接她之前已經提前付了費用，江美希到賓館時只需要出示一下身分證就可以入住了。

兩人穿過窄小昏暗的走廊，一直走到了走廊盡頭。

房間是緊密相鄰的，葉栩將手上的行李箱遞給江美希，垂眸看她一眼，似乎欲言又止。

江美希也覺得此刻該說點什麼，但又不知道從何說起，畢竟說謝謝也不是她的風格。

兩人就這樣僵持片刻，最後還是葉栩先打破了沉默：「進去吧。六個小時後，我們在大廳見。」

江美希這才意識到，距離天亮已經不到六小時了。

她點點頭，刷卡走進旁邊的房間。

房間和她想像中的差不多，陰暗潮濕，但是在這亂糟糟的雨夜裡，能有一處棲身之所，還能洗個熱水澡，就已經要比候機大廳裡的那些人幸福太多了。

而這一切，多虧了隔壁的那個男人。

意識到這一點時，江美希有些意外。

自從工作之後，她就很少受人照拂。當小朋友時，她自然是跑腿的那個，準備文件、訂機票、訂飯店，鞍前馬後地安排著團隊的一切。近兩年資歷雖然高了，但她發現只要有她在場的時候，團隊的事情，無關事情大小，她依舊是最愛操心的那個人。

老江女士曾經評論她說，她就是太強勢，太喜歡控場。穆笛卻說，這只是因為她潛意識裡沒有可以信任的人，對周遭的同事、下屬都不放心。

當時她不以為然，可是今晚，她發現有葉栩在，她可以什麼都不去想，任由他安排，這種感覺竟然也不錯。

江美希脫掉衣服走進浴室時恰巧聽到隔壁也傳來嘩啦啦的水聲。小賓館隔音不好，過了一會兒，水聲停了，她甚至可以聽到他打開沐浴乳瓶蓋的聲音。

片刻後，她打開水龍頭，溫熱的水從花灑中噴灑出來，讓她清醒不少。

當初想著既要防著他又要拉攏他，所以才想把他放在身邊做專案，但是今晚的事，讓她突然就改變了主意。

一起出差，朝夕相處，他們兩個——不行。

第二天一早，空氣裡依舊有著濕漉漉的味道，幸好天氣終於放晴，昨晚被困在機場的旅客今天陸陸續續離開了南京。

Linda聽聞江美希昨晚的經歷，刻意讓她先在家裡休息一天，但江美希只是回家洗了個澡、換了套衣服，就又趕回了公司。

她以為自己動作夠快了，但有人比她還快。

當她打開電腦的時候，最新進來的一封郵件竟然來自葉栩，那是關於芯薪的盡調報告。

江美希打開粗略看了一遍，條理清晰，內容也夠完整，語法措辭什麼的更是無可挑剔。

這是葉栩入職以來，她第一次覺得當初留下他，也不全是壞事。

報告沒什麼需要修改的，江美希直接發給Linda，同時抄送了葉栩。

葉栩打開信箱，正看到江美希發來的郵件。

有個男同事從他身邊經過，看到那份報告不禁「哇哦」一聲：「你幹得不錯啊！」

葉栩不明所以，而那同事解釋道：「一般人交上去的底稿或者報告，發回來時幾乎都面目全非、滿篇飄紅啊！你是不知道那位有多麼變態的改稿欲，從語法用詞到標點符號，甚至段落間距、邊界設定，她都要求很高呢！但你看你這篇，通篇只有一處，這還不是不錯嗎？」

葉栩笑了笑沒說話。

那位男同事見周圍沒什麼人，突然又壓低聲音很八卦地問：「這趟出差還順利吧？」

「你是指哪方面？」葉栩一本正經地問。

那人朝他擠眉弄眼：「你不是那位的眼中釘嗎？可別怪兄弟沒提醒你啊，這個專案她特地帶上你，我們都猜其實是想趁機搞你！」

看著那人一副同仇敵愾的樣子，葉栩卻笑得意興闌珊。他懶洋洋地站起身來，拍了拍那人肩膀：「有空多學學英語，下次底稿回來時就沒那麼難看了。」說完便摸起桌上的菸盒，朝著辦公室外走去。

U記的辦公大樓裡大部分區域都是禁菸的，只有樓梯間的每個半層有一個小陽臺，陽臺的玻璃門上貼著「吸菸區」三個字。

葉栩喜歡朝樓上多走半層，因為再上半層就是合夥人辦公的樓層，這裡人少。

他推門走進小陽臺，剛點了一支菸，就聽到身後樓梯間裡有開門關門的聲音，緊接著是上樓的腳步聲和女人不耐煩的說話聲。

江美希的態度不算好：「我說媽，您能不能轉移一下注意力，做點別的事，別整天盯著我行不行？」

葉栩靠在身後的牆壁上，旁邊是那扇玻璃門，垂在身側的手指間是剛剛燃起的菸。

江美希的聲音愈來愈近。

不知道對方說了什麼，她的情緒更暴躁了：「您還好意思跟我提上次！上次都是您非得讓我見那什麼小張，還說如果我不同意就讓他到家裡等我，害得我……唉、算了，您就省省吧，我真沒時間！」

葉栩嘴角寡淡的笑意不見了，垂在身側的手也不由自主地抖了下……所以那天她是把他當成相親對象了，還是第一次見面的相親對象？

也不知道是最近疏於鍛鍊，還是情緒太激動，爬了半層樓，江美希就爬不動了，乾脆靠在旁邊小陽臺的玻璃門上歇息。

神經剛放鬆一點，又聽老江女士在那電話一端尋死覓活老一套，江美希只覺得太陽穴突突地疼，她伸手輕揉著太陽穴，實在聽不下去了，只好又像過去無數次一樣妥協了：「好好好，我見還不行嗎？平常日我可沒時間，最好是週六晚上，我加完班直接過去。」

似乎是她這樣的妥協，終於讓電話對面的人滿意了，兩個人說好，江美希終於掛了電話。

她沒有立刻離開，靜靜地靠在玻璃門上好一會兒，不知道在想什麼。直到她的電話鈴聲再度響起，她說了聲「馬上就到」又往樓上走去。

聽到腳步聲重新響起，葉栩才朝斜後方望了一眼，江美希一手扶著欄杆扶手，一手拄著額頭，像是很疲憊的樣子，但也只有那麼短暫片刻，她就重新調整好了狀態，朝樓上走去。

剛掛斷和老江女士的電話，Linda 的電話就打了過來，讓江美希去辦公室找她。

江美希大概能猜到 Linda 找她什麼事，她聽說，就在前兩天，老闆們緊急召開了一個會，討論後續考察新晉合夥人的人選。

江美希進門時，Linda 正在講電話。

見到她，Linda 笑著朝角落的沙發揚了揚下巴，她會意地點點頭，坐到沙發上等著她把電話講完。

一開始，Linda 電話裡講了什麼江美希也沒太在意，聽著像是什麼專案的事情，可是說完專案，兩個人又簡單聊了幾句。Linda 難得地收起了那副精明幹練的女強人盔甲，言語神態中竟帶著罕見的小女兒嬌態。

可能是礙於江美希在場，Linda 只是含含糊糊地說了兩句就匆匆掛斷了電話。

江美希挑眉看她：「有狀況啊。」

Linda 笑了笑：「還太不確定。」

「是客戶嗎？」江美希難得地八卦一下。

Linda 卻笑著不答：「別說我了，芯薪的報告我看到了，看來妳這次出差收穫挺多啊。」

「能有什麼特別的收穫？」江美希知道 Linda 可能要說什麼，回得有點心不在焉。

果然，Linda 指了指她的電腦螢幕：「這報告不像妳寫的，但寫得還不錯，妳給我發郵件時還特地抄送了他，可見妳還挺滿意的。妳多挑剔我可領教過，跟著妳做三、五年以上的也沒看過妳這樣，何況對方只是剛入職一週的小朋友。」

江美希中肯地評價：「看得出他確實做過不少功課，學習能力也不錯。」

Linda 笑：「其他能力呢？」

江美希先是一愣，待看清 Linda 臉上促狹的表情時，才明白過來她指的是哪方面的能力，瞬間覺得渾身血液倒流，不用照鏡子也知道此時她的臉肯定是紅了。

她掩飾性地佯裝著生氣：「妳要說這個，我就回去了。」

Linda 笑得上氣不接下氣，朝她招手：「別走、別走啊，還沒說正事呢。」

江美希走到門前停下腳步，卻聽到 Linda 又說：「妳也不能怪我想歪，畢竟你們兩個的傳聞早就被公司裡那些人傳出十八個版本了。」

江美希無語，Linda 笑著朝她走來，拉著她坐回沙發上。

「先說正事，前兩天妳出差的時候，我們開了個會，預計公司明年在中國區要晉升約二十名合夥人。各地的審計部肯定還是大頭，我們組這兩年的風頭不錯，至少也要有一個的。以妳的情況，我和老闆們也聊過了，大家對妳的能力和付出都有目共睹，但是 Kevin 也不差，有些老闆對他的印象也很好。所以我想提前跟妳打個預防針，在明年下半年名單正式確定之前，妳的業績一定要更漂亮，這樣我說話也更有底氣。」

江美希聽完安靜地點點頭：「我明白。」

公司裡大部分的合夥人都是空降來的香港人，像 Linda 這種靠自己一步步爬上去的，顯然要比其他人付出得更多。而江美希自從入職以來，幾乎每個專案都是跟著 Linda 做，從當時的資深顧問到現在的合夥人，江美希幾乎見證了她整個晉升過程。

U記就像是一輛停靠站非常多的列車，中途大量的旅客上車，下一站又有很多人下車。大家看似是朝著同一個方向去的，但是能至始至終都在車上的人卻寥寥無幾。Linda是其中一個，江美希可能是另一個。

這八年來，Linda從她單純的上司變成亦師亦友，如今她更覺得她是自己未來的榜樣，彷彿按照這條路走，才是唯一正確的路線。

兩人聊了一會兒公司內部的形勢，Linda接著又問：「對了，和芯薪的專案基本上已經確定了，等那邊定下券商後，我們就要著手入駐公司了。這種專案少說也得兩個月，其他公司的預審馬上也要開始了，妳把握好自己的時間。」

提到這個，江美希猶豫了一下，還是把自己最新的安排告訴了她：「我考慮了一下，這個專案我想安排其他人帶隊。」

Linda有點意外：「不是說好妳親自去的嗎？」

江美希解釋說：「一方面是年底的專案確實太多，我怕無暇分身，在外面待著多少有點不方便，無法顧及別的專案；另外就是透過這次盡調我發現，芯薪雖然財務基礎稍微薄弱了一些，但是從經營的情況看，是個資質還不錯的公司，找個有經驗的審計師帶隊應該沒什麼問題。」

Linda皺起眉頭：「妳心中的人選是誰？」

江美希已經感覺出她的不快，不過也理解，畢竟是朋友的公司，萬一最後沒能順利上市，雖然誰也不會說是審計這方的責任，但她面子上也不好看。

「Amy。」她說。

Linda眉頭皺得更緊了：「沒別的人選了？」

論能力，公司裡當然還有其他的資深顧問能勝任這個專案。但是她選擇 Amy，是因為她認為芯薪的專案或許是個立功的好機會，能讓 Amy 在 Linda 那裡的印象有所改變。

Linda 對 Amy 的印象不好，主要是因為 Amy 這人在處理私人感情和工作方面的能力稍微欠缺一些。她曾經因為失戀，直接從客戶公司所在的城市跑回了北京，身為現場負責人卻把專案組其他人都丟在外面不管了，後來還是江美希去救場，讓專案順利推進。

這件事被 Linda 知道後，她大發雷霆，年終總結會上就直言不諱地說，不能留下這麼沒有敬業精神的人。但作為 Amy 接洽人的江美希，卻編了個謊話，自己把責任扛了下來。

Linda 為此失望了很久，江美希卻佯裝不知。她身為 Amy 的上司，從 Amy 入職以來一直帶著她做專案，工作中更是看得出 Amy 非常依賴她。有時候她會想，或許她和 Amy 的關係，與 Linda 和她的關係沒什麼不同吧。

想到這裡，江美希說：「以她的業務能力，絕對能夠勝任。」

Linda 冷笑：「我只能祈禱她這段時間感情順利。」

江美希說：「放心，處理好其他專案的事情，我也會去現場幫忙。」

Linda 嘆了口氣：「妳決定吧。但是我勸妳還是得想辦法幫自己減輕負擔，職場又不是學校，還搞什麼好學生和壞學生的一對一嗎？」

江美希笑：「那我再怎麼算也是半個老師了，老師幫助學生是應該的。」

Linda 無奈：「也得人家領妳的情！」

怎麼會不領情呢？江美希心裡想著，但嘴上沒再反駁。

第三章　孤獨患者

U記還沒迎來真正意義上的旺季，所以週末加班的人不算多。

江美希改完一輪專案底稿時桌上的手機響了，是她早上設的鬧鐘，約會提醒。

雖然極度不情願，但老江女士的咆哮聲猶然在耳。

江美希站起身來走到窗前，活動著麻木的四肢。

此時暮色降臨，月光淺淺，窗外一片車水馬龍，而玻璃窗上的女人，形象實在有些狼狽。

對著電腦一整天，她雙眼浮腫，頭髮凌亂，臉色慘白，一臉疲憊。所幸知道今天要去相親，早上出門前她穿了一身較為鮮亮的衣服，還有挽救的機會。

基於對相親對象的尊重，她重新梳理了一下頭髮，又從包裡翻出口紅，對著光可鑒人的玻璃窗給自己塗了個烈焰紅唇。

這麼一看，整個人的氣色就好多了。

江美希走到電梯間時，電梯正好停靠在這一層，一個高高瘦瘦的男人先她一步走進了電梯。

她快走幾步，說了聲「稍等」，踏入電梯一看，竟然是葉栩。

她有點意外：「你也加班？」

電梯門緩緩闔上，葉栩沒有回答她，而是上下掃了她一眼，眉頭皺了起來。

她不明所以，低頭看了自己一眼，沒什麼問題啊，再一抬頭，發現他的目光正停留在她的嘴唇上。

電梯內狹窄的空間和不太流通的空氣讓江美希頓時有點不自在，而葉栩指了指他自己的下巴，江美希這才意識到臉上可能沾了什麼東西，連忙去摸，結果什麼都沒摸到。

他又指了指，她再伸手去摸，依舊一無所獲。

她正要從包裡翻找出小鏡子，就聽到頭頂傳來一聲似有若無的嘆息，當她再度抬頭時，一隻乾燥微熱的大手捧住了她的臉頰，帶著薄繭、略微粗糙的拇指飛快地在她的嘴角下方抹了一下。

她整個人因為沒有防備，像被靜電電到一般微微顫抖了一下。而就在她發呆的時候，葉栩抬起右手拇指看了一眼，她順著那目光看到，上面有一抹輕淺的殷紅，和她的唇膏顏色一樣。

「塗抹到外面了。」說完他又雙手插進了褲子口袋中，好像剛才那麼曖昧的舉動僅僅只是舉手之勞，幫個小忙而已。

她面無表情地站直身子，緩緩回頭看了眼角落裡的監視器，只能祈禱剛才那一幕沒有被人看到。

他去一樓，她去地下室，兩人就此分道揚鑣。

江美希剛上車時，就接到老江女士的電話。老江女士不放心，再三囑咐她一些相親的注意事項，母女倆聊了差不多五分鐘才掛斷電話。

發動了車子，她鬼使神差地又想到剛才在電梯裡的情形，想著他應該已經走遠了吧。可是當她開著車從公司出來時，看到葉栩竟然還在路邊等車。

江美希有點疑惑，這個時候這裡並不難叫車啊。

車子經過葉栩時，她裝出一副認真看路的樣子，雖然知道他不一定能認出她的車，但還是儘量避免不必要的目光相觸。所幸葉栩一直低頭看著手機，好像並沒有注意到她。

但車子開過去後，她又忍不住看著後照鏡中那抹修長的身影——他終於收起手機，朝後面的一輛空車招了招手。

路況比剛才好了一些，她收回視線，緩緩提速。

一路暢通，江美希比約定時間提早五分鐘到了約定的地方。

這是一家西餐廳，環境幽靜，而且桌與桌之間還有高大寬厚的椅背隔著，能為客人隔出比較私密的用餐空間，很適合相親。

老江女士掛在嘴邊的那位小張已經到了，可能是看過江美希的照片，她一進門，他就熱情地迎了過來。

江美希臉上掛著招牌的江氏笑容，迅速打量了一眼眼前的男人，五官端正、樣貌中等、身材中等，一身西裝倒是筆挺，看得出來，對方把約會這件事看得挺重視的。

點好了菜，小張開始介紹他自己，從他的工作到他的住房情況，再到他家裡人的情況，鉅細靡遺地向江美希介紹著，尤其是說起他的工作如何穩定，公司福利多好時，他簡直口若懸河，滔滔不絕。

江美希有一搭沒一搭地聽著，這套說辭她從老江女士那裡不知聽過多少遍了。

正在這時，窗外突然有個熟悉的人影閃過，從衣服款式到身形，都很像她剛剛見過的那個人。她渾身上下的神經瞬間緊繃了起來——他怎麼也來這裡了？

當她想再確認一下時，窗外又什麼都沒有，難道是她眼花了？

小張似乎也意識到了什麼，順著她的目光看向窗外：「遇到熟人了？」

江美希回過神來抱歉地笑了笑：「不好意思，看錯了。」

身後有風鈴響動的聲音，年輕的女店員說著「歡迎光臨」。

江美希沒注意，示意小張：「你繼續。」

小張笑了笑：「別光是聽我說啊，說說妳自己。」

「我？」江美希已經很多年不需要在一個陌生人面前推銷自己了，上一次這麼做的時候還是八年前她應徵U記的那次。

她說：「我的情況我媽應該說了不少吧。」

小張點頭：「對啊，大致上我也都瞭解了，不如聊點別的，比如說妳對婚姻中男女的角色分配是怎麼想的？」

這個問題讓江美希一愣，「就是……丈夫和妻子啊。」

小張笑，客氣地提出自己的觀點：「我認為丈夫肯定是要擔負起養家的責任嘛。哦、當然，現在時代不同了，女性也要有一份自己的工作，不然家庭的經濟壓力太大了。」

江美希點頭，她完全認可。

小張見狀像是得到了鼓勵，接著說：「雖然如此，但男女還是不同，女性的精力肯定是要偏向家庭更多，照顧好老公、教育好小孩也很重要。」

「你的意思是，女性成家後，既要賺錢養家也要照顧老公小孩？」

「我說的是偏向，也就是說工作上肯定就要少投入一些。像我們公司的那些女同事，生了孩子之後基本上就是在混日子，妳也可以這樣啊。」

江美希怔住了，一時之間不知道該怎麼回應他。

身後傳來一聲不大不小的哼笑，讓江美希瞬間又提起精神了。

這聲音怎麼這麼耳熟？她連忙四下看了看，這家餐廳地方不大，她能看到的地方並沒有什麼熟人。難道她不僅眼花，還幻聽了？

「怎麼了？」小張關切地問，「妳要是不認同我的觀點，我們可以討論一下。」

江美希收回心神，笑了笑：「我媽沒跟你說過我的工作嗎？」

小張靦腆地笑了笑：「說過。」

「怎麼說的？」

「說你們收入挺高的。」

江美希笑了笑，「所以啊，我們工作也很忙。現在是九月吧，從下個月開始，到明年的四月，我可能一天假都沒有，每天的工作時間是早上九點到晚上的十一點甚至更晚。如果遇到棘手的專案，還會連續熬到後半夜甚至是通宵，而且我的工作地點也不限於北京，『忙得落不了地』這種說法一點也不誇張。哦、對了，忘了告訴你，我和我媽家相距十二公里，但是我已經三個月沒有見過她了。」

當她說完時，看到對面小張瞠目結舌的樣子，非常滿意。

「可是，聽說妳已經做到總監的位置，很快就能當上合夥人了，也這麼忙嗎？」

「可能更忙。」

小張沉默了。

江美希說：「所以，我跟你預想中的妻子角色好像差距蠻大的。」

「不不不，誰不是第一次結婚，都沒有經驗，這個我們以後可以商量。」小張連忙說起自己想到的解決方案，到最後甚至還說可以幫江美希再換個穩定清閒方便帶孩子的工作。

江美希無奈地笑著，低頭看了看手錶上的時間，無比後悔自己向老江女士妥協，畢竟這兩個小時的時間她可以去做個 SPA 或者回家看個電影，哪怕多睡兩個小時也好。

小張絲毫沒有覺悟，依舊滔滔不絕，還約江美希下週一起看電影。

「妳不是說十月開始忙嗎？我們趁著這個月多多見面，互相瞭解一下也好啊。不過現在網路這麼發達，妳出差的時候還可以上網聊天。」

到了這一刻，江美希已經徹底失去了耐心，她笑了笑說：「其實你也知道，我是被我媽逼著來相親的。」

小張表示理解：「大家都這樣，不過到了這個年紀這也很正常，不用不好意思。」

江美希搖頭：「你沒聽懂我的意思，我不是不好意思，而是不想來相親。」

「為什麼？就因為工作忙？」

江美希想了一下，如果她說是工作忙，他肯定還會不遺餘力地約她見面，於是她索性說：「我有喜歡的人了。」

小張愣住了：「那你還來相親？」

江美希有點抱歉：「我已經和我媽說過了，但我們還沒在一起，她也沒見到這個人，所以不相信，以為我在騙她。」

小張低頭喝水：「那你們怎麼還沒在一起？」

這個問題江美希沒考慮過，於是隨口胡謅道：「因為工作方面的原因。」

小張報復性地笑笑：「他也不能接受妳的工作吧？」

江美希連忙否認：「那倒是不會，我們是同事。」

一頓飯吃得不歡而散，但江美希也顧忌不了太多，她能做的就是臨走前把單買了。

開車出來時，有點塞車，她正跟著車流緩緩前行，無意間掃了眼路邊，又是他！

她差點就要以為自己是中了他的毒了，怎麼總是看到或者聽到他的聲音，但是這次仔細看了看，沒有錯，或許剛才在西餐廳裡看到的也是他。

正好遇到一個紅燈，她停下車猶豫了一下，想到前不久出差他細心周到照顧她的情形，於是降下車窗，喊了聲「葉栩」。

對面的年輕男人抬起頭來，茫然朝著她這邊望了一眼。她又喊了一聲，他似乎這才看到她。

她對他招手，他遲疑片刻便走了過來，但上了車後，臉色並不怎麼好看。

葉栩一言不發，低頭扣好安全帶，抬頭看向前方，一個眼神都沒往江美希這邊投過來。

雖然兩人一直有些矛盾，但是自從上次出差回來後，關係明顯有所改善，而且他的工作能力讓她很滿意。所以江美希想，如果搞走他很麻煩，他們能繼續這樣相安無事的話，或許他留下來也不是件壞事。

車子轉了一個彎，江美希難得地主動示好：「你的那份報告 Linda 看了，她很滿意。」

葉栩無所謂地勾了勾唇角，依舊什麼也沒說。

江美希接著說：「專案正式啟動後，你就是專案組裡最熟悉公司情況的人了，好好做吧。」

這無非就是作為上司和前輩給他的一點鼓勵，再正常不過。但葉栩突然回過頭盯住她：「什麼意思，妳要退出這個專案？」

江美希不動聲色地打著方向盤：「我還是專案負責人，不過換 Amy 帶隊。你也知道，專案負責人因為同時負責多個專案，基本上沒辦法到現場支援，所以才會有現場負責人。之前說要我去，也是考慮到芯薪的情況特殊，不過這次盡調結束，感覺這家公司沒之前想的那麼糟糕，我接下來這段時間又要忙其他的專案，所以就換人帶隊。」

葉栩勾著嘴角：「真的是因為專案衝突？」

江美希的心跳因為心虛而一瞬間漏了一拍，但她依舊維持著表面上的風平浪靜，笑著回答：「那不然呢？」

車子裡再度陷入了沉默。

穿過前面的財經大學，再往下走就是他們住的社區。財經大學附近人來人往，江美希不由得放慢速度。

年輕的大學生們三三兩兩，忙著買水果、吃宵夜、散步或者在路邊擁吻。

基於將兩人關係進一步推向和睦正常上下級的美好願景，江美希勉為其難地關心起葉栩：「對了，你還沒有女朋友吧？」

其實江美希一直挺避諱這個話題的，但是鑒於近來這段時間，兩個人誰也沒有提過之前那場烏龍，她認為，如果想讓那件事徹底過去，那麼就不能再刻意回避這類話題，愈是坦蕩，就愈能證明過去的已經過去了。

葉栩看向她，似乎不明白她怎麼會問起這個。

她尷尬地笑笑，接著說：「我是聽說公司裡很多女孩子對你印象挺好的，畢竟審計工作還挺枯燥無聊的，抽空談個戀愛也不錯。」

「是嗎？」他說話時突然放緩了語速，語氣中還有一點她還沒來得及理解的情緒。

「是啊。」

「那妳看誰合適？」

江美希感覺到一道灼熱的目光正停留在她的臉上，讓她腦中空白了一瞬，但很快，她迅速在腦海中蒐羅了幾個名字：「我們組那個石婷婷你注意到了嗎？看得出來她對你很有好感。還有稅務那邊的幾個女孩，我在洗手間裡聽到過她們討論你……」

葉栩收回視線打斷她：「我看穆笛還不錯……」

「她不行！」他話音未落，江美希就立刻打斷他。江美希意識到自己有些失態，勉強笑了笑，「我是說她不太適合。」

葉栩笑得意味深長：「為什麼？」

說話間，車子已經進了社區，江美希把車停在葉栩家樓下，想到上一次她從這裡狼狽出來的情形，心裡有點複雜。

如果沒有那件事，他能看上穆笛，她們老江家都要燒高香了，可是現在誰願意把一個跟自己發生過親密關係的人和自己的親外甥女湊一對呢？

她清了清嗓子說：「雖然穆笛也不錯，但各方面能力都比你差多了，而且她那嘰嘰喳喳的性格跟你也不適合。」

「那你覺得誰更適合？」

他勾著嘴角看她，看得她有點發毛。

她突然意識到，說什麼和睦的上下級，恐怕是沒辦法實現了。想到這裡，她也沒什麼耐心再跟他周旋，淡淡地說：「看你喜歡，但穆笛不適合。」

「妳是不是對我的事情太上心了？」他微微側頭看她，「還是妳又有了什麼新的打算，怕我壞了妳的好事，所以急著安撫？」

江美希雖然不明白他為什麼這麼說，但他言語中的挑釁她聽得清清楚楚。

兩人對視了片刻，她冷聲說：「下車。」

葉栩對她突然翻臉毫不意外，笑了笑推門下車。

看著他的身影徹底消失在夜色中，她繃緊的神經終於放鬆下來。

小狼崽子果然很難馴服，要怪就只能怪她那天運氣不好，走錯了門，惹上了他。

回到家，江美希想到葉栩在車上說的話，覺得有必要提醒一下她那傻外甥女。

電話一接通，先傳來穆笛抽抽噎噎的哭泣聲。

「怎麼了？」江美希問。

「我加班呢。」穆笛委屈地說。

「現在？白天怎麼沒看到妳？」

「Kevin 那個變態！前幾天他找我，要我給他的一個專案整理一些資料，當時弄完他也沒說行不行，剛才九點多突然打電話跟我說資料都不對，要我重新整理，而且明天一早他就要。我只好又跑來公司，這些資料我忙了一個星期呢！今天晚上估計要通宵了。」

這種事情在公司裡早就不是什麼新鮮事了，如果是別人，江美希可能會說這很正常，但對方是穆笛，她猶豫了一下說：「不然我現在去公司吧？」

「不行！」穆笛連忙壓低聲音說，「妳回來幫我太奇怪了，辦公室裡還有別的同事，而且 Kevin 也在。」

江美希想了想，要留在U記，誰也不會例外，總會經歷一次又一次委屈，就像穆笛今天這樣。每一次都覺得這一次一定是最慘的了，但是偏偏還有下一次，讓她再度崩潰。

江美希比誰都清楚這個過程，但人就是在這一次又一次的自我突破中成長的，所以穆笛早晚要獨自面對這些。

「那妳自己能搞定嗎？」

「我盡力吧……不過小阿姨，我真的不想跟著他做專案，他真的好變態，把我後面的時間都占滿了……」

「什麼？」這還沒到搶人的時間，她本來想著那個 IPO 專案確定後帶帶穆笛，沒想到陸時禹下手更早。

「我今天知道的時候也很鬱悶，想找妳說一下，但一直沒時間。」

江美希深吸一口氣：「妳先別著急，明天我去找他談。」

穆笛有點緊張：「妳找他談會不會不小心暴露啊？畢竟妳和他水火不容好多年了，他要是知道我們兩個的關係，我可就更慘了。」

江美希被她哭得心煩意亂：「別哭了，先把今晚的工作搞定吧。」

「嗯……哦、對了，妳打電話找我什麼事？」

江美希想了一下說：「不是什麼重要的事，以後再說吧。」

「那先這樣吧，祝我早日脫離那個變態的魔掌！」

穆笛掛上電話一回頭，剛剛列印好的文件又「嘩啦啦」地掉到了地上。

「……Kevin？」

陸時禹垂眸看著她，笑得很無害：「我想說讓妳列印幾份文件怎麼印半天還不回來，原來是在打電話啊。哦、對了，妳說的那個變態是誰呀？」

江美希一整晚也沒怎麼睡，早上和老江女士通了電話才知道，穆笛是將近凌晨四點時被陸時禹送回家的。

於是她到公司的第一件事，就是找來祕書林佳要組裡各個員工的時間表。果然，穆笛後面幾個月的時間全部被陸時禹占住了，因此江美希二話不說直奔陸時禹的辦公室。

陸時禹見到她做出一副很意外的樣子：「怎麼一大早火氣就這麼大？」

江美希掃了他一眼，他差不多一整晚沒睡，竟然還是神采奕奕、精神抖擻的樣子，西裝仍然筆挺，頭髮也梳得一絲不苟。

果然很變態！

她開門見山道：「把我的人放出來。」

陸時禹愣了愣：「什麼妳的人？」

江美希咬牙切齒：「穆笛！之前我的專案都找她提前看過資料了，你憑什麼搶占她的時間？」

「我還以為是什麼大事呢！」陸時禹懶懶靠在椅背上，「我說美希啊，妳又不是不懂規矩，在這件事上就是比誰手快啊！妳都想著要用她了，早就該占住她的時間啊，現在我專案上的人手都確定好了，妳來跟我要人，我也很為難啊。」

這件事江美希也無奈，因為每年要搶的都是固定負責某個專案的人，剛好江美希負責的這幾個專案上的人今年都還在公司，一時半刻沒有空出位置，只能在新的專案裡安插新人。

現在才九月，江美希接的新專案只有一個芯薪的 IPO 專案，前期沒有定下來是否要繼續合作，預留人員不能太多，她就只鎖定了葉栩，現在剛想把穆笛拉進來，結果就被陸時禹這老狐狸捷足先登。

江美希被陸時禹氣得夠嗆，也不跟他講道理了，她探身支在他面前的大辦公桌上，狠狠地看著他：「芯薪的 IPO 專案需要用人，你快把人給我放出來！」

陸時禹端著手臂掃了眼窗外，大辦公區裡的人看似都在埋頭苦幹，但是他們時不時瞟向他這邊的眼神他又豈會捕捉不到？不過有一個人倒是不躲不閃、大大方方的，甚至和他目光對上時，也不躲避。

陸時禹收回視線重新看向江美希：「其實也不是不能換人，但我有什麼好處呢？」

江美希愣了愣，腦子裡飛快想著有什麼資源可以跟他交換，就在這時，她的上身突然失去了支撐，整個人朝著陸時禹撲了過去。

原來是陸時禹抽走了原本被她壓在手掌下的一份文件，讓她一時失去了平衡。

葉栩的周圍傳來此起彼伏的抽氣聲，有人小聲議論：「是我眼花了嗎，誰說一山不容二虎的？」

「難道他們兩個早有姦情？」

「相愛相殺是不是這麼用的啊？」

「我怎麼突然覺得這對有點萌了？」

穆笛也不可置信地看著陸時禹辦公室的方向，委屈得想哭——她小阿姨為了她真的犧牲很多！

而就在這時，讓大家更加躁動不安的事情發生了——陸時禹扶住倒在他身上的江美希，透過玻璃窗掃了窗外的眾人一眼，然後突然起身走到窗前將百葉窗換了個方向，頓時裡面的情景被遮得嚴實。

有人激動地敲著葉栩的辦公桌隔板：「喂、看到了沒？明天 BBS 上肯定又有大八卦了！」說完沒聽到葉栩回應，忍不住伸著脖子過來看他，「咦？你的臉色怎麼這麼差，不舒服嗎？」

葉栩像沒聽見他說話似的，依舊死死盯著那扇什麼也看不見的窗戶，那位同事見他這異常的模樣，也就沒再說什麼。

見陸時禹拉窗簾，江美希倒是不會想歪：「你幹什麼？」

「當著下屬的面搶人不丟臉嗎？」陸時禹給出一個很合理的解釋。

江美希不疑有他，繼續跟陸時禹討價還價：「等這個 IPO 專案過後，年底還有不少年審專案，到時候我的人借你用兩天。」

「那時候已經晚了，我這裡有個臨時的並購專案，也急著用人。不然這樣吧……」陸時禹思忖一下說，「妳不是想要穆笛嗎？那用其他人來換吧。」

江美希心裡升起一絲不好的預感：「你想換誰？」

「葉栩。」

「不行！」

陸時禹狐疑看她：「為什麼啊？妳不是跟他處不太來嗎？都說那小子在追妳，妳要是不樂意，老同學我不介意幫妳分憂啊。難道……事情真相不是外面傳的那樣？」

江美希看他，一臉嫌棄：「想不到你一個男人還這麼八卦！」

陸時禹也不生氣，哈哈笑著：「我這不是關心老同學嗎？別人想讓我八卦，我都沒興趣！」

「別想了，我不換。」

除了不想讓陸時禹和葉栩有促膝長談的機會外，江美希還有一個考量——芯薪的專案按正常工作量需要六個人做三個月，但是這個專案的時段不太好，正好趕上年底，還有很多年審專案，所以不得不強行壓縮成兩個月。之前算上穆笛才剛好夠六個人，現在穆笛被陸時禹搶走了，專案組就只有五個人了。

少一個人，少一個月，如果再把對客戶情況最瞭解且工作能力相對較強的葉栩換掉，那這個專案恐怕會完蛋，所以，說什麼江美希也不能在這個時候放走葉栩。

「為什麼啊？」陸時禹問。

江美希抬手看了看時間，眼看著今天肯定是談不攏了，而她後面還有個會議要開，也就沒興致再和他周旋下去了。

「為什麼？」她瞥了他一眼，「你不是最清楚嗎？」

陸時禹疑惑地看向她。

她已經走到門口，踏出門前丟給他一句話：「還要感謝你啊，替我招了一個得力助手。」

陸時禹無疑被氣得夠嗆，他最不待見江美希那小人得志的樣子，想到自己又給她做了一次嫁衣，心裡也忍不住煩躁懊悔。

可是當他打開信箱，看到穆笛寄來的資料清單目錄後，他就更煩躁、更懊悔了！

他要是江美希，就算真的跟穆笛有什麼關係，也不願意拿葉栩換穆笛啊！

就這樣一份簡簡單單的資料目錄，粗略看了一下就有五、六處拼寫錯誤，這丫頭的英語是學校守衛教的嗎？

眾人只見江美希剛離開陸時禹辦公室沒多久，穆笛就被一個電話灰溜溜地叫了進去。

門關上，百葉窗拉著，眾人雖然依舊看不到裡面發生了什麼事，但是不負眾望，大家又聽到了笑面虎 Kevin 久違的雷霆怒吼。

「之前讓妳整理一點專案檔案，妳用了一個星期，結果給我一大堆亂七八糟缺頁、斷碼的東西，害我昨晚跟妳一起通宵！今天讓妳寄一份資料清單給我，這通篇加起來不超過一百個單字，妳都能錯這麼多，妳到底是怎麼進公司的！」

穆笛被震得小心肝打顫，但從小練就的狡辯功夫讓她在這種情況下依舊應對自如。

她小聲嘀咕：「是你把我找進來的啊……」

陸時禹聽到這句話，差點被自己的口水嗆死。他狂咳幾聲，無奈撫額：「現在回去就給我改，有不清楚的查字典、問人都可以，總之再給我的時候，我不允許有一丁點的錯誤！另外，我們後天一早出發去客戶公司，妳還有兩天的時間把昨天沒整理完的資料整理好，列印裝訂出來後裝箱，然後幫團隊的所有人訂機票還有飯店，準備出差用的文具。我不想再說第二遍，有不懂的就去問問別人。」

穆笛點點頭，而陸時禹似乎連看她一眼的力氣都沒有了，煩躁地朝她揮揮手示意她出去。

穆笛昨晚幾乎沒什麼睡，一大早又挨了一頓罵，現在精神和身體上都已經到達了極限，忙了一上午也沒什麼太大的收穫。

下午時她實在是撐不住了，又打電話給了江美希。

江美希想著，她這次肯定是要安慰安慰穆笛了，但現在是上班時間，辦公區人多嘴雜，於是兩個人就約在樓梯間見面。

穆笛一見到江美希就又開始哭，江美希怕被什麼人出來撞上，拉著她朝樓上走了半層。

旁邊有一扇玻璃小門，下午的日光透過玻璃門照射進來，把兩個人的影子拉得長長的。

穆笛說：「我最近真的壓力好大，什麼都不懂，還什麼都要用英文寫，有時候想表現得好一點不被罵，但是不知道從哪裡開始努力。」

這種感覺江美希太瞭解了，她剛進公司時也經歷過這個時期，但她不能告訴穆笛「沒事的，能過去的」，因為很多人還沒熬過去，就已經被迫離開公司了。

優勝劣汰，適者生存，是這裡的規則。

江美希端著手臂看著她：「別哭了，先解決眼前的事情，妳說什麼資料找不到？」

穆笛想了一下說：「有好幾份，Kevin 讓我去問客戶呆帳計提政策[13]，他給了我一個號碼讓我去問客戶，但我打過去，人家說不負責這個，但我又不知道這個東西該找誰問。」

「還有其他的嗎？」

「還有……不過我現在不記得了。」

江美希說：「妳等一下回去傳簡訊給我，我告訴你去找什麼部門的人要，有問題再聯絡。」

「小阿姨，妳說 Kevin 會不會炒了我啊？」

「怎麼會？他還沒有這個權力。」

「他從一開始就沒有想錄用我對不對？妳說妳沒在面試中做什麼，但他卻懷疑我們了，妳肯定幫我說話了吧？我要辜負妳了……」

江美希安慰穆笛：「我也沒說什麼，就是跟他交換了一個條件。」

穆笛收住眼淚：「什麼條件？」

13 呆帳計提政策：預先計算企業無法回收或者回收機率極低的應收帳款。

江美希這才意識到自己說多了，正想低頭再安慰她幾句，突然注意到她們腳下有三個人的影子，除了她和穆笛，還有一個更高更長的影子。

江美希抬頭朝著穆笛身後的小陽臺看去，這才注意到玻璃門旁還真的站著另一個人，只是那個人應該是靠在玻璃門邊那面牆上，所以從她這個角度看不到他；但是他好像也完全沒有避著她們的意思——時而不時抬手將香菸送到嘴邊，分明就是不怕被人看到。

江美希看著那只骨節分明的手上夾著細白煙捲，對穆笛說：「妳先回去吧。」

穆笛抬頭：「妳不回去嗎，小阿姨？」

「我還有別的事情要處理一下。」

穆笛擦乾眼淚：「那我先回去工作了。」

送走穆笛，江美希抬頭看向小陽臺，葉栩正好從裡面拉開玻璃門，另一隻手指間輕煙嫋嫋。

「你偷聽。」江美希冷冷地說。

葉栩隨意地敲了敲玻璃門：「是妳太不小心。」

江美希這才看到玻璃門上有著「吸菸區」這三個字。他們公司還有這種地方？

「不過妳不說，我還不知道我自己是怎麼進的U記。」

江美希面不改色：「不知道你在說什麼。」

葉栩笑：「所以妳和 Kevin 的交換條件是什麼？他同意破例留下穆笛，所以妳必須同意留下我嗎？所以該感謝的不是U記的公平公正，而是 Kevin？」

到了這一刻，江美希才知道什麼叫禍不單行。

讓葉栩知道了她其實一直不想讓他進U記，相反陸時禹很欣賞他，所以他會去投奔陸時禹嗎？兩人會因為長時間的工作交集無話不談嗎？那他們之前的事情，是不是也會早晚被陸時禹那個大嘴巴的老狐狸知道？想到這裡，江美希突然有種想從他身後陽臺跳下去的衝動。

半晌，她認命地點點頭：「隨便你吧。」

葉栩收起臉上的笑意：「也包括穆笛的事嗎？」

聽到他提穆笛，江美希的眉頭又皺了起來。她已經在職場摸爬打滾這麼多年了，她付出的努力、練就的能力，都不是一般人能比的。她自問還沒有什麼事情能真正地擊垮她，哪怕真的有不好的傳聞流傳出去，哪怕真的因此不能晉升為合夥人，那又怎麼樣？她的路還寬著呢！可是穆笛不行，現在只要有一點點的挫折都可能擊垮她，她還需要磨練與成長，但她希望能給她創造更多的時間和空間。

江美希深吸一口氣：「你想怎麼樣？」

葉栩低頭吸了口菸，再抬頭時，一口煙霧盡數噴在了江美希的臉上。

江美希一時沒防備，差點被嗆出眼淚，緩過來後只能怒瞪著他，表達自己的不滿。

葉栩卻緩緩勾起嘴角，淡淡吐出兩個字：「吻妳。」

「啊？」還沒等江美希回過神來，他夾著菸的那只手突然伸到她的腦後，將她按向他。

淡淡的薄荷香味帶著輕微的煙草氣息迎面而來，和過去的兩次一樣，似乎又不太一樣，比以往更濃烈、更纏綿。

江美希像是被抽空了一般，整個人綿軟無力，踩著高跟鞋的雙腳不小心一扭，險些摔倒，還好他另一隻手適時地托起她的腰，讓她重新找到支撐點來承受來自他的壓力。

有那麼一瞬間，她很想擁抱面前的年輕男人，但是當手指觸碰到他微微起伏的胸膛時，她還是選擇了推開他。

葉栩被她推開後也不生氣，只是笑著瞥了眼她身後的樓梯上方，那裡早就已經沒有了人。

他低頭看著面前的人，她正惱羞成怒地瞪著他。

「你覺得我很好欺負是不是？」她問。

「嗯。」

江美希沒想到他竟然這麼痛快地承認了！

放眼整個公司，有多少人聽到她的名字就聞風喪膽，他竟然說她好欺負！

「有恃無恐了是不是？Kevin 本人都得讓我三分，你算什麼東西？」

「跟他沒關係。」

「嗯？」

難道他不是已經決定投奔陸時禹，所以才不惜跟她撕破臉的嗎？

葉栩說：「我們扯平了。」

「什麼？」

「我裝作不知道妳和穆笛的關係，作為交換條件吻了妳。」葉栩邊說邊往樓下走，「所以很公平。至於當初我進公司前後妳怎麼想的，那不重要，畢竟從結果看，我沒有任何損失。所以現在，我們扯平了。」

江美希被這一番話搞懵了，但她很快又回過神來，火氣瞬間暴漲，回頭對著臺階下方的人怒吼道：「你什麼意思，很好玩是不是！」

葉栩停下腳步，似乎是有些詫異地回頭看她：「玩？不是。」

江美希愣了愣，他卻笑了：「妳不是雙商[14]很高嗎？那就好好想想我到底是什麼意思。」

看著某人的背影不疾不徐消失在樓梯轉角，江美希狠狠呼出一口惡氣：「欺人太甚！欺人太甚！」

那天之後，江美希和葉栩都忙了起來，因為江美希還有其他專案在做，而芯薪的事情大部分都交給了Amy，所以他們兩人連工作的交集都少了，直到葉栩跟著專案組出發去南京，兩人都沒再正面遇上過。

一場大雨過後，北京的天氣開始轉涼，這個黏膩的夏天來得快、去得也快。

專案組出發快一個月了，起初進展都還算順利，但隨著剩下的時間愈來愈少，券商那邊又提了不少要求，江美希不在現場也可以想像得到現場忙碌的狀況。

更何況Amy也沒少找她抱怨，和其他幾方溝通稍微不順暢，她就打電話求助江美希，希望透過她找林濤或者券商那邊的負責人協商，也不知道是不是故意的，電話打過來的時間一次比一次晚，凌晨兩、三點打來是常有的事。

江美希也做過不少時間緊、任務重的專案，以IPO專案最多，現場的壓力和困難有哪些，她當然知道。她非常理解Amy現在的情況，同時心裡也漸漸升起了一絲不好的預感。

14 雙商：指情商跟智商。

果然幾天之後，她再次接到 Amy 的電話，電話中她的聲音聽起來懨懨的，告訴江美希她生病了，沒辦法繼續在現場堅守下去。

江美希能說什麼？只好准她回來休個病假，自己再找人替她。

可是能找誰呢？

U 記已經正式進入旺季，審計部辦公室裡的燈光從上個禮拜起就開始徹夜長明，大家從一個專案忙到另一個專案，從一個城市輾轉到另一個城市，中途偶爾回來寫底稿、出報告，沒有一天空閒，老闆們的下班時間也愈來愈晚，江美希就是其中一個。

林佳發來的時間表，她看了不知道多少次，看來看去還是無人可用。

眼看著 Amy 已經離開專案組兩天了，還沒人去替她，專案組裡其他人的壓力可想而知。

不得已，江美希把手頭工作處理完，訂了機票飛往南京。

飛機落地，江美希行李都沒放，直接去了芯薪給他們準備的辦公室。

正是下午四點多，辦公室裡人聲嘈雜，電話聲不斷，大家的狀態都不算好，要麼暴躁，要麼消沉。當他們看見江美希時，再也不是在公司時那副見鬼的神情了，無疑都把她當作救星一樣，甚至有個以前看她一眼都瑟瑟發抖的小朋友，見到她竟然激動地大哭起來：「Maggie，妳總算來了！」

這女孩叫石婷婷，江美希哄了好久，才把人哄好。看得出大家也不覺得她失態，甚至很能理解，因為所有人都已經到達了自己的極限。

哄好石婷婷，江美希打算開始工作，無意間瞥見角落裡那張辦公桌時，目光不由得頓了一下。

被工作摧殘了一個多月，他竟然沒有太多變化，不油膩也不頹廢，只是不像在公司裡時穿得那麼正式，身上是便於加班的T恤和休閒褲。

他懶懶地靠在椅背上，半垂著眼簾，微微揚著下巴，似笑非笑地看著她。

她不動聲色地移開視線，坐到石婷婷旁邊瞭解專案進度。

由於江美希的到來，大家晚上沒有去餐廳吃飯，江美希請大家到公司附近的火鍋店吃火鍋，算是犒勞大家這一個多月沒日沒夜的工作。

熱熱鬧鬧的火鍋店裡，被高強度工作壓得喘不過氣的眾人也不再把江美希當外人，當著她的面大吐苦水，多半都是關於客戶，但後來不知道是誰先提到了剛剛離開專案組的Amy，就有人小聲說了句：「裝病誰不會！」

雖然聲音很小，但還是傳到了江美希的耳朵裡。

眾人似乎也意識到什麼，偷偷瞄她，飯桌上也跟著安靜了片刻，而江美希卻彷彿什麼都沒聽到一樣，笑著說：「肉好了，快吃吧。」

眾人見狀，也都鬆了口氣，又熱熱鬧鬧地聊了起來，但話題還是圍繞著專案上的事。

石婷婷說：「專案時程實在太短了，客戶配合度也不高，每次要個材料[15]都要花好長一段時間！」

另一個叫晶晶的女孩說：「現在又不用妳去要了，想要什麼讓葉栩去好了。我們要不到的報表，

15 材料：即製造成本，其中包括直接材料與間接材料，直接材料是指投入生產的原料，而間接材料是指直接材料以外的所有生產成本。

他一出馬肯定搞定。」

其他人連忙附和：「對啊、對啊！所以如果我們能在兩個月內完成工作，那葉栩的功勞至少占了兩成！」

「不不不，說不定有三成了！」

江美希瞥了眼嘴角帶笑卻只是安靜吃飯的葉栩，問大家：「為什麼？」

劉剛搶答：「我聽說財務部從阿姨到小妹妹，甚至到那個魚缸裡的金魚，只要是母的，都已經拜倒在我們 Daniel 的休閒褲下了，Daniel 要什麼，她們那邊馬上回覆！今天我還聽說李姊想把侄女介紹給 Daniel……」

劉剛還沒說完，被坐在他旁邊的葉栩拿一個燒餅堵住了嘴巴：「吃你的飯吧！話真多。」

被恐嚇了的人完全不理會當事人的不滿，咬了口燒餅，繼續八卦道：「不過看李大姊的樣子，她侄女肯定配不上我們 Daniel 啦！」

「你少瞧不起人了，你也單身，怎麼李大姊沒把侄女介紹給你啊？」石婷婷笑著問。

晶晶說：「對啊，嘴巴壞死了！」

劉剛為自己辯解：「你們怎麼知道她沒有那個想法？要怪就怪你們天天黏著我，李大姊肯定以為我不是單身了。不行，我得找個機會跟她澄清一下，但是她侄女就算了……」

眾人哄笑。

江美希抬頭看著對面的年輕男人，一片霧氣蒸騰中，他低頭點菸，聽到同事的玩笑也只是淺淺微笑。一群剛進公司一、兩年的年輕人，在這個時候終於露出了屬於他們這個年紀的天真爛漫。

江美希垂下眼簾，看了眼時間，起身往吧檯走去。

她離開後，身後的笑鬧聲依舊不斷，她突然就想到了自己剛畢業那一、兩年，仗著自己年輕，熬再多的夜，做再多的底稿，之後只要休息一個小時，或者吃頓好吃的，就能立刻滿血復活。

因為晚上還有工作，江美希結完帳，眾人也沒耽誤太久，又回到了辦公室。

她的加入讓大家幹勁十足，一群人守在辦公室裡加班，一加就加到了凌晨四點多。她看得出來大家都挺累的，於是讓其他人先回去，她留下來開始審閱其他人一天的工作進度。

眾人沒再推託，幾分鐘內，辦公室裡就只剩下了她一個人。

她打了個呵欠，重新埋首於工作之中，當她再抬頭時，又是一小時後了。

其他人的底稿都看完了，差不多可以回去休息了。

空蕩蕩的辦公室裡靜悄悄的，而窗外依舊是看不到邊際的夜色。

突然有什麼東西在窗前晃了一下，讓她瞬間睡意全無。

江美希仔細一看便鬆了口氣，原來是被風吹動的灌木樹枝。

其實做這一行，經常會有半夜回家的情況，但是無論她再怎麼大膽，畢竟也是個女孩子，這種時候，還是會怕的。

她想轉移一下注意力，於是邊哼歌邊動作迅速地收拾東西。

因為很久沒有聽流行歌曲了，所以她哼的還是大二那年被逼著學會的校歌。

把桌上的資料整理好，她關燈出門，然而當她鎖好門回過頭時，整個人被嚇得不輕！

走廊裡竟然不聲不響地站著一個人——葉栩正靠在牆邊抽菸，見她出來，朝她微微一笑。

江美希拍著胸脯沒好氣地瞪他：「你怎麼還在這？」

「等妳。」

他的回答又讓她戒備起來：「不回去睡覺等我幹什麼？」

葉栩拎過她的行李箱往走廊前方走去：「好不容易盼到有人來支援了，萬一第一天晚上妳就出了什麼事，這個專案我們還能不能繼續做？」

江美希冷笑：「你倒是挺有責任感的。不過這一個多小時你在幹嘛，難道就在這裡等？」

沉默了一瞬後，葉栩說：「咖啡喝多了，去跑了幾圈。」

江美希意外地看他一眼：「那你有多久沒睡覺了？」

「跟妳差不多吧。」他頓了頓又補充道，「但是我上一次只睡了四個小時。」

江美希再次感慨，年輕真好啊，有的是體力，還有可以盡情揮霍的青春。

「妳剛才唱的是什麼歌？」他突然問。

「你聽錯了。」江美希加快腳步。

他輕輕鬆鬆地跟上她，再說出的話裡隱隱有笑意：「我以為妳什麼都會，看來並不是。」

江美希有點惱火：「你什麼意思啊？」

「意思就是，妳剛才那首歌唱得雖然完全沒有音準可言，但好像也挺……」

他皺眉思索了一下，像是在斟酌用詞，片刻後低頭看她，淡淡吐出兩個字：「可愛。」

這還是平生第一次，有人把這個詞用在江美希身上。她覺得哪怕是嬰幼兒時期的自己，好像都和這個詞沒什麼關係。

從小她既不會撒嬌也不會賣萌，因為她知道沒有人會買她的帳。長大一點懂事之後，無論是在老江女士面前還是在姊姊或者男朋友面前，她都很少露出小女孩的姿態，因為在她看來，那就是示弱。

或許在所有對她有所瞭解的人看來，適合江美希的詞可以是強悍、霸道，或者刻薄、教條，但沒人會把她和可愛這個詞聯想在一起，除了他。

一瞬的錯愕之後，她沉下臉來：「你是不是對這個詞有什麼誤解？還有……」她沒看他，但語氣認真，「以後別這樣跟我說話。」

他卻無所謂地說：「第一、現在下班很久了，第二、又不在公司，第三……算是實話實說吧。」

「無聊。」

說話間兩人已經快要走出辦公大樓，長長的走廊盡頭是大面積的落地玻璃窗。而此時的窗外，是黎明破曉前的繁華都市。

天邊漸漸泛起白光，掩在雲層中的金色光輝緩緩升起。這一刻異常寧靜，整個世界像是在醞釀著某種力量。

江美希和葉栩不由得停下腳步，誰也不再說話，看著那金色光輝漸漸擴大。

她的情緒也變得柔和，良久，感慨道：「真美。」

她不是第一次看到日出，但是每次看到時都會像第一次一樣，震驚於日出的美。

身邊的男人淡淡「嗯」了一聲。

江美希不經意間抬起頭，沒想到正對上他的目光——不知道從何時起，他就這樣看著她了。

兩人視線對上，他也不躲不閃，就那樣看著她。

江美希回過神來立刻收回視線，斂起笑容說：「走吧。」

正在甦醒中的城市寂靜孤獨，行李箱的滾輪聲回蕩在空曠的石板路上，顯得尤其突兀。

「面試那天 Kevin 說這份工作會讓我失去所有的私人時間……」他笑了笑，「看來還真的是。」

聽他這麼說，江美希語氣稍緩：「現在改行還來得及。」

「那不行。」

他回答得斬釘截鐵，倒是讓她有點意外，不由得看向他。

只見他垂眸看她，緩緩勾起嘴角：「不能這麼快就讓妳稱心如意。」

她收回視線，語氣刻板冷模：「你怎麼樣與我無關。U記這種地方每年來來去去的人多得是，天下沒有不散的筵席，今天還是專案上並肩奮戰的同事，明天可能就悄無聲息地離職了。我們這群人，別看平時朝夕相處，吃住都在一起，而實際上，真正的緣分，淺得很。」

葉栩無所謂地笑：「那得看人。」

太陽徐徐上升，天光一點點亮起來。

芯薪安排U記的人住在距離公司有十幾分鐘步行時間的員工宿舍裡。宿舍只有四層樓高，沒有電梯，走廊的光線還很暗，而且靜悄悄的，眾人還在沉睡中。

江美希走在前面，葉栩跟在她身後。

「你住幾樓？」她問。

「妳隔壁。」

她「哦」了一聲，沒再說話。

員工宿舍是雙人房，這次專案組五個人，三女二男，所以江美希可以單獨住一間，就是 Amy 之前住的那間。

她打開房門，房間還算乾淨整潔，公司為她提供了新的被褥，收拾一下就能住。

她回頭看見葉栩還沒離開，他整個人陷在走廊的陰影中，神色不明，唯有一雙黑漆漆的眼眸在光線不好的房間裡格外明亮。

兩人在黑暗中對視了片刻，江美希正想說點什麼讓他走，就聽他問：「那天在樓梯間裡的事情妳想明白了？」

不提還好，提起這個，江美希就覺得很沒面子。

她聽到自己冷淡平靜地開口道：「我不管你是出於什麼樣的心態一而再、再而三挑戰我的底線，但我的忍耐是有限度的。既然你也說我們扯平了，我希望那是最後一次，今晚謝謝你送我回來，但從此之後請你和我保持適當的距離。」

死一樣的靜，江美希看著那雙漆黑的眼眸漸漸變得黯淡。

不知道過了多久，直到走廊裡響起了開門聲，有人穿著拖鞋進進出出，葉栩才再度開口：「我懂了。」

葉栩離開後，江美希並沒有自己想像中的那麼如釋重負，想到他最後留下的那句「我懂了」——他到底懂什麼了？

那天之後，葉栩還真的如江美希要求的那樣跟她保持著距離，如非必要，兩人幾乎話都不說。公司其他人早知道他們兩個關係微妙，也就習以為常，況且巨大的工作量壓得眾人早就沒了八卦的心情。

終於趕在最後幾天，江美希再三檢查報告，交了上去，後面就是等著券商和律所那邊確認，然後就可以交表了。

等結果的時候，專案組上所有的人都不能離開，但是也沒有什麼工作要做了。

難得放鬆下來，江美希一覺睡得昏天暗地，醒來時饑腸轆轆，才意識到自己竟然睡了將近二十個小時，也就是有將近二十個小時沒有吃東西了。

天色已黑，清淺的月光從窗戶裡照射進來，顯得有點冷。她摸索到枕頭邊的手機，開機一看立刻進來幾封簡訊，是專案組裡的那兩個女孩子，她們分別問她醒了沒有。

江美希起身，撥了個電話回去。

電話那邊亂糟糟的，她隨口問道：「你們出去了？」

石婷婷說：「Maggie 妳醒啦？」

江美希摸著扁扁的小腹「嗯」了一聲，思考著等一下要出去吃什麼。

石婷婷又說：「剛才猜妳在睡覺就沒打擾妳，我們在公司南門附近那個日料店，妳要不要來？我們也剛到，還沒開始吃。」

江美希正想著專案結束要再請大家吃個飯，這正好給她一個買單的機會，於是她說：「好，那我一會兒過去。」

簡單梳洗了一下，半小時後，江美希到了那家日料店，被服務生引到最裡面的一個包廂。門一打開，專案組裡除她以外的四個人都在，包括葉栩。

她掃了桌面一眼，應該是剛剛上菜。

兩個女孩見到她立刻朝她招手：「Maggie 快進來，就等妳了！」

這兩個女孩一個剛來U記一年多，一個和葉栩是同一批進來的新人，之前對江美希的印象還只停留在「道聽塗說」的層面。自從接了這個 IPO 專案，她們發現，比起之前把什麼重活、累活都甩給她們，自己最後裝病退出專案組的 Amy 來說，江美希明顯更加專業，而且很有擔當，有身為老闆的魄力和風度。

所以不管她是否嚴厲、刻薄、教條，在專案中一直都是幫她們遮風擋雨的參天大樹，也是她們的主心骨[16]，讓她們踏實心安，所以她們對她的印象自然也就改觀許多。尤其是石婷婷，最欣賞的就是江美希這種事業型的女強人。

江美希笑著點頭，脫掉鞋子走進包廂，坐在石婷婷旁邊的空位上，一抬頭，對面正是葉栩。

似乎是感覺到她的目光，他淡淡掃了她一眼，勾了勾唇角，像是在笑。

有人推了推江美希的胳膊，江美希回頭看是石婷婷。

石婷婷問：「Maggie，我們剛點了這些，妳看看還要加點什麼？」

16 主心骨：值得依賴的對象。

江美希掃了一眼點好的菜單，笑著說：「我都行，你們再看看，隨便點，我請客。」

眾人聞言立刻奉上馬屁，誇老闆人美心善，但今天並沒有打算讓她破費。

石婷婷說：「我們能不能先欠著啊？這次是提前說好了 Daniel 請客的。」

江美希瞥了葉栩一眼：「有什麼好事嗎？」

葉栩還沒回答，石婷婷搶著說：「本來應該是我請 Daniel 的，因為之前分工時，很多材料是我和客戶那邊要的，可是後來都是 Daniel 幫忙要的。但是……」

旁邊女孩接話道：「但是 Daniel 說她幫他核對資料，就換成 Daniel 請客了。」

江美希了然，點了點頭。她平時工作時都沒注意，這幫孩子還真是相親相愛，只是當她回頭再看向石婷婷時，女孩子的臉竟然有點紅。

葉栩無所謂地說：「要個材料一句話的事，比較起來核對資料就麻煩多了，不過婷婷很細心。」

眾人聞言開起他們的玩笑，似乎早就忘了江美希和葉栩之間那十八個版本的曖昧傳聞了。

沒有了工作壓力，這頓飯吃得格外輕鬆。吃完之後眾人還不願意回去，又有人吵著要玩遊戲。

審計人的遊戲真的沒什麼新花樣，總是和數字脫不了關係——所以又是猜數字。不過和培訓基地那次比起來，規則稍微作了更動：一個人寫下一個數字，其他人輪流縮小範圍或者給出答案，範圍搞錯或者猜錯答案的，要麼接受喝酒懲罰，要麼被寫下數字的人提問，但答案必須是真心話。

大家都很有娛樂精神，於是都玩得很冒險，前期每個人都喝了不少酒，江美希也被逼著喝了兩杯，開始腦子發暈。

後面江美希又猜錯，無論如何是不能再喝酒了，只好選擇真心話。

提問的是石婷婷，她一直猶豫不決，不知道該問老闆什麼，其他人則是躍躍欲試，暗示她可以問一些勁爆一點的問題。

江美希含笑看著石婷婷，酒精的作用讓她對很多事情都無所謂了，想著自己也得有點娛樂精神，不管對方問什麼，都會如實回答。

沒想到石婷婷咬了咬牙，最後還是問了個中規中矩的問題：「從老闆的角度看，我們組裡妳最看好誰？」

她這問題一問出來，立刻招致其他人的不滿，尤其是那個叫劉剛的男生，連說石婷婷沒膽量。

石婷婷不滿意地說：「有本事下次你問。」

劉剛笑著問江美希：「今天不管問什麼，老闆應該不會記仇吧？」

江美希笑著看他：「你可以試試。」

眾人又是笑，而石婷婷則是催促著江美希回答問題。

江美希想了想，說了一個她印象不錯的 Senior 的名字。

遊戲很快進入下一輪，這一回接受懲罰的是葉栩。

他把酒杯一扣說：「真心話吧。」

向他提問的正是劉剛，劉剛不懷好意地朝他笑著：「我們都知道你現在還是單身，但是你有喜歡的人嗎？」

飯桌上安靜了片刻，石婷婷雙眼亮晶晶地看著葉栩，江美希則是低頭喝茶，絲毫不在意。

只聽葉栩很乾脆地說：「有。」

劉剛立刻上前，還想接著問，被葉栩一把推開腦袋：「還想問也得看你還有沒有運氣。」

劉剛撇了撇嘴，朝對面的晶晶使了個眼色，晶晶立刻心領神會回了個眼神。

這些全被江美希看得清清楚楚。她也不遲鈍，看了剛才眾人的表現，她大概也看出些端倪了。可能是晶晶和劉剛看出石婷婷對葉栩有點意思，就想著藉此機會幫石婷婷刺探葉栩的感情狀況，當然，江美希覺得，更多的可能只是八卦而已。

江美希一方面慶幸群眾的忘性之大，不記得自己和葉栩的傳聞，當然也不排除他們朝夕相處的模式讓謠言不攻自破；可是另一方面，想到葉栩優秀又年輕，精力充沛還長得人模人樣，就算今天不是石婷婷，明天也會是其他人。雖然很正常，但或許是因為他畢竟是和她有過春風一度的男人，所以想到這些，她多少會有些不自在。

也不知道葉栩是不是故意的，第二次又是他猜錯，他依舊選擇真心話，這次輪到晶晶提問。

在和劉剛幾次眼神往來外加兩句悄悄話後，晶晶終於下定決心，輕咳一聲，紅著臉用英文問道：「你還是處男嗎？」

這話一出，劉剛對晶晶豎起大拇指，石婷婷的臉更紅了。

江美希靜靜看著眾人的表現，無意中看到葉栩竟然朝她這邊瞥了一眼，她之前心裡的那點不自在就更明顯了。

葉栩回答得很乾脆：「不是。」

眾人又是一陣尖叫。

下一輪寫數字的是石婷婷，這一次葉栩沒給她機會，被懲罰的是劉剛，他酒量不錯，選擇喝酒。

石婷婷之後又輪到江美希向葉栩提問。

江美希抬頭對上對面人的視線，不由得又想起面試那時候的情形，不管她問什麼，有些人的回答總是語不驚人死不休。

她也怕自己好不容易樹立起來的老闆形象再度倒塌，於是看向眾人說：「我沒什麼要問的。」眾人哪肯放過這個好機會，劉剛強烈要求替江美希行使權利，大家當然沒有異議。

他壞壞一笑，問葉栩：「所以上一次和你負距離交流的女孩子，你們現在還有聯絡嗎？」

葉栩笑了笑：「有。」

江美希看到石婷婷的神色立刻黯淡了下來，其他人似乎也注意到了這一點，情緒沒有剛才那麼高昂了，遊戲也很快地進入下一輪。

這一次是劉剛向江美希提問，他比那兩個女孩膽子大多了，問她：「Maggie，妳工作以來有沒有對哪位同事動過心？」

聽到這個問題的那一刻，江美希的腦中瞬間浮現她和葉栩出差的那天晚上，葉栩一個人衝入雨夜之中的場景。

她在聽到這個問題的第一時間就想到那天，這是不是說明當時有那麼瞬間，她對他的確動心過？

沉默了片刻後，江美希回答：「有。」

這倒是讓眾人很意外，畢竟江美希的既有形象擺在那裡，她就算沒有外面傳的那麼壞，但辦公室裡女魔頭的形象眾人還是有目共睹的，這得多有氣場的男人才能鎮得住她啊！

見江美希這麼坦白，大家也不避諱，開始猜那個人是誰。

劉剛提示眾人：「我說的是 Maggie 工作以來，說不定這個人從 Maggie 還是小朋友的時候就在公司了。」說著他又看了江美希一眼，「對吧，Maggie？」

江美希知道他想套話，所以只是笑著，不置可否。

可是眼角餘光掃到葉栩，卻發現他好像並不關心他們討論的事情，垂著眼不知在想些什麼，但是看得出臉色不太好看。

片刻後，江美希抬手看了眼時間，打斷眾人：「不早了，該回去了吧。」

有人沒盡興，但買單的人都發話了，他們也就沒再說什麼。

回去的路上，劉剛勾著葉栩的脖子走在前面，另外兩個女孩子走在他們後面，江美希落在最後。

看著前面的四個人再看看自己，雖然江美希保養得不錯，可能從臉上看不出什麼，但是從氣質神韻中還是可以感覺出來，他們太年輕了，而她和他們，就像是兩個世代的人。

這個認知讓江美希莫名有些惆悵，但究竟是為什麼，她沒有細想。畢竟面對歲月流逝，又有幾個人能真的做到淡定從容呢？

石婷婷突然回過頭來，看到江美希落後好遠，於是朝她招手：「Maggie 該不會是喝醉了吧？」

她這麼一說，其他人也都停下來等江美希，見狀，江美希快步趕上眾人，大家這才繼續往前走。

眾人聊起專案的後續，石婷婷問江美希：「Maggie 會一直陪我們等到交表嗎？」

券商那邊交了申報材料，才意味著不需要再修改，他們這個專案才算是正式結束了。

江美希搖了搖頭：「看進度，我後天一早要飛深圳。」

她來頂替 Amy 已經不同尋常，普通的專案經理都很少到現場，更何況是這種一待就是一個月的。但這個專案組的人實在是都太年輕，這個專案又太重要，不過既然都來了，她也希望跟到最後。

可是前兩天她接到 Linda 的電話，說是深圳那邊有一家叫東秦科技的新客戶可能要招標，這是一家上市公司，而且在全國多個城市都有分公司，是一個不小的專案，所以她必須親自去一趟。

這對專案組的其他人來說明顯不是一個好消息，因為如果江美希提前離開，那他們幾個小朋友就要孤軍奮戰了，到時候的壓力就不只是工作量這麼簡單了。這個專案已經接近尾聲，公司顯然不會再安排其他的 Senior 來幫忙。

晶晶嘆氣：「誰讓我們的前現場負責人掉鏈子呢！」

這是他們第二次在江美希面前說起 Amy，比上一次的態度更明顯。江美希假裝沒聽到，因為她對 Amy 也很失望，卻不能跟著這群孩子一起說她的不是。

可是，就是她的沉默給了這群孩子勇氣，石婷婷也說：「之前就聽說她因為失戀從客戶公司跑回北京，把整個專案組丟在外面的事情，沒想到我們也遇上了，還好有 Maggie。」

劉剛說：「跟她一起做專案真的是有夠慘的。」

這群孩子愈說愈起勁，晶晶說：「Maggie 肯定也被她氣炸了吧？」

說著大家都看向江美希，大有逼著她表態的意思。

江美希笑了笑：「氣炸倒不至於。」

或許是酒精發揮了作用，她整個人都放鬆下來。

她想起了自己剛入公司第二年時的一件事，說：「其實她的做法也不是那麼不好理解。」

晶晶說：「也太沒有敬業精神了吧，我可沒辦法理解！」

江美希說：「我剛入職的時候，U記在中國區沒有像現在這麼大的規模，每個人身上都有很多工作，而且不管你是小朋友還是Senior，都得被迫擔起一個專案成敗的責任。我記得有一次我和一個同事去客戶的公司盤點，那時候我已經連續兩天通宵，剛從上一個專案到那個專案去。那家公司有很多車間，負責加工電路板，我們走過生產線時，我第一次看到工人用烙鐵焊接電路。」

夜深了，路上沒什麼行人，來往車輛都少了，眾人很少見江美希這麼多話，全都安靜下來聚精會神地聽著，一時間周遭就只有江美希的聲音。

她繼續說：「烙鐵頭也就比火柴頭大一圈，點著焊錫在電路板上游走，焊好一處，工人將烙鐵放在架子上，偶爾能看到烙鐵頭上冒著嫋嫋輕煙。那個烙鐵就放在我面前，我稍微不注意就有可能會燙到自己，而當時的我就看著那個烙鐵，腦子裡突然就冒出一個很奇怪的念頭——我想，如果我把手指伸過去，只要輕輕碰一下，就可以請假回家好好睡一覺了。」

「然後呢？」石婷婷迫不及待地問。

「我因為這個念頭，在那個工人的工作檯前站了足足十分鐘，決定要不要伸手。直到已經走遠的同事叫我，我才回過神來。我當時看著他，突然就覺得自己剛才那個想法很齷齪。他也剛從別的專案上下來，也熬了兩天的通宵，而且他們那組當時因為有人病倒，所以是兩個人做了三個人的事。他平時自以為形象不錯，很注意穿著打扮，但是那時候我看到他一臉憔悴，黑眼圈特別大，頭髮和身上的衣服都不像平時那麼講究。所以可想而知，他的狀況可能比起我更加糟糕，如果我走了，那就真的只剩下他一個人在扛了，當時我們都是剛到公司第二年的小朋友。」

眾人聽完都很唏噓。

江美希笑了笑說：「所以，扛不過來可能是人之常情，但扛過來的都是意志力非凡的人，你們都是了不起的人。」

眾人怎麼也想不到，這會是那個工作時鐵面無私，對下屬嚴格，對自己更加嚴格的江美希說出來的話。

石婷婷親親熱熱地拉起她的胳膊讚嘆道：「Maggie 妳真了不起！」

江美希不以為然：「這就叫了不起了？」

晶晶說：「本來還擔心妳走之後後面的事情我們處理不好，但是現在想想，你們當時兩個小朋友都能把專案全部扛下來，我們好歹還四個人呢。」

江美希笑：「不枉費我這一碗雞湯。」

說話間，她的視線無意中掃到葉栩，見他目光灼灼看著她，若有所思。

然而，輕鬆的時光沒有持續多久，第二天下午券商那邊回了消息——提了一大堆問題不說，還有很多報表需要重新核算資料。

江美希立刻召集眾人回辦公室，安排分工，不用說，這天晚上肯定又要通宵了。

石婷婷哭喪著臉抱怨：「我覺得自己最近老了好幾歲，人何苦為難人！」

劉剛說：「別說了，這兩個月裡我難得地有一種自己在拚命賺錢的快感！」

葉栩冷笑：「你只是在拚命幫別人賺錢。」

眾人唉聲嘆氣，江美希假裝沒聽到，低頭做事。

或許是因為這兩天大家休息恢復得狀況還不錯，所以做事的效率也很高。天剛亮，江美希就把重新整理好的材料發給券商，等對方再次確認。

眾人從辦公室裡出來，外面已經天光大亮，這已經不是他們第一次集體通宵了，劉剛嚷嚷著去公司後門那家早餐店吃豆漿油條。

「我發現這段時間生活特別規律，總是能吃到早餐。」

晶晶「呿」了一聲：「你就知道吃！」

劉剛揶揄道：「也不知道誰上次吃了八根油條。」

一群年輕人嘻嘻哈哈，完全沒有剛剛熬了一整晚的疲態。

葉栩還在想著剛才發出去的材料：「這次提交上去，應該問題不大了。」

江美希搖頭：「不好說，以前有過臨門三腳都踢飛的情況，我們這才第二次。」

眾人聽完一陣哀號：「說點好聽的好不好？我們相信Maggie，這次肯定沒問題了！」

吃完早飯，大家回宿舍休息，江美希卻睡得不太安心，中午的時候就醒了。忐忑地等到下午，終於從香港那邊傳來消息，可以交表了！

她長吁一口氣，把消息發給其他人，頓時聽到隔壁兩個房間的歡呼聲。

她笑，看來大家都一樣，在等結果。

緊繃好幾天的神經終於可以放鬆下來，她爬上床繼續睡，這一次一覺睡到月上柳梢頭，導致本來說好的「散夥飯」她也沒去成。

她晚上醒來時，隔壁兩個房間燈都是暗的，不知道葉栩、劉剛他們去了哪裡。

江美希洗過澡，在宿舍裡收拾東西，忽然聽到有人敲門。

她看了眼時間，都快十一點了，看來是那群孩子回來了，於是起身打開門一看，映入眼簾的是道修長的身影。

因為她剛洗過澡，全身還散發著溫暖的熱度，相比之下，打開門的一剎那，她似乎都能感覺得到那人身上寒風氣息。

江美希不由得打了個哆嗦，上下掃他一眼，只見對方一手夾著支菸，一手拎著個外帶便當盒，見她開門，遞到她面前。

她遲疑了一下接過便當盒，故意看了眼走廊的方向，狀似不經意地問：「大家都回來了？」

「還在KTV，說是要夜唱。」

江美希一愣，不由得再次感慨，年輕真好。

她抬頭再看面前的人：「你怎麼沒去？」

「太吵。」

她點點頭，想著怎麼快速結束兩人的對話，就見葉栩朝著她身後的房間內看了一眼，目光從她大敞開的行李箱上掃過。

「明天就走了？」

「嗯。」

他點點頭，又掃了眼她手上的外帶說：「趁熱吃。」說完就要離開。

原本江美希聽他問起自己是不是明天走時，還擔心說他要送她，沒想到他什麼都沒提，倒是讓她心裡莫名有些失落。

不過轉念又想，他大概也想清楚了吧。不管是出於報復，還是出於其他心理，反正逗她也挺沒意思的，既然如此，還是以後相安無事的好。

想到這裡，江美希想再跟他確認一下：「穆笛的事情，你能保密吧？其實我是無所謂，主要是擔心她無法承受壓力，你們好歹是同學……」江美希的話沒有說下去，因為她看到葉栩臉上漸漸露出嘲諷的笑意。

她也不知道自己哪兒說錯了，但還是停了下來。

「然後呢？」

然後？

江美希想了想，非常誠懇地說：「以前我確實對你有點偏見，但是經過這個專案下來，即使不願意，我也不得不承認你能力很強，無論是業務能力還是和客戶、同事的相處能力都不差。以後不管你是不是還做這行，肯定都能做得不錯，所以作為上司，我挺欣賞你的。」

「還有呢？」

還有？

「至於其他的……我看得出來婷婷蠻喜歡你，公司裡、客戶裡都有這些年輕漂亮的小女孩，總會遇到你喜歡的類型。而且我也不是那麼迂腐固執的人，不會因為之前發生過不愉快的事情，以後就沒辦法和睦相處。拋開以前的事情，大家還可以是不錯的同事，甚至是……朋友。」

「朋友？」葉栩冷笑，「能不能做朋友，我就不知道了。但是妳不是迂腐固執的人這一點，我倒是看出來了，不然也不會發生那件事。」

江美希聞言一愣，但很快就明白了。

還能有哪件事？不就是幾個月前她走錯門還強行睡了他的那件事嗎？可是，她誠心跟他說了這些話以後，他還在翻舊帳？而且這話是什麼意思，分明就是在諷刺她生活作風太奔放！

江美希覺得自己已經快要炸了，她冷聲提醒他：「我的忍耐也是有限度的。」

「忍耐？」葉栩挑眉看她，「妳忍我到現在，不就是擔心我把穆笛那件事說出去嗎？不過妳放心，我沒那麼無聊。」

江美希暗自鬆了口氣，不管怎麼樣，別把穆笛牽扯進來就行。

「還有……」他吸了口菸，淡淡地說，「江美希，妳能不能別總是自以為是？」

江美希的火氣立刻躥了起來：「我自以為是？」

「我不需要妳作為上司的欣賞，也不想和妳成為什麼關係不錯的同事，哪怕是朋友。」

這就讓江美希有點不解了，那上次他們出差時，他對她的照顧，還有今天這份宵夜，又是什麼意思？他的所作所為跟他說的完全不一樣，她已經被他搞糊塗了。

或許是看清她臉上的困惑，他無奈地冷笑一聲：「算了，這什麼智商。」說完，似乎是不屑於再多說一句，他轉身往他的房間走去。

江美希站在門口足足愣了兩秒鐘，兩秒過後，她真的要炸了！

說她什麼智商？從小到大還沒有人質疑過她的智商！她的智商沒有一百五最起碼也有一百四了吧，所以才能以全省前三的成績考入名校。她聰明又勤奮，才有今天的成績；他一個剛畢業沒兩天的小狼崽子，竟然質疑她的智商？

江美希差點被氣死，但也不能因為他這麼一句話，就像個潑婦一樣去拍下屬的房門。她忍了又忍，最後也只能以大力的關門聲來宣告自己此刻的不滿。

關上房門時才注意到手上還拎著他帶回來的宵夜，她本來想賭氣扔了不吃，但此時肚子又不爭氣地傳來咕嚕聲。

掙扎片刻，她最終還是向食物低頭，反正扔不扔他也不知道。

可是一邊吃，她又一邊對自己很失望。就這樣被他吃定了？

不行，回到公司以後，她還非得端出點老闆的架子給他看看！

第二天一早，江美希拉著行李箱再度出發。

東秦科技剛剛結束了和另外一家外資事務所的合作，具體原因不詳，但有人說是因為兩邊主管意見不合，導致無法繼續合作下去。

這種事情，業界也見怪不怪。就比如這次U記和芯薪的合作，如果對方主管還是那個王明，而U記來的人不是江美希，而是其他經驗更淺一點的經理的話，可能就真的沒辦法達成合作了。

江美希一下飛機，很快就見到了這家公司的財務主管。

她便以這次的合作內容以及審計時間和財務主管聊了一下，然後又被帶著見到了公司多位高層主管，一番瞭解下來，她是傾向於接這個專案的，只是這家公司還在各地擁有七家子公司，不知道U記的人手分配上是否能夠跟得上。

瞭解完基本資訊，江美希又旁敲側擊地問了下財務主管，這個專案會不會採取招標的形式，而這位財務主管也很坦白：「都快年底了，好的事務所都不缺專案，而且我們的分公司也不少，這是不小的工作量，所以這時候有一家可靠的事務所願意接下專案已經很不錯了。」

江美希了然地笑笑，這一次是只要他們點頭，這個專案基本上就能確定下來了。

瞭解好情況，江美希急著回公司給 Linda 覆命，所以第二天一早就趕回了北京。

葉栩他們比她早一點回公司，江美希到的時候，葉栩正在印表機旁準備後續專案的材料。

江美希從他身邊經過時，他正好回頭，明顯也看到了她，但她沒有停留，假裝沒看到，朝著自己辦公室的方向走去。

因為江美希已經想通了，所以後面也沒有刻意安排葉栩進自己的專案。她記得芯薪的專案過後，他的時間還是自由的，那他現在又在準備哪個專案的材料呢？

正好也要提前評估一下他們現在的人手是否能夠承接東秦的專案，於是江美希找來林佳，要了最新的時間表。

不看還好，一看又生氣，葉栩這傢伙居然還真的去給陸時禹那個老狐狸做事了！

雖然知道這件事由不得葉栩，但是此刻江美希還是有種被背叛的感覺，而且他在接陸時禹的專案之前，竟然連聲招呼都不和她打？

難道他不知道公司裡有個不成文的規定嗎？做完她的專案，要去做其他老闆的專案時，至少要和她這個前老闆打聲招呼，確認她這裡沒有專案安排給他，他才能接別人的專案。她不想用他是一回事，他是否尊重她的意見是另一回事！

她不爽地看向辦公室外，還真是巧了，正好看到陸時禹從葉栩身邊經過，之前也算不上熟悉的兩個人竟然還頗為愉快地聊了幾句。

就這樣當著她的面狼狽為奸了？

江美希憤憤地拉上百葉窗，愈想愈生氣，最後只好拿出其他工作來分散一下注意力。

她打開電腦，開始寫報告，到下午時，終於寫完一份詳細的客戶需求以及專案風險。

她拿著報告出了辦公室，從樓梯間往樓上的 Linda 辦公室走去。

走到門前，江美希才注意到 Linda 的辦公室和平時比起來好像有點不一樣，仔細一看發現百葉窗拉起來了，而且門也關得嚴嚴實實，這的確不像 Linda 的習慣。因為她在辦公室的時間很少，所以只要在公司就會開著門，方便下面的人隨時找她。

她更不喜歡拉窗簾，因為她還跟江美希抱怨過辦公室環境狹窄，拉起窗簾就更壓抑了。

難道她人不在辦公室？

江美希象徵性地敲了下門，裡面過了好半晌都沒有聲音，就在她準備放棄時，卻聽到 Linda 似乎應了一聲，只不過那個聲音有點奇怪，顯得有些綿軟無力。

江美希的第一反應是，Linda 可能太累了，所以在辦公室裡睡著了，這才拉了窗簾、鎖了門。不過既然應了，那應該就是醒了。

她正打算再敲門，手臂上突然一緊，她整個人被人拽著朝後扯去。

她瞬間失去了平衡，踉踉蹌蹌被人拖著走了好幾步，還沒反應過來是怎麼回事，她已經被那人拉著進了對面的茶水間。

她本來已經很惱火了，看到面前的人時頓覺更加火大！

還好此時茶水間裡沒有人，還好剛才走廊裡也沒有人，不然被其他同事看到，同事會怎麼想？

「你幹什麼！」江美希無法保持冷靜，但被她吼了的人卻像是沒事一樣看著窗外。

她火氣暴漲：「你這是什麼意思，總是這樣覺得很好玩是不是？覺得我不敢把你怎麼樣是不是，吃定我了是不是？」

她一連串問出來，不會挑重點的某人似笑非笑地看著她：「原來在妳看來，我都吃定妳了。」

她聞言愣了一瞬，然後有點憤怒，轉瞬那憤怒就變成了失望。

她冷笑一聲：「一而再、再而三……你該不會覺得你這樣行事很有男人味，很有魅力吧？或許在有些人看來的確是這樣，但在我看來卻不是。」

她突然不再義正詞嚴，也不再緊張跋扈，而是變得風輕雲淡了，倒讓葉栩有點意外。

「是嗎？」他垂著眼睛看她，「那在妳看來，我是怎樣的人？」

江美希和他對視片刻，本來一腔怒火只求怎麼傷人，但這一刻她竟然有點猶豫了，總感覺後面的話如果說出去會有什麼不好的後果。然而，理智趕不上衝動，之前才剛壓下的話已經脫口而出：「幼稚、膚淺、可笑至極！」

這種評價對任何一個男人而言無疑都是傷自尊的，果然，葉栩的神色一點一滴冰封，江美希甚至可以聽到他磨牙的聲音。

而就在這時，門外突然傳來一陣喧鬧聲，兩人不約而同地從茶水間的小窗戶看出去，只見 Amy 蹲在 Linda 辦公室門前，狼狽地撿著地上的文件。

Amy 什麼時候上來的？

江美希錯愕片刻，正想出去看下情況，卻又被身邊的男人拉住。

「你幹什麼？」她回頭問。

葉栩目光冷靜，朝著窗外揚了揚下巴示意她看。

Amy 已經迅速收好散落的文件，準備離開，臨走前還怯生生地朝著 Linda 辦公室瞥了一眼。

江美希有點疑惑——Linda 這人跟她可不一樣，出了名的好涵養，哪怕是面對她再不喜歡的人，也能表現出一副溫和有禮的模樣。Amy 究竟是怎麼惹到她的，讓她發這麼大的脾氣？

江美希很快想到芯薪的事情，難道她裝病的事已經被有心人傳到 Linda 那裡了？但是這件事有必要大發雷霆嗎？

江美希正滿腦子問號時，卻見 Linda 的辦公室大門又開了。讓她意外的是，這次從裡面走出來的不是 Linda，而是一個年紀約四十歲的男人。

男人一臉戒備地走出來，左右看了看，見沒人，又理了理歪掉的領帶，這才放心地朝樓梯間走去。

男人離開後，周遭徹底安靜了下來。

此時，就算是江美希的神經再大條，剛才在 Linda 辦公室裡發生的事情，她也想到了。

所以，如果剛才不是葉栩，她是不是就成了那個撞破人家「好事」的倒楣鬼了？

她回頭看向葉栩，葉栩雙手插兜勾了勾唇角，冷冷看著她：「我幼稚？我膚淺？我可笑至極？」

「不是、那個……」江美希也不知道怎麼搞的，平時她總是控場的那個，霸道跋扈就像是她的專屬標籤，但是每每在這小狼崽子面前，她卻總是被控的那個。

這種挫敗感讓江美希有點口不擇言。

她說：「就算不是幼稚、膚淺、可笑至極，那至少也是自以為是！」

葉栩像是被氣笑了：「妳說我自以為是？」

江美希面不改色地說：「不是你是誰？你以為你幫了我，我就需要感激嗎？」

葉栩的臉色更難看了：「我看『狼心狗肺』這個詞就是為妳量身打造的。」

江美希沒理會他的揶揄繼續說：「Linda 這些年對外形象一直不錯，但並不代表她是真的好說話。剛才看 Amy 的反應就知道她是真的生氣了。」

「所以呢？」葉栩反問。

「我跟著 Linda 這麼多年，如果剛才是我，可能她也不會太計較。但眼下換成她本來就不太喜歡的 Amy，你覺得 Amy 以後還有好日子過嗎？是，我承認她雖然工作上算不上多出色，但是好歹也在 U 記奮鬥了六年，搞不好就因為這個事情丟了工作……」江美希愈說愈覺得就是這麼回事，尤其是想到闖進去的本來應該是自己，卻變成了 Amy，總有一種別人替她背了鍋的感覺。

「所以妳覺得我剛才應該怎麼做呢？」

半個多小時前，葉栩只是在樓梯間裡抽菸，正好看到剛才那個男人也從樓梯間上來。他當時就覺得他有點眼熟，卻怎麼也想不起來究竟是在哪裡見過了。再看那一身行頭，不像是普通人，可是如果是某位大客戶，為什麼不堂堂正正地被人迎進公司呢？

雖然覺得那男人的出現有點奇怪，但葉栩並不是個愛管閒事的人，直到江美希出現。見她應該是去找Linda的，就擔心她惹出點什麼事，這才跟著她上了樓。

可是看眼前這女人的反應，她非但不領他的情，竟然還能找出那麼荒謬的理由怪罪他？

「以後我的事你別管。」她說。

他覺得太陽穴都一抽一抽地疼了起來。

他沒好氣地按了按太陽穴：「我以前覺得妳只是在某方面腦袋不靈光而已，現在看來是我錯了。」

她皺著眉看他：「你什麼意思？」

葉栩笑：「我的意思就是，不是某一方面。江美希，妳有的時候可真天真。」

她天真？上一次說這話的人現在已經成了她的死對頭。

陸時禹不知道有沒有為這句話後悔過，但是她知道，眼前這小狼崽子怕是還不知道「後悔」這兩個字怎麼寫。

然而就是這輕飄飄的一句話，卻結結實實地紮在了她內心最柔軟的地方。

她沉下臉來，看也不看他說：「不用你管。」

葉栩冷笑：「隨便妳吧。」

第四章　謀情害命

在那之後的日子裡，江美希一直關注著 Amy 的動向，一邊擔心 Linda 會藉此借題發揮，一邊又擔心她無動於衷。如果 Amy 因為那件事過得不好，葉栩或許會明白她的想法，但如果不是那樣，是不是就真的證實了他的話，是她太天真？

然而江美希沒有等到 Linda 對 Amy 出手就又離開了北京——Linda 接下了東秦的專案，由於對方分公司太多，這一次她只能頂上到總公司主持相關年審事務，而葉栩在那之後也被陸時禹安排到了其他客戶的年審專案中。

年底還真的是忙得不可開交。

江美希剛帶隊抵達深圳，很快就接到了 Linda 的電話。

「阿奇法公司那邊的副總打電話找我，說他們下個月事務比較多，恐怕安排不出人手來配合審計，所以希望比原定計劃提前半個月開始進行年審工作。」

阿奇法這家企業是靠著做家電起家的，在幾年前幾乎家家都有他們家的產品，只不過後來隨著廣化這樣的競爭對手慢慢崛起，阿奇法家電在市場的占有率才有所下降。不過近兩年，公司也拓展了不少新的業務，手機就是他們現在大力發展的產品。

阿奇法的年審其實前期早已談好，審計範圍、審計時間都是雙方確定好的。U記審計人員的時間安排也根據這些來定，如果臨時要調整時間，必然會打亂整個組裡的計畫，人手也可能調配不及。

Linda不會不清楚這個情況，正常來說，有客戶提出這種要求，她早該直接回絕了。但是她沒有，這就說明她接受了，卻把難題拋給了她。

江美希想了一下說：「不然我這邊的工作步入正軌後，我親自去一趟阿奇法那邊安排後續的工作？」

Linda直接拒絕：「不用，東秦是新客戶，後續業務也多，妳專心把那邊的專案做好就行。至於阿奇法……不然這樣吧，我等一下找林佳看一下組裡誰還有空，大不了和別的經理要兩個人。」

江美希想了一下也沒再說什麼：「如果需要我回去，我就安排好這邊過去。」

Linda笑著說：「行了，因為阿奇法這專案今年本來說好是交給妳負責的，所以我就跟妳說一聲。我可不想把妳壓垮，妳要是垮了，我這半壁江山也就塌了一半。」

江美希笑了：「那好，我去忙了，晚點聯絡。」

不久之後，江美希打電話給林佳確認某個專案的時間，又想起阿奇法的事情，於是就多問了一句：「後來安排誰去了？」

林佳說：「Amy帶著兩個小朋友過去了。」

一家上市公司的年審專案說大不大、說小不小，如果不是逼不得已，江美希很瞭解Linda對Amy的態度——她是不會主動用她的，尤其是那件事情之後……難道真的是沒人可用了？

不過江美希也沒時間多想，因為東秦的事情也不簡單。

東秦是有名的家族式大企業，現在這一輩的公司掌舵人已經是秦家第三代人了。

江美希入駐公司沒多久就大概瞭解到，秦家人多，雖然管事的人大多數姓秦，但是從員工們的交談言語間也能感受到公司內部的勢力紛爭，尤其是董事會的那些老人就對現在的秦總不太滿意。

至於是出於什麼原因，那就不得而知了，江美希只負責自己那一畝三分地。

好在，東秦畢竟是老牌企業，公司經營還算有制度，從走訪各部門以及瞭解公司管理流程就看得出來。在江美希他們入駐公司之後，無論是內部控制測試還是抽取憑證，都進行得很順利。

難得進展得這麼順利，江美希以為可以很快結束這次工作返回北京了，然而，在審查其他審計師的底稿時，她發現了一些資料有問題。

乍看之下，東秦這一年的營業額有二十億，利潤二．八億。各項經營資料都很正常，但是「應收帳款」和「其他應收帳款」這兩項明顯偏高，可是對應的現金流量表上卻沒有大量的現金淨流入，這讓江美希心中警鈴響起──東秦有沒有理由賒帳交易操作利潤？

她立刻找來同行的審計師詢問：「這幾筆應收帳款查過嗎？」

審計師也知道她擔心什麼：「查過了，對應的都是正常的關係企業。」

「那今年這幾家公司有過退貨的情況嗎？」

審計師稍稍遲疑，回答說：「有的，有兩家退過，總額一．三億左右。」

一．三億的營業額，也就意味著一千八百二十萬的利潤，江美希完全有理由懷疑東秦在「操作利潤」！根據她的經驗，這些賣出去沒有收回錢的設備將有一大半在第二年再度被退回東秦。

其實，這種事情在很多上市公司裡算是很常見，就是因為這麼做的人也知道審計師沒辦法僅憑經驗或者猜測就能將這筆錢定性，虛增出來的利潤卻能讓公司股票漲不少。等第二年，有人識破這個小把戲時，便為時已晚了，投進去的錢早就已經縮水了。

至於「其他應收款」這一項，雖然有董事會文件表明是用於某項投資的，但這份文件內容實在過於模稜兩可。

江美希問：「有關於這項投資的其他批審文件嗎？」

審計師：「沒有了。」

江美希：「去要一下這個投資專案的相關資料。」

因為東秦這邊的突發狀況，讓江美希在深圳多待了兩天。經過一番詳細追查，基本上可以確定那筆所謂的投資款實則是被公司大股東占用了，至於真實的用途是什麼，那就不得而知了。

離開東秦之前，江美希把東秦目前存在的問題和對方財務主管溝通了一下，也不知道對方是沒聽懂還是已經接受了現實，總之對江美希的態度顯得很無所謂。

既然如此，她就更沒什麼好顧慮的了，帶著人馬匆匆回了北京。

回到公司沒多久，專案組討論過後就提了審計報告。

江美希拿著報告去找 Linda 簽字，剛走到 Linda 辦公室，她的手機就響了。

她拿出來看了一眼，來電人是葉栩，她有一瞬間小小的慌了。

那天從這裡分開之後，他們差不多有一個月沒聯絡過了，他這個時候找她會有什麼事呢？

江美希猶豫了一下直接掛斷電話，然後抬起頭敲了敲門，等裡面的人說「進來」後，她才推門走了進去。

半晌，Linda 看著那份報告，眉頭漸漸皺起：「妳確定要這麼出？」

江美希正要回話，口袋裡的手機又響了，她拿出來匆匆掃了一眼，還是那個名字。

對面的 Linda 見狀擺擺手說：「妳先接電話吧。」

「沒事，騷擾電話。」說著江美希把手機重新收回口袋裡，抬起頭的同時，拇指摸索到掛斷鍵按下，手機果然不再響了。

江美希說：「實際情況就是這樣，我們只是如實披露。」

Linda 猶豫著說：「可是從這個賒帳交易來看，並不能確定明年他們一定會退貨啊。」

江美希有點意外地看向她——外行看不出來也就算了，但是 Linda 怎麼可能看不出來這就是假帳陷阱呢？

兩人對視片刻，還是 Linda 先妥協了：「我也承認東秦的確有問題，但是看上去還在可控範圍內，就算剔除可能存在的虛假利潤，東秦這家公司也不是無藥可救的。東秦的專案算是個大專案了，之前一直是我們的競爭對手在做，這次難得有合作的機會，妳這個報告一出，對我們雙方的影響都不小。」

Linda 略微沉吟了一下繼續說：「要不然這樣，妳要求他們限期整改，再把他們存在的問題作為強調事項體現在報告中怎麼樣？」

雖然理解 Linda 身為老闆的立場，但不得不說，聽到這番話後，江美希多少還是失望的。

她低頭沉默了片刻，想到東秦那位財務主管的態度，其實她早就明白了對方為什麼可以表現得那麼無所謂了。

「有些問題是可以整改，但虛報利潤這種事怎麼整改？」

「對方好歹是我們的客戶，有些時候雙方有商量才能繼續合作下去。」

江美希不為所動：「可是我們為什麼要這麼做？如果無法繼續合作，這也不是我們的責任，而真正犯錯的人可能還不知道他們究竟錯在哪裡。就算這次替他們掩飾過去了，那下一次呢？對於這件事，我的想法是——我的工作就是披露企業真實的財務狀況，至於其他的，不歸我管，我也管不了。」

Linda揉著眉心，看得出已經很不高興了：「妳怎麼就聽不懂，在這種關鍵時刻，和客戶撕破臉對我們都沒有好處，我也是為妳好。」

其實不用Linda說得這麼明白，江美希也大概猜得到她的想法。這次的報告一出，東秦極有可能解聘U記，一旦丟掉這一大筆業務，對Linda和江美希自己的業績都不好，而Linda所說的「關鍵時刻」，江美希也明白那是什麼。

此時正是她被考察能否升任合夥人的關鍵時刻，確實不適合鬧出太大的動靜。但是不敢得罪客戶，她還做什麼審計？

在這種問題上，江美希的態度一向很明確，哪怕用合夥人的位置來換，她也不會妥協！

「我知道。」她說，「但我覺得這份報告才是最公允的，改一點都不夠真實。」

Linda盯著她看了片刻，最終無奈地嘆氣，打開報告，翻到最後一頁，在上面簽上了自己的名字。

江美希見狀，終於露出點笑意。

Linda抬眼看她，依舊沒什麼好氣：「現在高興了？升職名單裡沒有妳的時候，妳可別哭！」

江美希接過報告無所謂地說：「我相信公司，不會因為這種事情不升我的。」

Linda嘆了口氣，不置可否。

「那沒什麼事我先出去了。」江美希正要轉身離開，又被 Linda 叫住。

Linda 說：「對了、我還是得提醒妳一下，這兩年各家都在搶地盤，我們也是，老闆們都很看重市場，Kevin 上個月就談成了兩個新專案，妳也加油，畢竟丟掉東秦，上面肯定有人會不高興，這個缺口愈早補上愈好。」

當普通經理變成老闆之後，職責上也會發生相應的變化。經理們只要負責好自己手上的專案，而老闆們都有業績壓力，需要不斷地開拓市場。

到了總監，那就是為升任合夥人做準備的，所以既要負責具體專案，也有一定的業績壓力。當然這個業績壓力比起真正的老闆們來說都算是小兒科。

陸時禹那人長袖善舞，搞市場對他來說再輕鬆不過，但江美希在這方面就相對薄弱了點，也多虧 Linda 一直在旁提攜。

於是聽到這個消息時，江美希表情沉重了起來。

Linda 沒好氣地白她一眼：「現在知道怕了？」

江美希坦誠道：「有點。」

Linda 被她這態度搞得也不好再生氣，又是一嘆：「算了，阿奇法那邊妳全部接過去吧，就算是妳的業績，後續我就不插手了。」

江美希愣了愣，要說心裡沒有一點感動那是不可能的，但面上還是笑著的：「老闆，妳這心偏得有點過吧？」

Linda 也笑：「知道我的好就拜託妳少得罪幾個我的客戶。」

兩人又聊了幾句，江美希才從 Linda 的辦公室出來。

她本來想拿出手機看一下時間，這才發現手機竟然一直都在通話中！

那她和 Linda 的對話豈不是都被對方聽見了？但看清螢幕上葉栩的名字時，江美希又不由自主地鬆了口氣。

她沒好氣地拿起電話來「喂」了幾聲，就想問問那人，偷聽別人講話有意義嗎？

過了片刻，她聽到有人說話，卻不是在和她說。那聲音遙遠又模糊，有男有女，江美希這才明白，原來葉栩也不知道此時的電話還是通著的。

照理說直接掛斷就好，但她竟然那樣鬼使神差，屏氣凝神地聽了起來。

好像是幾個小朋友正聚在一起評論老闆們。

江美希冷笑，這群小孩也太不小心了，而就在這時，她好像聽到了自己的名字。

「聽說 Maggie 很兇，你們之前跟她一起上專案還好吧？」

前面說其他老闆時就各種誇獎，怎麼到了她就變成很兇了？不過聽聲音，江美希並不熟悉，應該是個沒怎麼接觸過的小朋友。

「也不能說是兇吧？只是平時不苟言笑而已，而且對工作要求比較高，但是老闆不就該是這樣嗎？下面的人才能有安全感！」

聽到這裡，江美希不自覺地彎了彎嘴角。說這句話的人聲音她很熟悉，就是跟她一起做芯薪專案的石婷婷。

石婷婷繼續說：「不過她那個氣場啊，真的很強。我從小就特別喜歡這種女強人、女菁英，所以我也想成為她那樣的人。」

說到這裡，石婷婷頓了一下，說後面的話時聲音大了一點，好像是轉向了電話這邊：「不過……我想知道，從你們男生的角度來看，會喜歡這種類型的女生嗎？」

「妳問我嗎？」葉栩的聲音有點嘶啞，莫名讓江美希的心跳有點紊亂。然而這一句之後，電話裡再度安靜了下來，她甚至聽得到無線電的電流聲。

可以想像得到，電話那邊的人正看著這個電話的主人，在等著他表態。

她突然意識到，自己現在的舉動有多無聊可笑，於是也沒繼續聽後面說些什麼，果斷掛了電話。

遠在哈爾濱某間公司會議室裡的葉栩想了一下說：「雖然時代不斷在進步，但現階段情況還是那樣——社會、職場依舊對女性不夠公平，要順流而下很容易，逆流而上卻很難。所以能在這逆流中堅持下來的，肯定要有超乎常人的能力，也要比別人付出更多。如果有這樣的女孩子，我會很欣賞。」

東秦的事情並沒有結束，審計報告發出去之後，東秦內部發生了不小的動靜。在這期間，聽聞那位秦總親自找過 Linda 幾次，但都被 Linda 擋了回去。後來江美希在東秦見過的那位財務主管也打電話來找過她，起初態度還算客氣，後來就開始陰陽怪氣、夾槍帶棒了，最後還明確表示，後續不會再和 U 記有任何合作。

這種事情偶有發生，雖然問心無愧，但真的被客戶找上門來也是件挺頭痛的事情。

公司裡，這件事也議論得沸沸揚揚——是不是太把自己當一回事？老闆們會不會心疼丟掉的單子？江美希是不是過於耿直？她的升職會不會受到影響？

大家說什麼，什麼都有，但是老闆們並沒有對此事表過態。

已經做完的工作，江美希基本上不會再花時間去想。她抽空關心了一下穆笛，此時穆笛正在瀋陽，幫一家汽車生產企業做年審。

「瀋陽的天氣怎麼樣？」江美希問。

「冷。」電話那邊的穆笛吸吸鼻子。

「陸時禹還欺負妳嗎？」

穆笛頓了一下，壓低聲音說：「他剛走。」

江美希微微訝異：「他不是在哈爾濱嗎？」

「他兩邊跑。」

「也蠻辛苦的。」

江美希又問：「現在的工作能勝任嗎？帶妳的 Senior 怎麼樣？」

提到這個，穆笛沉默了。

她可不敢告訴江美希，他們入駐公司的第二天，她就和客戶吵了一架，後面又接二連三要錯材料、搞錯資料。最後那 Senior 忍無可忍，找到陸時禹告了她一狀。

陸時禹當時也不管其他人在場，當眾把她罵得體無完膚。她長這麼大沒受過這種委屈，當下沒忍住，當著大家的面哭得毫無形象。

她和那個 Senior 的關係破裂，但她還是得繼續做事，所以後面的工作都直接跟陸時禹彙報。

陸時禹也不知道是徹底放棄她了還是等著有時間在秋後算帳，後面竟然沒有再多為難她。但她一直提心吊膽、小心謹慎，怕再被抓到錯誤，拚命想多學一點。只不過，短期的付出並不會讓她很快就有收穫。

她的英語還是那樣，底稿交上去第一遍時，回來幾乎滿是修訂的痕跡，後來再交第二遍、第三遍……儘管她已經謹慎，但水準就是在那裡，自然還是會有錯。

陸時禹一遍遍幫她修改，改到她自己都不好意思了，不過，他也沒有再罵過她。

「大家對我都挺好的。」穆笛說。

江美希對這個說法表示懷疑。她太清楚了，在高壓工作下，木桶效應[17]很快就會顯現出來，穆笛這塊團隊短板，別人會發現不了嗎？既然發現了，還能看她順眼嗎？

但她沒有點破，學會自己扛一些事，這對穆笛來說本身就是一種進步。

「那就好，妳多學著點。」

穆笛「嗯」了一聲，又問：「小阿姨，妳和Kevin是同學，那妳覺得他是什麼樣的人？」

「妳問這個幹什麼？」

穆笛小聲嘀咕：「要是你們關係好一點就好了。」

江美希想到很多年前，她和季陽還很好的時候，作為季陽哥們兒的陸時禹就對她各種看不順眼。

「有些人就是天生氣場不合，這輩子可能也就這樣了。」江美希說，「怕他為難妳嗎？別擔心，只

17 木桶效應：又稱短板理論，一只木桶能裝多少水端看木板高低，但是取決於木桶上最短的那一片，而不是取決於木桶上最長的那一片，因此只要木桶裡有一片木板不夠高，那麼水桶裡的水就不可能是滿的。在團隊中，能力較弱者會對能力表現較好者形成制約，足以影響整個團隊的綜合實力。

要妳肯努力，有小阿姨在，不會讓妳太難熬的。」

北京進入一年之中最冷的季節，當大家都忙得昏天黑地的時候，U記一年一度的年會將在十二月底舉辦。

這兩年，隨著U記在中國區業務的擴張，年會的規模也一次比一次大。以往，江美希對這種場合是不抱什麼期待的，但是今年不同，她在「被考察」期間，年會上老闆們又都在，她還是要努力一下，給他們留一個好印象的。

所以她特地抽出兩個小時去買了件新衣服，想要出眾卻又不至於蓋過老闆們的鋒芒，這可就有難度了。最後，江美希在店員的建議下買了薑黃色的套裙。

一字領短版上衣露出漂亮的一字形鎖骨，緊身魚尾裙將她挺翹的臀部和一雙筆直修長的腿顯露無遺。她皮膚白，這顏色也只有她這樣的膚色能夠駕馭，顯得人氣色很好，也很亮眼。

這一身下來既不失陽光熱情也不失嫵媚性感，而且不過於隆重也不隨便，正好滿足江美希的需求，就是價錢不便宜。但為了給合夥人們留下好印象，也只能割肉了。

她把車子停在飯店的地下停車場，然後披了大衣搭電梯上樓。這短短的路程便感覺到冷風從露在外面的小腿上灌進來，大敞的領口也在不遺餘力地散發著她渾身所剩無幾的熱量。

終於抵達了宴會廳，有服務生領著她進去。

江美希到得不算早，在她之前已經有不少熟人都來了，就比如此時，有個人正隔著自助餐檯朝她招手。

陸時禹一身西裝筆挺，頭髮依舊梳得一絲不苟，因為個子高，站在人群裡非常顯眼。

江美希微微皺了一下眉，但還是朝他走過去。座位都是根據職位安排的，所以每年的這種時候，江美希都和陸時禹坐同一桌。

江美希走到擺著自己名牌的位置前坐下，脫掉外套。

陸時禹掃她一眼，毫不吝惜溢美之詞：「今天穿得挺漂亮的。」

江美希並不是很受用，隨口問道：「什麼時候回來的？」

陸時禹說：「今天中午。」

公司的年會是每位員工都要趕回來參加的，無論在哪個地方出差，都要在這天晚餐前趕到。因為有了這個不成文的規定，半年無緣見面的人，也總會在這天見到。

江美希到了沒多久，年會就開始了，周遭的燈光稍稍暗淡，舞臺上的燈光愈發明亮。

主持人賣力地熱場過後，合夥人們陸續上臺講話，香港人簡潔的說話習慣在這種時候往往都不知道跑到哪去。

江美希百無聊賴地聽著，同時目光在場內搜索著穆笛的身影。

還沒找到穆笛，倒是先看到了不遠處的 Amy，她一身紅衣分外搶眼，此時不知道正和旁邊的女同事聊著什麼，笑得開懷。在江美希的印象中，她很少見到 Amy 這樣笑。

雖然她已經是 Senior 了，但是因為她在工作中的表現一直比較平庸，而且大家都看得出 Linda 不太喜歡她，所以她在公司內部的人緣也很一般。但自從她最近接了阿奇法的專案後，好像一切都不太一樣了。

她不由得又想到那天在 Linda 辦公室外看到的事情，還有她和葉栩說的那番話，總感覺臉像是被誰打了一巴掌一樣，火辣辣地疼。

那小狼崽子肯定正在某個角落裡看她被打臉的笑話吧。想到這裡，江美希有點不自在地掃了一眼靠近後面門的幾桌，沒有葉栩的身影，倒是看到了穆笛。

穆笛好像也正在席間尋找什麼，兩人的視線很快對上，女孩的眼睛瞬間亮了起來，然後朝她咧嘴一笑。

江美希的心情頓時好了不少，雖然和她想像中的差不多，穆笛整個人瘦了一圈，精神也有點萎靡，眼下的黑眼圈連粉底都遮不住，但她此刻的表情裡沒有半點委屈，完全不像之前受點苦就要找她訴苦賣慘的樣子。

她不動聲色地收回視線，嘴角卻微微上揚。當初陰錯陽差讓她跟著陸時禹，現在看來也未必就是錯的。陸時禹的能力和風格她都很清楚，或許穆笛跟著他要比跟著她這偶爾下不了狠心的親阿姨成長得更快。

老闆們終於講完話，樂隊開始表演，大家也陸續起身去自助區取酒和點心，然後找熟悉的同事們互相敬酒。

江美希剛才在飯桌上沒吃多少，但是她對甜品一直都沒有抵抗力。看著吧檯上琳琅滿目、精緻漂亮的糕點，她有點猶豫。而就在這時，忽然聽見身邊兩個女生在小聲議論著什麼。

「不知道是哪個部門的，太帥了吧！長得跟明星差不多啊！」

「之前在公司裡好像沒看到過，估計是審計部的，長年在外面出差。」

聽到「審計部」幾個字，江美希抬起頭來，好奇地順著她們的目光看過去，就見葉栩正站在自助餐桌的桌尾，一身黑藍色西裝，搭配的襯衫、領帶、袖扣無一處不精緻講究。

雖然U記的員工平時是穿正裝的，但是大家更喜歡偏休閒一點的正裝，所以江美希也是第一次看到葉栩這麼穿。此時他正一手插兜，一手端著杯香檳，和組裡的一個經理聊著什麼，表情淡然，偶爾露出一抹笑容，禮貌卻又不失疏離感。

這樣一個英俊挺拔的人，站在那裡就是一道風景，更何況一舉一動都斯文得體，無不透著好涵養，難怪會有人說明星也不過如此。就算是一直帶著「有色眼鏡」看他的江美希，此時都不得不感慨一句，是真的長得蠻好看的。

「是比我帥那麼一點點！」陸時禹不知道什麼時候走到了她身邊，目光也看向葉栩那邊。

江美希被他的突然出現嚇了一跳，手一抖，夾子裡的蛋糕掉在了餐檯上。

不遠處的服務生見狀立刻上來清理，江美希說了聲「謝謝」，繼續往前走。

陸時禹陰魂不散地跟上來：「小夥子是還蠻不錯的，工作能力很強，交給他的事情基本上不用教，我果然沒有看走眼，只不過……」

他略微遲疑，江美希不由得回頭看他，只見他朝她勾了下嘴角：「不知道為什麼，我覺得他對我好像總是抱有敵意。」

她有點意外，畢竟當初陸時禹為了讓他順利進公司跟她條件交換的事情，他已經知道了。但是江美希很快又想到葉栩平日裡對她的態度，無所謂地笑了下說：「估計他對誰都那樣吧，目中無人。」

「是嗎？但我覺得除了我們兩個，他對別的上司都挺恭敬的，不信妳看。」

江美希又看向葉栩的方向，他還在和那位經理聊天，態度雖然還是不冷不熱的，但確實看得出來挺恭敬的。

而就在這時，像是為了印證陸時禹的話一樣，葉栩突然向他們這邊看過來，目光先是看向陸時禹，然後又掃到江美希，短短幾秒，臉上的笑意早就斂起，隔著這麼老遠都能讓人感受到他的某種敵意。可是下一秒，當他的目光重新落回和他聊天的人身上時，就又是和煦的了。

「唉、這該怎麼辦啊……」陸時禹無奈地笑。

江美希正低頭選水果，也有點好奇。

「唉、妳說這是為什麼啊？該不會他以為……」

江美希沒注意到陸時禹突然湊近，聽到他的聲音就在耳邊，她立刻嫌棄地往後退了一步，正要怪他口水都快噴到她盤子裡時，抬頭目光又對上了在遠處的葉栩。

此時他微微蹙眉地看著她，如果說剛才看她的目光中只是莫名帶有敵意的話，那此刻又多了顯而易見的不滿意，好像還摻雜著一絲怨氣？

對她不滿意？為什麼？怨她又是憑什麼？

就在這時，不遠處的爭吵聲打斷了江美希的思緒。江美希立刻收回視線循聲看過去，只見穆笛在和一個比她早一年來的女生爭論著什麼，還圍著兩、三個同事，好像在勸架。

「我去看一下。」還沒等江美希有所動作，她身邊的陸時禹已經率先走了過去。

「發生什麼事了？」

江美希回過頭，是 Linda。怕她對穆笛留下不好的印象，江美希立刻說：「好像是不小心撞到東西了，應該沒什麼大事，Kevin 已經去看了。」

「哦……」好在 Linda 也不太關心，「我剛才看到你們兩個在這，想帶著你們去給其他老闆敬酒的，那他忙他的，我們先去。」

說著，Linda 親暱地挽著她：「難得見到各位合夥人都在，等一下要跟他們好好聊聊，別錯過這次機會。」

東秦的事情，江美希知道沒少給 Linda 添麻煩，之前她還擔心她雖然表面上沒表現出來，但心裡不理解她，對她有意見，現在看來，是她想多了。

她笑了笑說：「好。」

江美希被 Linda 拖著往前走，但還是忍不住回頭看了眼穆笛的方向。短短幾分鐘的時間那邊已經恢復如常，眾人繼續吃東西、聊天，只是穆笛和陸時禹已經不知去向。

Linda 為人豪爽大方，雖然很年輕，但是在一群香港老闆中很吃得開，她一邊敬酒聊天，一邊不動聲色地把江美希帶入話題，讓老闆們都注意到她。

老闆們聊著聊著，不知道是誰先對江美希杯子裡的汽水表示了不滿，於是江美希不得已只好換成紅酒，而且被各位老闆一勸，不得已又多喝了兩杯。

眾人總算放過了她，可是此時的她腦袋已經開始有點暈，手腳也漸漸不聽使喚。她想趕快回到自己的位置上稍作休息，但身邊一個叫 Allen 的香港合夥人還拉著她聊個不停。

其實江美希對這個 Allen 的印象一直算不上好，或許是女人的第六感，也或許是他在某些時候的表現讓她在潛意識裡開始提防他。雖然他外形儒雅、保養得當，在公司女同事間的風評也不錯，但江美希就是不太喜歡他，平時在公司裡也是能避就避，但是今天的運氣比較不好，剛才 Linda 帶她來敬酒時，他就在她旁邊。

此時，他和她說話時更是刻意把頭壓得很低，有時候像是聽不見她的話，耳朵湊到她嘴邊，做出聆聽的姿態。

江美希努力保持著微笑，腳下悄悄和他拉開距離，他卻好像渾然不知一般。她退後他就上前，她再後退，腳下卻不知道絆到了什麼，她險些就要朝身後倒去，對面的 Allen 卻眼明手快地一把將她摟住。

她慌忙站好道謝，但那只摟她的手卻再也沒有離開。

也不知道是酒精的緣故，還是 Allen 身上的香水味過於刺鼻，總之她胃裡一陣翻江倒海，噁心得不得了。所以她臉上雖然是笑著的，但不妨礙她不耐煩地動了動肩膀。

Allen 那只手終於從她背上離開，但又停在了她的肩膀上。

漂亮的一字領，能露出她完整的鎖骨，江美希買這件衣服時最喜歡的就是領子這塊的設計，但此時的她後悔得要命，因為 Allen 的拇指正微微摩擦著她肩膀上裸露在外的一小塊皮膚。

這種暗示再明顯不過了，她那種噁心的感覺也更加明顯。

她掙扎了一下想退出 Allen 的掌控範圍，殊不知喝了酒的她每一個小動作都風情萬種地撩人。Allen 的手掌更燙了，江美希覺得自己的耐心也快耗盡了。

就在這時，她突然被人從後面撞了一下，緊接著手上不穩，酒杯裡的酒全部灑了出來，站在她對面的 Allen 立刻遭殃，一身名貴的西裝上全是酒漬，江美希也被撞得坐在了旁邊的椅子上。

「抱歉抱歉！我不是故意的，是那個……」說話的是一個服務生，他一邊狼狽地道著歉，一邊指著身後的方向，支支吾吾、語無倫次。

「怎麼這麼不小心！」Allen 抱怨著。

「對不起、對不起！」

江美希瞇著眼睛，順著服務生手指的方向看過去，一身西裝、英俊幹練的年輕男人沒走太遠，似乎是聽到他們這邊的爭執聲還回頭看了一眼，只是眼神中，冷得不帶一絲溫度。

她緩緩收回視線，面前被潑了一身酒的 Allen 臉色非常難看，似乎是想找江美希發火卻又忍下了，只好轉向那個服務生低聲訓斥了起來。

江美希突然覺得挺好笑的，邊笑邊從旁邊抽了幾張衛生紙遞給 Allen，可是一靠近他，聞到那刺鼻的香水味就又是一陣噁心。

Allen 見狀立刻警惕地後退一步，也不去接她手上的衛生紙，皺著眉制止她再上前：「算了、算了，我去洗手間清理一下。」

Allen 走後，江美希鬆了口氣，但低頭看到自己胸前那幾滴紅色酒漬時，剛剛好起來的心情瞬間又沒了，這套衣服可是花了她半個月的薪水啊！

她連忙用手上的衛生紙擦拭，但紅酒早就已經滲到了衣服裡，擦也擦不掉。

她深呼吸幾次，沮喪地朝洗手間走去。

酒精讓她的大腦反應有些緩慢，手腳也跟著不聽使喚。在洗手間裡忙了半個多小時，衣服都還沒擦乾淨，她整個人倒是幾乎都濕透了。

江美希看著鏡中狼狽的自己，突然有些不知所措，而不遠處宴會廳內主持人卻在無比聒噪地念著獎品清單。

已經到了抽獎時間，也就意味著年會快要結束了。她想到她的東西都還放在宴會廳裡，也不管此時情況如何了，只想著回去座位上把東西拿回來，於是踉踉蹌蹌地往門外走，然而一出門就看到了倚在洗手台邊抽菸的葉栩。

江美希愣了愣，他怎麼在這裡？但想到今天他幾次看她的眼神都算不上友好，她也不打算理他，抬腿就想繞過他走出去。

可剛走一步，就被人拉住手腕。

男人慢條斯理地把菸按滅在旁邊的垃圾筒裡，緩緩走到她面前，擋住了她面前的光。

葉栩居高臨下地看著她，頭頂上的燈光將他高大頎長的身影鍍上一層金黃色的光暈，襯得他臉上的表情深邃不明，但一雙濕漉漉的眼睛依舊漆黑明亮。

她仰著頭看他，有一瞬間覺得暈眩，但很快地她穩住身形，儘量用一種無所謂的語氣問：「幹什麼？」

他上下掃了她一眼——她上半身幾乎濕透，那單薄的衣料緊緊貼著皮膚，身材曲線一覽無遺，內衣的形狀若隱若現，因為衣服太短，此時還有一小截白皙的腰部皮膚也暴露在外。

「妳就想這樣回到裡面？」

江美希掙脫他的手，還是那句話：「我的事不用你管。」

而當她想再說點什麼狠話時，就感到肩膀上突然一沉，身上已經多了一件男人的西裝外套，與此同時席捲而來的還有衣服上男人殘留的體溫，以及她其實早就已經很熟悉但還不自知的那種專屬於葉栩的味道。

雖然同樣都是男性氣息，但也不知道為什麼，Allen 讓她覺得噁心，葉栩卻讓她感到心安。

「還能自己走嗎？」

江美希覺得自己一定是醉得不輕，不然這種時候這彆扭的小狼崽子難道不該落井下石嗎？怎麼這句話中好像還有些擔心和無奈？

江美希不自覺地收緊身上的西裝外套，直到身體慢慢暖和起來，她才意識到剛才有多冷，於是也沒有把衣服脫下來還回去。

她含糊不清地「嗯」了一聲。

「那走吧。」他說著轉身就往外走。

江美希頭很暈，但還記著自己的包包和外套在會場裡，正想提醒前面的人她的東西，就見一個服務生匆匆朝他們跑來，然後把她的包包和衣服遞到葉栩的手上。

她見狀鬆了口氣，也就什麼都不管了，跟著他往外走。扭曲模糊的視野中，前面的男人頻頻回頭看她，她只好強打起精神加快腳步。

終於搭上了電梯，電梯裡只有他們兩個人。

她安心地靠在電梯邊上閉目養神，但電梯加速下行時帶來的失重感讓她更加難受，頭痛欲裂。

電梯再度停下，她卻連眼睛都不想睜開了。

而就在這時，江美希突然感到一陣天旋地轉，她被人攔腰抱起走出電梯，她想掙扎，但年輕男人略微低沉的聲音在她耳邊響起：「放心吧。我不像某人，趁著別人喝醉藉機行兇。」

喝醉的人腦子裡的畫面都是支離破碎的，但是聽到葉栩的話，江美希的腦中頓時浮現出他們第一次去芯薪做盡調那晚的事情。

她閉著眼睛口齒不清地為自己辯解：「又不是我，是你自己滾下去的。」

耳邊傳來一聲似有若無的笑，但她已經撐不住了，她歪著頭找到一處溫熱柔軟的支點，意識漸漸模糊了起來。

不知道過了多久，她好像睡著了，身下一陣顛簸讓她醒了片刻。

她聽到有人問她：「既然這麼想升職，東秦的事情為什麼不聽 Linda 的？」

她動了動腦袋，找到一個舒服的姿勢，隨口回了句：「那不行，報告該怎麼寫就得怎麼寫，多少人看著呢。」

「誰在看著？」

「這還用問嗎？」江美希笑了，覺得這個問題問得蠢，「投資人、股民。」

「這跟妳有什麼關係？」

「難道別人的錢不是錢……」

「所以又想升職，就寧願去給人占便宜嗎？」

也不知道是安全帶勒得太緊，還是這句話的某些內容引起江美希的生理不適，她突然就覺得胃裡一陣噁心，不由得嘔了起來。

身邊男人嫌惡地「嘖」了一聲，然後幾張乾燥的衛生紙直接拍在了她的臉上。

江美希一點力氣都沒有，拿著那幾衛生紙胡亂擦了下嘴角，所幸她晚上沒吃什麼，也就沒吐出什麼東西來。

不知道過了多久，車子再度停下，她也再度被人抱起。雖然喝醉了，但她還僅存著一絲意識，她沒有掙扎或者反抗，只是任由那個人抱著她上樓。潛意識裡她覺得這個味道太熟悉了，熟悉得令人安心。

江美希太久沒有睡過一個安穩且時間充足的覺了，第二天醒來時，天光已然大亮。

她微微睜開眼睛，正好可以看到窗外的藍天和北風掃過後剩下的幾絲殘雲，是個難得沒有霧霾的好天氣。

她懶懶地打了個呵欠，按了按還有些痛的頭。

昨天晚上的事再度浮現在腦海中，她閉著眼，開始回憶——和 Linda 去敬酒、被 Allen 揩油，喝醉了去洗手間，出來時遇到葉栩，再後來……再後來……

她倏地睜開眼，後面什麼都不記得了，但那種似曾相識的感覺讓她一瞬間睡意全無。

幾個月前發生的事情好像再次重演了！

她猛然回頭，似曾相識的居家擺設，還有睡在她身邊的年輕男人。房間被暖氣烘烤得暖洋洋的，但此刻的江美希卻覺得全身血液倒流。

她連忙去看被子下的自己，內褲還在，身上也有衣服，只是換了件寬大柔軟的男性棉T，但是那件T恤下面就什麼都沒有了。她不安地動了動腿，仔細感受著身體上的每一處，好在只有一覺好眠的舒適放鬆感，沒有其他想像中的痠痛。

江美希鬆了口氣，看來他們只是這樣單純地睡了一晚，儘管如此，這個情況還是足夠讓人頭疼的。床突然動了動，江美希立刻屏住呼吸，轉頭就看見葉栩翻了個身，雖然依舊是趴著的，此時卻面對著她。

似乎是感受到了什麼，他睜開眼睛看了一眼，但很快又安然地閉上了眼睛，與此同時，嘴角上還掛了一抹耐人尋味的笑。

比起她此時如臨大敵的模樣，他也太冷靜了吧？

她立刻就爬了起來，因為這個動作，蓋在兩人身上的被子直接被她掀開，葉栩整個人瞬間暴露在她的視線中，她本能地回避某處不看，但眼角餘光卻看到那傢伙還穿著短褲。

「你給我起來！」江美希沒好氣地吼著。

葉栩似乎是還沒睡醒，煩躁地伸手揉了下頭，過了片刻，才翻身睜開眼看她，只是那神情之中帶著不解和不耐煩：「一大清早的，幹什麼？」

「你現在給我解釋一下這是什麼情況！」

床上的男人依舊一動不動，片刻後，葉栩深呼吸，然後直接坐起身來，開始穿褲子，過程中看都沒看旁邊的江美希一眼。

江美希愈看愈火大：「我為什麼會在這裡？」

葉栩光著腳站在床邊，一邊繫著休閒褲的褲帶，一邊瞥了她一眼：「不然妳希望在哪裡？Allen 那裡，還是哪家飯店？」

昨晚 Allen 的事情，其實她還有些印象。剛工作那幾年，她也很常遇到這種事情，客戶、上司甚至是普通同事都有可能是 Allen，所以她漸漸學會武裝自己，霸道蠻橫、不苟言笑，努力升職不讓自己仰人鼻息，哪怕被人戲說成母老虎，她也毫不在意。然而就在昨天，當年那種噁心又無能為力的感覺再一次襲上心頭。

她有時候覺得太困難了，也想不管不顧地隨遇而安，可是酒醒之後的她知道，像東秦那種事，如果她只是個 Senior 或者小經理，可能 Linda 根本不會聽她的，哪怕再難也還是要努力往上走，爭取更多的發言權。

昨晚的事情被葉栩這麼一提，原本被她藏得極好的委屈便不可控制地流露了出來。她意識到的時候立刻扭過頭看向窗外，不想被他看到自己在努力控制情緒的樣子。

葉栩穿好褲子，抬頭就看到她眼眶、鼻子都紅紅的，但臉上還是努力維持著淡漠的神情。

葉栩對剛才自己說出了那樣的話馬上後悔了，略微遲疑了一下才說：「妳也沒有告訴我妳住在哪棟，昨天太晚，為了方便就把妳帶回來了。」

江美希迅速調整好情緒，回頭看他，見他還沒來得及穿上上衣，而她坐在床上，視線正好對上他腰腹間。

映入眼簾的就是他光滑結實的腹部肌肉，流暢漂亮的人魚線，以及再往下……江美希腦中出現了剛才她掀起被子的那瞬間，雖然他穿著短褲，但輪廓她還是看到了……

江美希輕咳一聲，讓視線上移，對上他的雙眼，儘量讓自己表現得坦蕩一點：「那我們兩個睡在一起又是怎麼回事？」

兩人對視片刻，葉栩挪開視線：「妳自己要求的。」

「我要求的？」江美希不可置信地指著自己。

葉栩不看她：「妳要求睡床，但這裡是我家，我憑什麼睡沙發？」

江美希不說話，慢慢消化著他這句話：「但我們這樣睡在一起是怎麼回事！我昨天是喝多了，你也醉了嗎？」

葉栩看她一眼，似乎笑了一下：「又不是第一次了，有必要那麼介意嗎？」

他果然還是提到了那一次！江美希被他氣得夠嗆，但無法反駁。她低頭看到自己身上的T恤，指了指問：「那我身上這件衣服又是怎麼回事？」

葉栩繼續面不改色地說道：「妳非得要跟我一起睡，但妳身上太臭了，我無法容忍這樣的人睡在我身邊，所以只好幫妳換件衣服。」

江美希徹底無語，他說得那麼坦然，倒顯得她的介意很不應該似的。

「再說，」葉栩彎腰去拿放在床尾的T恤，突然就和坐在床上的她拉近了距離，「這不就是妳所謂的職場規則嗎？」

「什麼？」她被他的突然靠近搞得有點懵，怔怔地看他。

只見葉栩勾了勾嘴角說：「妳說什麼，我就聽什麼。」

說完他套上T恤，轉身走出了房間。

江美希坐在床上發呆了好一會兒，才找到了他那句話裡的漏洞——怎麼她說別的事情時就沒看他這麼聽話！

房間溫暖乾燥，大床柔軟舒適，天氣晴朗明媚，最重要的是今天還是週末，難得不用加班的週末。頭還在隱隱作痛，昨晚的酒今天還沒醒，所以如果這不是他家，她真的想重新倒回床上再睡一覺，可是想到等一下要應付的某人，那睡回籠覺的好心情也就沒了。

她起身下床繞著床找了一圈，也沒看到可以給自己穿的鞋，可以想像得到，昨晚是被他抱進來的。

「怎麼連雙鞋都沒有。」她有點不自在地抱怨著，光著腳走出房間。

客廳裡沒有人，廚房裡傳來抽油煙機的聲音。

江美希朝廚房走去，一身居家休閒服的葉栩已經盥洗完畢，正站在瓦斯爐前煮粥。

「我的衣服呢？」她冷冷地問。

葉栩回頭看她，此時的她正穿著他的T恤光腳站在門外，T恤有點大，剛好遮到腿根處，露出一雙白皙修長的腿。

他只掃了一眼就收回視線，繼續攪動小鍋裡的米粥：「洗手間。」

江美希聞言也沒多想，轉身就往對面的洗手間走去。但當她看到自己那半個月的薪水正躺在盛滿水的浴缸裡時，頓覺得頭更痛了。

她伸出食指將衣服挑起來看了看，濕答答的，顯然一時半會是穿不了了。而且她依稀記得，店員叮嚀過她，這件衣服要用乾洗。

連做幾次深呼吸，她走回廚房質問罪魁禍首：「誰叫你把我的衣服泡在水裡的？」

葉栩也不看她：「妳是不是忘了，昨天回來前妳那身衣服就已經濕透了，我不放在那裡，那是要放在哪？」

被他這麼一提醒，江美希對自己昨天清理衣服的事情好像有了些許印象，一時間之也不知道該怨誰：「那我現在穿什麼？」

葉栩慢條斯理地關了火，回頭看她一眼，朝她走過去。

等他走到她面前，她以為他要幹什麼，他卻只是說：「借過。」

她這才反應過來讓開身，然後跟著葉栩朝臥室方向走去。

在葉栩打開衣櫃門的一瞬間，江美希的內心有點複雜。

如果這時候他真的給她幾件女人的衣服，那倒是省了不少事，但一想到那些衣服主人的身分，她的心情就有股說不清楚的煩躁。

好在葉栩的衣櫃裡雖然密密麻麻地掛了許多衣服，但都是男性服裝——西裝、襯衫、休閒服。

江美希第一次見識到，原來男人也可以有這麼多衣服。

葉栩在衣櫃裡翻找著可能適合江美希穿的衣服，同時又不時地回頭打量她一眼，好像是在目測她的尺碼。

結果衣櫃被翻了個遍，還是沒找到。

「妳吃什麼長大的？」

江美希不明所以：「怎麼了？」

「這麼矮。」

江美希簡直要被他氣笑了，他拿他們兩個人的身高比，能比嗎？

她沒好氣地走上前從一堆衣服裡隨便拿出兩件：「就這幾件吧，還有這件。」

葉栩在旁邊看著她手裡拿著的運動褲：「妳要穿我的褲子？」

「不然呢？」回頭看他人還站在原地，她又說，「我要換衣服，你出去吧。」

「自欺欺人。」他滿臉寫著「我又不是沒看過」的欠扁神情，但還是依言走出了臥室，出門後還很貼心地替她關上房門。

目送他離開，江美希困擾地看著放在床上的那幾件衣服。

老江家幾乎沒有雄性生物，她又單身了好幾年，對異性的一切都很陌生，完全沒想到平日裡看起來不太魁梧的葉栩，衣服竟然這麼大。

她一層層地給自己套上，襯衫和毛衣倒還好，把袖子一挽勉勉強強當個長版衣服穿，但是褲子實在是太長了，她差不多挽起四分之一的褲管才勉為其難地看見自己的腳。好在他不算胖，甚至有點偏瘦，褲腰那裡雖然有些鬆鬆垮垮的，但還穿得住。

勒緊褲帶，她忍不住低頭輕輕撫摸了身上的衣服，熟悉的觸感、熟悉的味道，此時正密不透風地將她籠罩住。

這種感覺很微妙，就像是他在擁抱她，有些畫面立刻不合時宜地出現在了她的腦海中，直到門外傳來男人穿著拖鞋的腳步聲，她才回過神來。

她打開房門，葉栩不在客廳裡，但房門口的地板上不知道什麼時候多了一雙拖鞋。算他還有點常識。

可是拖鞋也很大，她把腳伸進去的樣子就像是踩了兩隻小船一樣。

葉栩正戴著手套捧著一鍋粥從廚房走出來，回頭看見她時就笑了。

江美希也知道自己此時跟一個偷穿了大人衣服的小孩沒什麼兩樣，有些尷尬地用手指梳了下頭髮掩飾。

「那我先走了，衣服下次再送過來還給你。」

「吃完再走吧。」說著他朝餐桌揚了揚下巴。

江美希掃了餐桌一眼，此時桌上正放著一個小砂鍋，還有兩副碗筷和兩碟小菜。她的胃似乎是有感知地抽動了一下，不過也正常，畢竟從昨晚到現在，她不但什麼都沒吃，還喝了不少酒，看到這些，某些神經立刻就被喚醒了。

葉栩沒再看她，手上已經在盛第二碗粥，她也沒再推辭，走過去拉開椅子坐在了他的對面。

他自然而然地把手上那碗粥遞給她，她接過粥低下頭喝了一口，味道還不錯。

氣氛有點尷尬，她沒話找話：「你之前打電話給我有事嗎？」

「哦……」他頓了頓，似乎在回想，然後說，「打錯了。」

她聞言也沒再多想，片刻後卻聽到他問：「有沒有人說過妳這個人說好聽點是固執，說不好聽點就是特別倔？」

江美希先是有點不解，但很快便想到最近公司裡發生的事情，除了東秦那件事她態度強硬以外，也想不出還有什麼事情能讓他這麼說了。他此時這麼問，可能也是回來後聽說了什麼。

她沉默了片刻，反問他：「你炒股嗎？」

「沒時間。」

「那你可能不知道。」

「什麼？」

「我身邊很多朋友炒股，也有不少投資人。」

「所以呢？」

「你聽過瓊民源事件嗎？」

瓊民源事件發生在一九九六年，那時候葉栩雖然還小，但因為案件太過典型，所以上大學之後也聽老師講過。

江美希說：「瓊民源公司兩次登報虛假年報，對他們年報進行審計的事務所也站出來對媒體表示年報資料不容置疑。公司股價頓時扶搖直上，而在經過罕見的巨大成交量之後，深圳證交所突然宣布公司停牌，大批股民高價套牢，成為中國證券史上最嚴重的一個證券詐欺案。」

葉栩放下筷子，大概猜得到她要說什麼。

江美希又說：「瓊民源事件發生得太早，你可能不知道，那後來的銀廣夏陷阱你聽說過吧？」

葉栩點頭：「嗯。」

這件事發生在二〇〇〇年左右，那時候葉栩還在讀高中，爸媽的同事中有人炒股，他聽他們提到過，但具體瞭解到事情始末也是在上了大學以後。

江美希說：「銀廣夏這支大牛股[18]，股價從一九九九年年底的十三塊九七，一路狂漲到二〇〇〇年年底的三十七塊九九，折合為除權前的價格為七十五塊九八，暴漲了百分之四百四十，但其實銀廣夏一九九九年和二〇〇〇年的業績全靠造假，所謂的利潤神話也是子虛烏有。」

說到這裡，她無奈地笑了下：「騙局總會被揭穿，但是最後投資者的錢去了哪裡？而在這種騙局裡，我們又扮演了什麼樣的角色？」

這種事情在圈內早就已經不是什麼祕密，在過去的幾年裡，不做假帳對內資事務所來說好像就是一句空話，甚至有資料表示有六成以上的內資事務所被查出造假，內資事務所的誠信度因為這類事件早就降到了冰點。

可是，愈來愈多的大國企改制，謀求與國際接軌，需要上市，而國外的投資者早就不信任內資事務所，這才是他們U記存在的價值。

從事這個行業的所有人其實都明白這點，從學生時期耳濡目染的就是這些，但是真正到了工作中、每一個專案中，誰又能時時刻刻想到這些？

其實早在這之前，葉栩在誤聽了江美希和Linda的對話後，就大概明白她在東秦的事情上為什麼會

18　大牛股：指股價漲跌幅度很小，在股市中表現良好的個股，例如中鋼、中華電。

那麼堅持，半步不肯退讓。但今天聽她完整明白地說出來，他還是被撼動到了。

「所以有時候有人開玩笑說『天臺擁擠』，這或許不是一句玩笑話。」她說，「都說我們是資本市場的守門人，但有時候我在想，偌大的一個資本市場，我們真的能守住這扇門嗎？我們能做的太少了，也就只能做到保持中立，讓天臺上的人能少一點吧。」

葉栩抬頭看向對面的人，她正低著頭用湯匙攪著碗裡的粥，一縷黑髮擋在額前，又被她輕輕挽到耳後，她的耳朵粉白可愛，在陽光下有點透明，他努力想了一下她今年幾歲，好像也就不到三十。

但就是這麼樣的一個人，有時候幹練精明，有時候又蠻橫幼稚。他之前一直覺得自己不太懂她，但是此刻，他明白了。

她擠破頭地要升職，不允許一點意外損害她的形象和名譽，他不可以，穆笛也不可以。他以為她眼裡除了工作沒有其他的事物，但是在她升職前最關鍵的時刻，她卻冒著得罪合夥人的風險，據理力爭、半步不讓地堅持專案的審計結果，這麼固執、不冷靜，卻只是為了維護她心裡那點秩序的平衡。

他接過她已經空了的粥碗，又盛了一碗給她：「多吃飯，少說話。」

江美希先是一愣，然後沒好氣地冷笑一聲：「我真是對牛彈琴。」

葉栩也不生氣，甚至還笑了笑，陽光從窗外照進來，在他的臉上留下斑駁的光影。他身上的白色毛衣看上去鬆鬆軟軟的，她甚至可以想像得到它的觸感，還有他的。

「好看嗎？」他突然回過頭來掃她一眼。

江美希回過神來，立刻挪開視線。過了片刻，她突然想到什麼，再抬頭時發現他唇角還帶著笑。她頓了頓問：「你好像很不喜歡 Kevin？」

葉栩似乎沒想到她會突然問這個，笑意微斂：「我有什麼理由一定要喜歡他不可嗎？」

這回輪到江美希意外了：「我以為你會感激他。」

「感激什麼？感激他據理力爭讓我能夠進入U記？」

這件事，如果當初不是她有私心，也的確輪不到陸時禹為他出頭，可是後來的確是因為陸時禹的堅持，他才能進入U記，正常人就算不至於對陸時禹感恩戴德，至少也會抱著示好的心態吧？

江美希這麼想著，卻沒有說出來，她能做的就是儘量不要激起自己和眼前這小狼崽子的矛盾。

葉栩卻在下一秒就捅破了那層窗戶紙[19]：「如果我要感激他，是不是就得記恨妳？」

江美希愣了愣：「隨便你。」

「但我不記恨妳……」他突然說，「也不想感激他。」

沒記恨是因為他早就料到江美希的反應，但如果當時陸時禹不幫忙，他還真沒想好怎麼辦。然而即使如此，他依舊不想領他的情。

江美希問：「你們工作上有摩擦？」

「沒有。」他回答得很乾脆。

江美希實在想不通為什麼了：「那就是某些方面的理念不同？」

「沒聊過。」他有點不耐煩地看著她，「是他跟妳說了什麼，所以妳才來找我說的？」

江美希愣了愣，還不等她回答，他又問：「所以昨天年會上你們兩個就是在聊這個？」

19 捅破了那層窗戶紙：喻很快點明事實。

她低頭喝粥：「他只是提了一下。」

「他是不是喜歡妳？」

這一次，江美希沒有立刻回答，倒不是不好回答，只是誰都知道她和陸時禹是多麼水火不容，所以她實在想不通葉栩怎麼會突然這麼問。

可就是她這麼一遲疑，卻好像已經給出了答案。

「啪嗒」一聲，葉栩放下筷子，看著她譏誚地笑了笑：「妳長點腦好不好？他那樣的人就算喜歡妳能有多喜歡，搶妳的專案、搶妳的資源，一點情面都不留的喜歡，能有多喜歡？」

江美希怔怔地看著他：「你從哪裡聽說這些事的？」

「公司裡的人不都知道嗎？」

江美希想說私人感情是私人感情，工作是工作，再說陸時禹又不喜歡她，憑什麼要讓她？

她很想知道這樣議論老闆們是非的人究竟是誰，但很快的，她意識到了另一個問題。

「你怎麼對我的私事這麼感興趣？」

葉栩摸起桌上的菸盒，抖出一支菸來點上：「妳說呢？」

片刻後，江美希垂下眼：「我的事，以後你別管。」

「為什麼？」

為什麼？他有什麼立場去管，憑什麼去管？有些東西好像即將呼之欲出，但是她不願意去細想。

她聽到自己用沒什麼波瀾卻很果斷的聲音說：「我不想再這樣曖昧不清⋯⋯」

「那就不要曖昧不清。」幾乎是她話音未落，他就回了這麼一句。

她不由得抬頭看他。

他也那樣看著她，表情中沒有一絲譏誚和玩笑的痕跡，他還是說出來了……

兩人靜靜地對視著，只有他指間燃起的嫋嫋輕煙示意著時間在一點點地流逝。然而回過神後，一向自恃沉穩的她突然有些不知所措了。

她放下手上的碗筷，站起身來：「我先走了，衣服下次還你。」

她快步走向門口，低頭換上自己的鞋子，拎起放在衣帽架上的大衣和包包，轉身出門。

整個過程中，她看都沒有看一眼桌邊的人，他也一句話都沒再說，房間裡只有她換鞋跟穿衣服的聲音。

直到她準備離開，關門的一剎那，她還是忍不住抬頭看了他一眼。

他依舊坐在桌前，看著窗外，表情看不出喜怒，只是手指間的菸已經燃了大半，菸灰掉在木質桌面上他也沒管。

有那麼一瞬間，江美希覺得自己的心很不爭氣地亂了。

關上門，她轉身下樓，直到被外面的冷風一吹，她才真正冷靜下來，意識到自己剛才有多可笑，就跟她身上這套衣服一樣，滑稽可笑、不倫不類。

那可是她外甥女的同學，她的下屬，小她六、七歲的孩子。之前的事情錯就錯了，也不能都怪她，但之後的事情，再錯下去就真是明知故犯了。

今天風真的大，才走了幾步，剛才從他家裡帶出來的溫度就都被風散了。她裹緊大衣，加快腳步朝著自己家的方向走去。

回到家時，放在包裡的手機響了，她接起電話，是穆笛。

「小阿姨，晚上組裡的聚餐妳會去嗎？」

一般公司年會過後，各個部門或者小組還會自己舉辦聚餐，被穆笛這麼一提醒，江美希這才想起來，他們組的聚餐就是今晚。

她沒回答穆笛的話，而是問：「昨天晚上妳怎麼了？」

電話裡穆笛小聲嘟囔了一句：「有小磨擦唄……」

江美希無語地扶額：「妳那個小磨擦什麼時候解決不行，偏偏要選在昨天晚上？妳知不知道上司都在，妳一個初出茅廬的小丫頭，萬一給人留下不好的印象，多少年都翻不了身，妳知道嗎！」

穆笛昨天被陸時禹訓了半天，早就知道錯了，聽到江美希生氣，立刻賠笑：「我已經知道錯了嘛，再說昨天那件事也很快就解決了，應該沒什麼人注意。哦、對了，昨天我回去時怎麼沒看到妳？打妳手機也沒接。」

「有點不舒服就先回去了。」

「哦、那今晚還要去嗎？」

想到自己昨天喝成那樣，走的時候也沒跟 Linda 說一聲，搞不好她後來也找過她，今晚不去好像也不適合。

於是她說：「沒事就去。」

「太好啦，那我也去！林祕書說今晚是在一家 Home party 館，有桌遊、電玩還有 KTV 包廂，肯定比公司年會有趣多了。」

江美希聽著電話裡穆笛雀躍的聲音不由得笑：「今晚可別再發生昨天那種事了。」

「放心吧，我的總監大人，小的今晚一定乖乖的！」

掛掉電話，江美希去翻昨晚的紀錄，果然看見一個未接來電和一條未讀訊息。

來電還真是Linda的，她想了一下，時間過了這麼久，應該也不是什麼緊急的事就沒回；訊息則是林佳發來的，是穆笛說的那家Home party館的地址，還有裡面的功能區介紹。江美希大致看了一下，確實是個不錯的地方。

把手機丟到一邊，她先去浴室放了熱水，然後又回到臥室脫掉身上不合適的衣服，找出換洗衣物，打算洗澡。

而正當她抱著換下來的衣服打算丟到洗衣機裡去洗時，又突然猶豫了。

她看著懷裡葉栩的毛衣和襯衫糾結了一會兒，又重新走回臥室把它們摺好，然後放回了櫃子裡。

簡訊裡，林佳特地交代大家儘量早點到，但江美希還是刻意摸到晚餐後才出現。

停好車，大老遠便看到Home party館燈火通明、熱鬧非凡，還有玻璃門上貼著的「元旦快樂」的紅色大字，喜慶熱鬧。看到喜慶春聯的她這才想起來，明天就是元旦了。

推開那道玻璃門，與外面的寒風凜冽不同，迎面而來的是熱火朝天、人聲鼎沸。

其實這背景音樂有點吵鬧，但似乎除了她，誰也不這麼覺得。

平日辦公室裡嚴謹忙碌的年輕人們此時打電玩的打電玩，玩桌遊的玩桌遊，與入口正對著的大廳一側，是一間玻璃隔音房。裡面陸時禹正陪著 Linda 唱歌，看到她進門立刻朝她招招手。

江美希正要走過去，餘光中卻出現了那個人的身影。

她不由得看了過去，靠窗角落裡有一張桌球桌，他正和另一個男生打桌球，兩個女生站在一旁圍觀，其中一個江美希認得，是石婷婷。

將一顆乒乓球打進底袋，他抬起頭往她站立的方向掃了一眼。江美希可以確定他一定是看到她了，但是很快地他又收回了視線，像什麼都沒看到一樣，開始尋找下一個進球角度。

收回視線，江美希感覺到有人正看著自己，她看了過去，正是坐在吧檯邊玩桌遊的穆笛。

見她終於看向她，她自以為很隱蔽地朝她偷偷眨了眨眼睛，江美希則是彎了彎嘴角，朝 Linda 所在的玻璃隔音房走去。

玻璃隔間裡圍坐著幾個人，除了 Linda 和陸時禹，其他都是經理和 Senior 級的人。見到她來，眾人紛紛讓座，Linda 對著話筒直接問她：「怎麼現在才來？」

房間內音樂聲太大，她回以口型：「塞車。」

Linda 指了指點歌檯，她搖搖頭，找了個位置坐下，Linda 見狀也就沒再管她，繼續唱那首老歌。

江美希才剛坐下，立刻有下屬把飲料和小吃推到她面前，她道了聲謝，安靜地看著大螢幕富有年代感的 MV。

陸時禹不知道什麼時候坐到了她身邊：「Amy 最近是要嫁人了還是中樂透了，整個人感覺都不一樣了。」

被陸時禹這麼一提醒，江美希朝包廂那裡看過去——Amy 正在和幾個經理玩擲骰子，和同事之間有說有笑，特別活躍，的確跟以前那種和誰都不親近、不隨和的狀態不一樣了。

不知道為什麼，江美希的腦中立刻浮現出了那天在 Linda 辦公室外看到的那一幕。

陸時禹繼續說：「說實話，我以為她沒辦法撐過今年的。」

之前江美希也有過擔心過這件事情，畢竟 Amy 的缺點太明顯了，能力不夠又特別自我中心，時間久了，從老闆到小朋友都對她不滿意，她自己大概也感受到了，所以才刻意跟大家保持著距離。但是現在這樣也挺好的，畢竟以她之前的那個狀態，就算離開 U 記也不會混得多好。

然而當她從 Amy 身上挪開視線，無意間掃向門外時，卻看到葉栩也正好從 Amy 的方向收回視線，然後勾著嘴角淡淡掃了他們這邊一眼。

江美希在心中嘆氣，還真的被那小狼崽子說中了，但究竟是為什麼呢？她看了一眼正霸著麥克風不放的 Linda，突然發現自己沒有自己想像中的那麼瞭解別人。

「發什麼呆呢？」陸時禹問。

「沒什麼。」

「看妳心情好像不太好啊，是不是遇到什麼困難了？說出來聽聽唄，讓老同學高興一下！」

「你……」江美希正要開罵，突然發現他說話時與她的距離不到一公尺，於是又想起葉栩的話，沒好氣地說，「你說話有必要離我這麼近嗎？」

陸時禹被說得莫名其妙：「這地方就這麼大，我能離妳有多遠？再說這裡這麼吵，我離妳太遠妳聽得見嗎？」

「反正你離我遠一點！還有……有事沒事別來找我說悄悄話，我跟你沒那麼熟！哦、對了，你最近很安分啊，既沒有搶我專案，也沒去找老闆打小報告。」她狐疑地看著他，「是不是有什麼大招還沒放？」

陸時禹無奈：「我每天忙得腳不落地，我哪有閒工夫去給妳打小報告？還有，原來我在妳心裡是這種形象？」

包廂裡實在太吵了，陸時禹被人冤枉得心裡委屈，想靠近江美希再理論一番，卻被江美希突然抬手制止：「離我遠一點！」

陸時禹愣了愣，最後只好放棄，舉起雙手表示休戰：「好好好……」說著他站起身來，「上了年紀的女人真是不可理喻！」

「你……」江美希想發作，但礙於周圍同事都在看著，也只好回以一個沒什麼殺傷力的眼刀。

當她抬頭再看向門外時，才發現剛才打桌球的人已經換了一輪，葉栩不見了。

包廂裡的聲音吵得她有點頭痛，她起身和 Linda 打了個招呼朝外面走去。

剛走到外面，手機突然震了震，是穆笛的短信：『還沒吃飯吧？餐廳那邊有自助吧，奶油布丁超級好吃！』

江美希笑著收起手機，朝著餐廳方向走去。

此時大家都在活動區，餐廳裡沒什麼人，所以餐廳四周都沒有開燈，只有不大的自助餐檯上方的吊燈開著，剛好可以照亮下方漂亮精緻的糕點。

江美希確實有些餓了，就想去拿兩塊穆笛說的奶油布丁。剛走到餐檯邊，就感覺到暗處有什麼東西動了動，她仔細一看才注意到靠窗的角落裡竟然有兩個人，其實這麼一看也很明顯，只是剛才因為光線和角度的原因才沒有看到。

那兩個人明顯也看到她了，但是反應截然相反——一個像是沒看見一樣，一個像是幹了壞事被人當場抓包一樣，竟然有些手足無措。

「沒看見」她的那個就是葉栩，此時他正倚坐在窗臺邊，手肘撐在敞開的窗子上抽菸，他面前的女孩子局促不安地站著，雖然看不清表情，但聲音都是怯怯的，叫了聲「Maggie」。

是石婷婷。

原來這兩個人趁著別人不注意躲到這裡來了。

江美希回過神來，淡笑著說：「沒打擾到你們吧？」

要是平時，她絕對不會說這種陰陽怪氣的話。她向來不關心別人的事，面對這樣的情形，通常假裝沒看到，然後儘快離開。但是今天看到這一幕，她也不知道怎麼了，就來了這麼一句。

葉栩依舊隱在陰影下，聽到她這麼說也沒什麼反應，唯有他手指間那抹猩紅忽明忽暗，倒是石婷婷連忙擺手：「沒有、沒有，我們也是剛好在這裡遇到就說幾句，說完了。」

話雖這麼說，江美希卻沒看到她挪動半步。

她笑了笑不再說什麼，找到奶油布丁夾了兩塊，然後不再朝那個方向多看一眼，直接離開。

回到包廂，Linda 那首歌早就結束了，此時她坐在包廂中央，一邊喝著汽水，一邊看著牆上的MV。

江美希走到她身邊坐下：「吃布丁嗎？」

Linda 搖搖頭，像是隨口問道：「你們怎麼了？」

江美希拿著湯匙的手不由得一頓，但表情仍然平靜：「沒什麼啊。」

「吵架了？」Linda 回頭看她。

有這麼明顯嗎？江美希有點心虛，低頭吃下一口布丁說：「沒有啊。」

Linda 明顯不信，朝著包廂某個方向揚了揚下巴：「剛才我都看到了。哎、我說你兩個什麼都好，就是這脾氣一個比一個臭，這都不在公司裡了，還能當著上司、下屬的面吵起來……」

江美希順著她的視線看過去，陸時禹正在那裡和別人聊天。

她悄悄鬆了口氣，原來 Linda 說的是他，而不是葉栩。

「奶油布丁蠻好吃的，妳要不要吃吃看？」她岔開話題。

Linda 似乎拿她沒辦法，也不再多說，只是瞥了一眼她盤子裡的東西：「算了、這麼晚了，吃這些東西，我肚子上又要長肉了。唉、年紀大就是這樣……」

「妳年紀哪裡大了？妳就是對自己要求太高……」江美希正低頭吃東西一邊說著，手臂突然又被 Linda 撞了撞。

「喲、有問題！」

江美希不明所以地抬頭，就見葉栩和石婷婷一前一後從餐廳出來，然後一個去找閨蜜，另一個去看人打桌球，都像是沒事一樣。

江美希沒什麼表情，「能有什麼問題？」

「這妳都看不出來？」Linda無語地看向她，「妳啊、有時候特別聰明，有時候特別遲鈍！這種情況還不明顯嗎？那女孩肯定對那男孩子有意思，不知道找了什麼理由送他禮物。哦、現在看來，男孩可能對小女孩也不是沒意思。」

江美希問：「為什麼這麼說？」

「他收了禮物啊，如果沒有意思那幹嘛收？」

經Linda這麼一提醒，江美希也注意到，葉栩手裡不知道什麼時候多了一個小盒子，而不遠處的石婷婷不知道在和同伴說什麼，時不時地朝他看過去，一會兒嬌羞，一會兒竊喜。

Linda感慨：「年輕真好啊！我要是再年輕十歲，也想去追這樣子的男孩。」

江美希勉強笑笑：「妳現在也可以啊，不過小心妳家那位不開心。」

雖然不知道Linda家那位的具體身分，但自從上次她在辦公室聽到她講電話，她開她玩笑，她也沒否認，之後兩個人在聊天中就會偶爾會提到那個人，當然江美希沒有說她已經見過那個人了。

「沒意思。」Linda悻悻地說，不知是對什麼事情突然意興闌珊。

「真的沒意思嗎？」江美希拉起Linda的手，「這麼大的鑽，別說是妳自己犒賞自己的。」

Linda低頭看了片刻，忽而一笑：「這中年人談感情啊，就是摻雜著這些亂七八糟的東西，不如年輕人，更純粹。」

「這麼亂七八糟的東西妳送我好了，我不嫌棄，有多少收多少！」

聽江美希這麼說，Linda卻只是笑了笑，沒再說其他。

一直到將近午夜，聚會才結束。

江美希隨著眾人走出 Home party 館，寒冷的夜風瞬間穿透厚厚的羊毛大衣，冷得江美希打了一個哆嗦。

有伴同行的男孩、女孩搓著手和大家道別離開，剩下還沒想好怎麼走的幾個人在冷風中等著陸時禹安排。

Linda 喝了酒，在等人來接她，江美希倒是沒喝酒，不過被陸時禹要求等一下得順路送幾個人。其他人住在哪個方向她並不清楚，然而葉栩肯定是最順路的一個。想到這裡，她已經做好了準備，既然打算坦坦蕩蕩，那讓其他人知道他們住在同一個社區又有什麼關係？

然而當江美希回頭看去時，卻看到葉栩站在人群後方，一副事不關己的樣子。

又送走了幾個人後，陸時禹問離他最近的石婷婷住在哪，石婷婷說了自己的位置，是和江美希家截然相反的方向。

當陸時禹回頭企圖從後面的男生中找合適的人選送她回去時，就聽葉栩突然出聲：「我送她吧。」

陸時禹愣了愣：「你家住城南嗎？我怎麼記得你家住城北啊？」

葉栩只是說：「我送她。」

片刻後，陸時禹像是想到了什麼，了然地笑了笑：「好啊。下一輛計程車來，你們就走吧。」

站在江美希身邊的 Linda 突然捏了捏她的手說：「看這個樣子，這兩個小朋友肯定有問題！」

江美希只能回以一笑。

見到這個情形，她本該覺得輕鬆的，但是此時此刻的她卻怎麼也輕鬆不起來。

正在這時，伴隨著「砰砰」幾聲，毫無預兆地，遠處的夜幕上霎時炸開兩朵絢麗的煙火，半邊天際瞬間被煙火照亮，緊接著煙花炸開的聲音不絕於耳，各種五彩斑斕、姹紫嫣紅一一綻放，然後又如流星雨般劃破夜幕簌簌落下。

這場煙火表演不知道持續了多久，當周遭再度歸於寧靜時，不知是誰先說：「哎呀、跨年了！」大家這才如夢初醒，二〇〇六年結束了，二〇〇七年開始了。

身後傳來穆笛的聲音：「新年快樂呀！」

江美希循聲看過去，還沒找到穆笛，卻先對上了葉栩的視線。

他站在人群最後方，雙手插兜懶懶地看著她。

兩人就這麼隔著眾人對視了片刻，之後江美希包裡的手機突然響起，她立刻低頭拿出手機來看，是穆笛的訊息：『小阿姨，收留我一晚吧。』

也不知道怎麼了，平時都很怕被人打擾的江美希今晚很不想一個人回家，所以看到穆笛發來的小請求時，想都沒想立刻回了個「好」。

收起手機，她在人群中問了一句：「住城北的跟我走吧。」

立刻就有幾個小朋友站出來，表示想搭便車，當然這之中也包含了穆笛。

陸時禹見狀皺眉：「穆笛妳家不是在東北方向嗎？Maggie 送妳還得繞路，不然這樣，等一下妳跟我走吧。」

穆笛說：「我今晚回我奶奶家，剛好在城北。」然後不等陸時禹再說什麼，就呼喊其他人，「走走走。」

江美希和 Linda 告了別，帶著幾個小朋友朝停車場走去。

彎彎繞繞把其他幾個人送回家，車上只剩下江美希和穆笛。

江美希說：「我會和林佳說，把妳後面兩個月的時間都先安排好，正好有兩個專案讓妳去吧。」

本來以為小丫頭聽到這個安排會高興的，沒想到她只是淡淡地「哦」了一聲。

江美希挑眉：「怎麼了？不急著脫離 Kevin 的魔爪了？」

穆笛沒有立刻回答，而是想到什麼似的問江美希：「小阿姨，妳是不是真的很討厭他？」

「算不上討厭，立場不同而已。」她如實回答。

「哦……其實我覺得 Kevin 這個人還可以，除了有點龜毛、變態外。」

江美希笑：「妳確定這是在誇他？」

「嘿嘿、算是吧。」

穆笛想到陸時禹最近雖然還是會訓她，但自從之前那次當著其他人的面把她罵哭之後，他每次想發脾氣時都會專門把她叫到一個沒人的地方，而且就算是訓人，態度也比以前溫和很多。

尤其是昨天，她受不了那個女同事陰陽怪氣的諷刺，就跟那女同事爭論了起來，他也是把她帶出去，雖然還是在訓她，但話裡話外說的都是那女同事的不對。

想到這些，穆笛補充一句：「我真的覺得他人還不錯。」

江美希笑：「話別說太早，等五月『小黑會』後再看吧。」

公司裡的人個個都是人精，尤其是做到他們這個職位的，更是人精中的人精，有幾個人會把自己喜歡誰、不喜歡誰像孩子一樣表現得明明白白呢？

但是每年的兩次評分，就足夠體現老闆們對每一個員工的態度。

江美希和穆笛回到家時已經是半夜了，此時的穆笛卻格外亢奮。

「小阿姨，我早就想來妳家了。」

「妳才出差回來幾天，就在家裡待不住了？」

「妳不知道我媽和奶奶有多煩……對了、她們還說到妳。」

「說我什麼？」

「說上次那個小張有多好多好，妳怎麼就不懂事，還說想等妳忙完這段時間後，繼續幫妳相親。」

江美希笑：「那妳怎麼想？」

「這還用說嗎？我肯定站在妳這邊啊！不過……」穆笛探頭過來看她，「小阿姨妳為什麼不談戀愛呀？妳該不會是還記著著那個誰吧？」

「哪個誰？妳又知道了？」

「不然妳這些年為什麼一直都是單身呀？」

江美希一邊替穆笛放洗澡水一邊說：「以前妳不懂，現在妳還不清楚嗎？像我們這種一天工作十幾個小時的人，哪有時間談戀愛？如果是在旺季，可能連續好幾個月都見不到一面。」

「那就在公司裡找一個吧……」穆笛不知道想到了什麼，彆扭地說。

江美希頓了頓，沒有接她的話，關掉水龍頭回到房間。

穆笛跟在她身後：「我真的覺得蠻好的，既能懂妳，又近水樓臺，方便見面。」

江美希依舊沒說話，打開衣櫃想找件睡衣給穆笛，映入眼簾的卻是跟葉栩借的那套衣服。

她愣了一下，迅速回過神來，從掛著的衣服裡扯下一件睡裙就想關門，但是已經來不及了。

「等等！」穆笛眼疾手快地伸手去擋住即將闔上的衣櫃門，不懷好意地看著面前的江美希，「我看到了什麼？」

江美希站在她和櫃子中間，好像沒聽到她的話：「都幾點了還鬧？快去洗澡！」

「妳家裡怎麼會有男人的衣服？還放在最上面！肯定是最近放進去的！」這祕密被穆笛發現，她哪會輕易善罷甘休，嘿嘿一笑說，「還不老實交代啊，小阿姨？」

「妳看錯了。」江美希面不改色。

「那就讓我再看一眼唄……」穆笛說著就要繞過江美希去開衣櫃門。

江美希早她一步再次擋在她面前：「別鬧。」

兩人這麼對峙片刻，最終還是穆笛先妥協：「好吧，那等妳想說的時候再告訴我吧。」說完，她悻悻轉身往浴室走。

看著她出了臥室，江美希不由得鬆了口氣，也跟著她走了出去。

穆笛拿著換洗衣服去浴室洗澡，江美希走到餐桌前替自己倒了杯水，目光有意無意地瞥向對面那扇窗，依舊沒有亮，難道今晚是不打算回來了嗎？

想到這裡，江美希自嘲地笑了笑。

而就在這時，身後突然傳來一陣細碎的腳步聲，她立刻回過頭，也只看到某人的一片衣角消失在臥室房門前。

糟了……她無奈地撫額。

臥室裡已經傳來穆笛大驚小怪的聲音：「還真的是男人衣服啊，洗衣粉的香味還在呢！看來很新鮮嘛！哇、這男人身材不錯啊，品味也不錯！」

江美希懶懶地走到臥室門口，端著手臂倚著門框看房間裡的少女對著一身男人衣服又摸又聞。

「還看出什麼了？」她問。

穆笛朝她擠眼睛：「年輕男人！小阿姨妳豔福不淺呀。」

江美希有點頭痛……

穆笛又把褲子抖開，放在自己身前比了比：「這人腿可真長……咦，這條褲子我好像看誰穿過。」

江美希臉上表情毫無波瀾，內心卻微微一顫。

這條褲子是某個奢侈品牌的休閒系列，價碼不低，年輕人中很少有人穿。江美希可以確定，葉栩在公司裡沒穿過這種休閒款式的衣服，但是她差點忘了，他可能在學校裡經常穿。

沒等穆笛再發現什麼，她走上前一把扯過褲子，偏了偏頭命令道：「快去洗澡！」

穆笛知道這是江美希的極限了，再不聽話恐怕她真的要生氣了，雖然還有很多想問的，但也只好先去洗澡。

江美希把衣服重新折好放回櫃子裡，心裡想著這身衣服是沒辦法還回去了，不然哪天他真的穿出來，被穆笛看到還了得。而且，還有那麼點私心她不想承認，她好像並不想還。

兩人洗過澡，躺在床上時已經將近半夜三點，可是穆笛的精神依舊還很好。

「我見過他嗎？」

「你們在一起多久了？」

「妳打算什麼時候公開呀？」

「妳都穿他的衣服了，可見你們已經很深入地瞭解彼此了。看他身材不錯，那方面是不是也很厲害？」

黑漆漆的臥室中，只有一抹月光透過窗簾縫隙印在地板上。江美希睜著眼望著天花板若有所思，聽到穆笛的問題愈來愈離譜時，她冷冷丟下一句「睡覺」，便轉身開始醞釀睡意。

或許是真的累了，就這樣沒多久，也就真的睡著了。

第二天帶著穆笛吃了頓她念念不忘的海鮮小火鍋，江美希才把她送回家。

送走穆笛，她自己去了附近的商場，找到那個奢侈品牌店，卻沒有找到她想找的款式。

不過看同類型的衣服價位，大概可以算得出來葉栩那身衣服多少錢。

記下價錢，她回到家，拿起手機時還有點猶豫，但最終還是撥通了他的電話。

對面的葉栩似乎還沒睡醒，嘶啞的聲音中透著疲憊和些許不耐煩：「什麼事？」

還沒起床？難道還沒回家？

沉默片刻，她問：「你在家嗎？」

「嗯、什麼事？」依舊是含混不清的回話。

她略微鬆了口氣：「你出來一下，還你錢。」

這一次，換對方沉默了，然後是一陣窸窸窣窣穿衣服的聲音。

「什麼錢？」他的聲音稍微清醒了一些。

江美希說：「你借我的那套衣服，我本來想洗一下還給你，結果洗壞了。」

「洗壞了？」

牛仔褲和毛衣怎麼洗壞的？

「嗯。」江美希說，「我查了下大概的價格，你出來一下，把錢給你。」

「哦、沒多少錢，又是舊衣服，算了。」

「沒關係，還是算清楚一點。」

「哦。」葉栩頓了頓說，「那也不用了，妳那身衣服泡在浴缸裡忘了撈出來，所以應該也穿不成了，就算扯平了吧。」

又是扯平，她不喜歡。

她還想再開口，卻聽到話筒傳來按動打火機的聲音，然後是年輕男人帶著慵懶的笑意說：「妳要是想見我就說想見我，別找這種理由。」

江美希抿唇，片刻後她說：「那你給我一個帳號吧，我把錢轉給你。」

「呵……」他笑意更甚，卻帶著毫不掩飾的嘲諷，「妳是不是很喜歡給男人錢？不然怎麼三番兩次都想塞錢給我？」

江美希站在窗前，面無表情地望著窗外，彷彿能穿過兩扇窗戶望進對面那人的雙眼中。

片刻後，她忽而一笑：「也不能這麼說，畢竟我賺錢也不容易，所以通常只會對年輕漂亮的男人大方一點。」

所有窸窸窣窣的聲音都停了下來，伴隨而來的是某人略為沉重的呼吸聲。

江美希勾起唇角，好像看到某人鐵青的臉，於是毫不留戀地掛斷了電話，不給對方再開口的機會。

元旦過後，U記上下再度陷入忙碌的審計中，葉栩和穆笛都跟著專案組出差去了其他市，江美希每天也有看不完的底稿、見不完的客戶。

有一次，在見客戶回來的路上，她竟然遇到了許久未見的芯薪老總林濤。

當時林濤帶著助理，從一個辦公大樓裡出來，和她恰好遇上。

江美希對林濤印象不錯，當初她帶人在芯薪做專案時，他對她的工作可以說是大力支援了，而且芯薪如今也是U記的客戶，未來幾年的年審工作都會交給U記負責。

江美希很熱情地和林濤打了招呼，林濤遇到熟人也很高興，兩人就這麼站在路邊聊了起來。

但是當江美希問起公司如今的營運情況時，林濤卻有些一言難盡。

因為時間安排有所衝突，所以今年芯薪的年審工作臨時轉給另一位經理負責，江美希對芯薪的最新情況並不瞭解，不過她猜想，芯薪現在最大的問題應該就是和老東家爭市場占有率的事情吧。江美希也沒多想，因為他們接下來都有工作，也沒多聊就道別離開。

巧的是，第二天江美希去找Linda彙報第一天見客戶的情況時，Linda也提到了芯薪。

Linda說：「芯薪現在的日子也不好過。」

江美希想起昨天見到林總一言難盡的樣子，本來以為還是和老東家爭市場占有率的事，現在聽Linda這麼說，似乎另有情況。

「是公司運營有問題嗎？」

Linda嘆氣：「估計是有人想搞芯薪吧。」

江美希意外：「為什麼這麼說？」

「之前他們公司那件事被人編成好幾個版本在各大財經論壇發了出來，本來也不一定會有這麼大的影響，但是配合上他們持續下跌的股價就不一樣了。所以現在這些事情愈演愈烈，林濤這次恐怕是遇到大麻煩了……」

Linda忙著去開會，也沒時間多聊，江美希則是在回到辦公室後，第一時間就去網上查有關芯薪的消息。

果然就如Linda所說，芯薪這段時間真的被黑得很慘，芯薪的股票也是連續幾個跌停，慘不忍睹，林濤的身價在短短半月內縮水不少。

想到剛才Linda說的話，江美希也很懷疑，那些林濤和老東家的八卦真的能對芯薪的股價影響這麼大嗎？她很快想到一種可能——有人在砸這支股。

如果是這樣，那就好理解了，股價下跌再配合上負面新聞，這樣一來，大家對這檔股票失去信心，股價也會持續下跌。

可是無論是造謠還是砸股價，都是需要成本和精力的，是誰花這麼大力氣去搞芯薪？如果單純只是想要芯薪倒楣，恐怕是也不需要做這麼多。那麼只有一種可能——有人想趁著芯薪股票價低的時候強行收購，從而成為芯薪的大股東，得到芯薪的控制權。

江美希又想到之前給她發匿名簡訊的人，這次的幕後操控者和上一次的會是一批人嗎？

想到這裡，她立刻拿出手機，從通訊錄中找到一個在做二級市場[20]的大學同學，撥通了電話。

這位老同學爽快地答應了幫江美希去留意芯薪的股票情況，第二天江美希就接到了對方的電話。

「在二級市場收購芯薪股票的有幾家，我分別去瞭解了一下這幾家公司，發現了一個共同點，他們都和一家叫阿奇法科技的公司有密切來往。」

這倒是讓江美希吃了一驚，畢竟阿奇法也是U記的客戶，更準確地說，現在已經是她的客戶了。

江美希問：「那阿奇法現在掌握了多少芯薪的股份？」

「已經超過百分之三十了。」

雖然很驚訝阿奇法的速度，但是江美希也稍微鬆了口氣。

芯薪的股權架構比較簡單，上市之前，芯薪和一家合作多年的上游企業通達科技達成戰略合作[21]關係，並且出讓了百分之十八的股份。除此之外，林濤自己擁有百分之六十二的股份，和林濤共同創業

20 二級市場：又稱為次級市場，是買賣上市股票公司的資本市場，也執行股票、債券、抵押、人壽保險等市場交易。

21 戰略合作：企業雙方為了自身的未來發展進行長遠的合作規劃，以突破市場障礙、提高企業知名度、市場占有率、降低風險，促進雙方公司技術發展。

的幾個老員工手上握有剩下的百分之二十。上市後，林濤自己留下百分之三十五的股份，老員工的股份加起來不超過百分之十二，通達科技則占百分之十。

而阿奇法如今這麼做，最好的情況也就是能撈到一個否決權，真正想成為最大的股東控制公司那不可能，至少在近幾年是不可能的，因為原始股還不能上市交易。

但很快，老同學又丟出一個重磅炸彈：「股份只是一方面，我有個朋友跟阿奇法有業務往來，我還聽到一些小道消息。據說阿奇法那邊已經和芯薪的幾個老員工聯絡過了，希望他們把股東代表權轉給阿奇法代理，並承諾了一定的好處。」

江美希又是吃了一驚，她差點忘了沒有股份的話還有投票權啊！

她有點沒底氣地問：「結果應該不算好吧？根據我的瞭解，林濤對他的幾個老員工都很不錯，更何況這個時候，林濤也不會無動於衷吧？」

老同學「嘿嘿」一笑：「這東西都有個對比，再說在巨大的利益面前，什麼樣的關係才算不錯呢？據說是公司財務部一個姓王的經理帶頭並且牽線，出讓了表決權，至於有多少人響應就不確定了，反正不止他一個。而且現在他也不在芯薪了，去了阿奇法，做到這一步已經很明顯了，我猜林濤是想挽回，只是結果不好。」

江美希暗自嘆了口氣，她早該想到的，離資本愈近的地方，鬥爭愈是不堪。可是想到那個很有人情味的公司，如今重要元老中竟然有不少人叛投阿奇法時，她依舊有點接受不了。

她緩緩消化著這個消息，片刻後又問：「那通達科技是什麼態度，如果他們還能站在芯薪這邊，可能芯薪還有救。」

「通達科技的態度目前也不明朗，但是他們和芯薪所有的股份加起來也才百分之四十五，低於百分之五十，後續情況就不好說了。」

江美希有些出神，電話另一端的老同學換了個話題：「什麼時候有空出來聚聚呀？前幾天我遇到王芸了，她對妳的怨念還是很深啊！妳還沒答應她的要求嗎？」

江美希聞言無奈地笑了：「她那人就那樣，一件事能念好幾年。」

王芸是江美希的大學室友，畢業後也在外資事務所工作過幾年，後來跳出去和她們的一個學長一起註冊了雲信會計師事務所，開啟聽著風光實則艱辛的創業之路。

那位學長大他們幾屆，有人脈、有資源，王芸又有能力，這幾年雲信會計師事務所招攬了不少有能力的校友，規模漸漸擴大，也做得風生水起，有模有樣。

從去年開始，王芸就常常慫恿江美希跳槽去他們那裡，並許諾會給予合夥人的位置。可能她也知道一家規模不算太大的內資事務所的合夥人和U記的合夥人無法比較，轉而採取情懷策略，說什麼要壯大內資事務所，扭轉外資事務所獨霸市場的局面。

王芸就是這樣的一個人，什麼時候都像打了雞血似的。很多話大家都聽聽就算了，但是有時候聽多了，江美希也會被感動。但她在U記已經將近八年，從未想過要離開，所以對老同學的話也只限於偶爾被感動罷了。

老同學笑：「妳也不要不把她當一回事，好好考慮考慮。」

江美希心裡掛念著別的事，敷衍地應了幾句，約了下次吃飯，這才掛了電話。

掛上電話，她依舊有點回不過神來。

U記的客戶形形色色，每個公司都有自己的運行軌跡和命運。無論是好的還是壞的，U記從來只是個旁觀者，冷漠中立地看著這一切。

江美希以前也是這樣，只是這一次偶然間上了點心，就忍不住跟著記掛起來。所以從那之後，她時不時就會關注芯薪的股票，不久之後，她發現芯薪和阿奇法都開始瘋狂在二級市場收芯薪的股票。

當阿奇法持股超過百分之三十五時，林濤手上依然只有百分之三十七，兩邊幾乎打成了平手；再後來兩邊進展都愈來愈慢，砸進去的是真金白銀，這對誰來說都不是件輕鬆的事。

因為這兩家都是U記的客戶，所以江美希對兩家的能力也有大概的評估，知道兩家已經都是強弩之末了。然而，誰想掌握公司的絕對控制權，就需要再拿下至少百分之四的股份，這不是個小數目，對芯薪和阿奇法來說都不容易，說不定這場仗就會這樣收場了。

這個局面一直維持到過完年後，江美希休完假回公司上班的第一天，就接到老同學打來的電話。阿奇法突然奮起，又吃掉了芯薪百分之四的股份！這樣一來，加上之前芯薪老員工的股份，阿奇法陣營持有的股份有望超過百分之五十一，對芯薪也有了絕對的控制權。更令人意想不到的是，阿奇法宣布和通達科技在另一個專案上達成了合作。

持續了幾個月的拉鋸戰終於要結束了，然而一朝天子一朝臣，可以想像，不久後芯薪內部即將面臨什麼樣的腥風血雨。

江美希他們曾經奮戰兩個多月的公司，就這樣不復存在了。不過讓她至今不解的是，以她對阿奇法的瞭解，阿奇法之前吃下的百分之三十五芯薪股份後應該就捉襟見肘了，短短過個年的時間，是又拿什麼去吃下後來那百分之四的股份呢？

第五章　因為愛情

時間進入三月下旬，已經立了春，但北京的天氣依舊乍暖還寒。

江美希手上的專案已經陸續完成審計工作，但是上市公司的年審專案需要在四月底前公開財報，所以此時的U記正處於最後衝刺階段。

之前在外出差的人大部分都已經回到公司，只有少數人還留在客戶那裡解決剩下的問題，葉栩就被江美希留在了外面，說沒有一點打擊報復的私心，那是不可能的。

不過她最近沒心思想這些，因為有太多底稿要看，她已經連續幾天沒有在兩點之前回過家了，今天依舊需要加班，但因為長期睡眠不足，剛過十一點，她就覺得自己睏到不行了。

她抬起頭看了眼窗外的大辦公室，好像前一刻都還是大家忙碌的身影，現在卻沒剩下幾個，她這才意識到已經快十二點了。

她揉了揉眉心，拿起空掉的馬克杯打算去裝一杯咖啡提提神。

走過幾張雜亂的辦公桌，她意外地發現穆笛竟然還沒走，不止她，石婷婷此時也正趴在她的辦公桌上，兩個人不知道在聊著什麼。

「太睏了，找妳聊個天提提神。」石婷婷說。

「最近真是忙死人了，我長這麼大可是第一次沒時間過生日。」說話的是穆笛。

江美希聽到這話，仔細想了一下今天幾號，才意識到穆笛的生日剛過沒多久。其實往年她也都是後來才想起來，因為穆笛的生日總是趕上她最忙的時候。

石婷婷說：「忙完了這一陣子再補一個唄，到時候我們陪妳過！」

「好啊、好啊！我們這樣也算是建立起革命情感了……」

聽到兩個女孩子這麼說，江美希不自覺地彎了彎唇角。然而正當她打算悄無聲息地從她們身後走過去時，卻被眼尖的穆笛看到了。

「小……Maggie！」穆笛急忙改口，「妳也還沒走啊？」

江美希淡淡「嗯」了一聲：「再忙一下，你們繼續。」

她正想離開，又被穆笛叫住：「Maggie、等這個專案結束，我們去唱歌吧！」

「唱歌？」

「嗯、我過生日，想請比較熟悉的同事一起去。」

石婷婷也說：「對啊，一起去吧！」

還好此時周圍沒人，不然其他人肯定要懷疑這兩個孩子是被底稿虐瘋了，才會邀請她一起去參加生日聚會。要知道，只要有她出現的地方，不冷場都是對她最大的尊重了。想讓她融入其他人當中，就算她肯，別人也不肯。

所以江美希想都沒想直接拒絕道：「我就不去了，你們好好玩。」

她本以為她這麼一說，穆笛和石婷婷也不會再說什麼，沒想到這兩人卻特別堅持。

穆笛說：「熬完第一個旺季還活著，這可算是階段性的勝利了，難道不該慶祝一下嗎？」

石婷婷也說：「是啊、是啊，Maggie 妳就答應穆笛吧！」

江美希看著穆笛那楚楚可憐的小眼神，突然就有點心軟了。

她想了下說：「那到時候再看看吧，有空我就一起去。」

兩個女孩見她鬆口，歡歡喜喜地說了聲「好」，然後又各自忙碌了起來。

幾天之後，江美希將一份年審報告發出去沒多久，就收到了穆笛的簡訊——是 KTV 的地址，時間定在明天晚上。

江美希猶豫了一下回覆：『我這邊還有幾個專案在收尾，不然你們去玩吧，妳想要什麼生日禮物？』

半晌後穆笛回：『也不知道是誰說的，最好的禮物就是家人的陪伴。』

這句話是以前江美希勸她姊姊、姊夫多陪陪穆笛時說的，那時候她還小呢，想不到能記這麼久。

江美希對著簡訊笑了笑，回了一個字：『好。』

第二天正好是個週末，江美希放肆地睡了十幾個小時，起來時感覺精神好了很多，簡單打理了一下自己就出了門。

路上經過一個蛋糕店，江美希走了進去。

服務生問她蛋糕尺寸時，她估計了一下今晚到場的人數。她不熟悉的那些人，穆笛肯定不會叫，而熟悉的人裡，陸時禹今天剛剛離開北京肯定去不了，葉栩最早也是今天到北京，這麼匆忙辛苦，想必也不會來……

想到這裡，她不由得鬆了一口氣，心情頓時好了不少，所以即使算來算去沒幾個人，她最後還是買了一個最大的。

等蛋糕做好，她趕到約定地點時，天已經徹底黑了下來。

夜幕低垂，加上最近降溫，好像又回到了幾個月以前的北京。

江美希停好車，望了眼窗外，一邊是寒風陣陣、人影稀疏的街道，另一邊是金碧輝煌、霓虹閃爍的 KTV 大廈。

江美希拎著蛋糕下了車，走進那大廈中。

與外面的寒冷蕭瑟截然不同，一進門就是人聲鼎沸的喧囂，嘈雜的背景音配著各式各樣不在音調上的嘶吼聲撲面而來。

江美希頓時覺得頭大，一邊皺著眉一邊在服務生的引領下，穿過彎彎繞繞、光影曖昧的走廊。

終於到了穆笛訂好的包廂門前，服務生禮貌性地行禮後，江美希道了聲謝，轉身去推包廂的門。然而手還沒有碰到把手，就被人從裡面拉開了。

她抬頭就見到那個原本她以為絕對不會出現的某人，正站在距離她一臂之遙的地方面無表情地看著她。

兩人對視片刻，誰也沒動，還是有人叫了聲 Maggie，葉栩才朝旁邊讓了一步，讓江美希走了進去。

叫她的是石婷婷，見她手裡拎著蛋糕盒子，很乖巧地接了過去。

眾人也紛紛招呼江美希，江美希走到穆笛身邊坐下，環視周遭，眉頭又皺了起來：「這地方太吵了。」

穆笛隔空翻了個白眼：「就知道妳只喜歡那個枯燥無聊的辦公室，妳有多久沒有來這種地方了？我這是來帶妳見見世面。」

「那還真是謝謝妳啊。」江美希說著朝門外瞟了一眼，「所以既然已經見識到了，我等一下就先走了。」

穆笛一聽有點急了：「不要啦，妳看就因為妳要來，我請的全是對妳敵意沒那麼大的人，不然以我的人緣，人數還得再多個一打，妳要是走了，那我怎麼辦？」

江美希沒忍住勾了勾嘴角，她當然知道這活寶別的不行，從小狐朋狗友確實不少。

她佯裝認真地看了一眼四周的人：「原來這麼多人都對我敵意不大啊，不過人家怎麼想，妳是怎麼知道的？」

「打入敵人內部啊，跟他們偷偷說妳壞話，看他們的反應啊。唉、說了妳也不懂。」

江美希笑：「妳可真是我的好外甥女。」

「那是當然的。」

「不過……」江美希想到剛才出去的某人，「妳確定葉栩也是嗎？」

穆笛乾笑著摸了摸鼻子：「他是我同學，而且我請他來也是另有目的，所以另當別論。」

江美希點了點頭，並不意外。

正在這時，上一首歌結束，下一首即將開始，穆笛也不再管江美希，朝包廂另一邊的石婷婷招手：「我們兩個的歌！」

因為江美希的到來，大家一開始都還有些拘謹，後來見到穆笛和石婷婷都挺無所顧忌，甚至還連唱帶跳的，而自始至終江美希連眉頭都沒皺一下，有時候聽到穆笛破音還會笑笑，眾人也就不再矜持，又恢復到了江美希來之前的樣子。

葉栩到KTV的小超市選了很多零食和飲料，再回到包廂時，看到的就是穆笛和石婷婷在對唱《渡情》，其他人在一旁吹口哨、搖手鈴，而江美希坐在角落裡，看著耍寶的兩人面帶微笑。

連續幾天沒有睡過一個好覺，剛下飛機就趕到這吵得讓人頭痛欲裂的地方，剛才他還在想自己為什麼要來，但是此刻，什麼都不用想了。

穆笛和石婷婷正「啊啊啊」地唱到高潮部分，石婷婷無意間一回頭，就看到剛從門外走進來的高大身影，頓時像見了鬼一樣，說什麼也不唱了。穆笛無奈，只好切歌，把麥克風遞給其他同事。

江美希看到從小舞臺上下來的兩個女孩又躲到角落裡去竊竊私語，說話時目光還時不時地瞥向包廂的另一個方向。

她順著她們的視線看過去，葉栩正在和其他幾個年輕人玩骰子。他修長的手指握著暗紅色的骰杯輕輕搖動，姿勢隨意嫻熟，片刻後骰杯揭開，也不知道搖到什麼，引來周遭幾人欽佩羨慕的眼神。

江美希收回視線，正看到這邊穆笛在催促著石婷婷，然後石婷婷扭扭捏捏、不情不願地起身，朝葉栩的方向走去，坐在了他的身邊。

葉栩看她一眼，推了推面前的骰杯，似是在用眼神詢問她要不要玩。她搖了搖頭，然後看著大家開始了下一輪。

石婷婷走後，穆笛蹭到江美希身邊，問要不要給她點歌。

江美希搖頭，目光從遠處收回，問穆笛：「妳什麼時候跟她關係那麼好了？我印象中你們在專案上的交集也不多，而且我記得以前總和她出雙入對的是另一個女孩。」

「妳說婷婷啊？」穆笛一本正經地說，「可能我太有魅力了吧！」

江美希無語地瞥了自家這大外甥女一眼：「不說算了。」

穆笛朝她擠了擠眼睛：「其實跟妳說也沒關係，主要是她有求於我。」

江美希不屑：「妳能幫到人家什麼？」

話一出口，她立刻就想到了什麼，果然就聽穆笛說：「能幫的可多了，誰叫我是她男神的老同學呢？」

江美希沉默了片刻，狀似無意地問道：「妳不是跟葉栩沒多熟嗎？」

「是不熟，但也比其他人跟他熟吧。」穆笛頓了頓，話鋒一轉，「不過，這只是原因之一。」

江美希挑眉：「還有之二？」

穆笛咧嘴一笑：「她可是妳的小粉絲啊，妳也知道，這在公司裡是多麼難得！所以我們兩個差不多是一拍即合，很快就狼狽為奸了。」

「是嗎？」江美希又看向對面，年輕女孩嬌俏可愛，笑中帶怯地看著身邊的年輕男人輕輕搖動骰杯。

骰杯落定，男人瞥她一眼，似乎在讓她猜點數，她隨口說了什麼，男人垂眸，微笑著揭開骰杯，女孩臉上笑意更濃了。

「要是一般人，我才不管這件閒事，但是婷婷不一樣，妳不知道她有多崇拜妳，三句話裡有兩句就是她男神，另一句就是妳！這麼崇拜妳，就說明這女孩還是很有主見的，雖然外貌和資質上是比不上葉栩，但是呢，又有幾個人能比得上他啊。」

江美希笑：「妳說得也對。」

不知過了多久，再抬起頭，對面的兩個人已經不見了。

江美希突然覺得這個包廂裡挺悶的，說了聲「去趟洗手間」，就起身出了門。

這地方江美希是第一次來，彎彎繞繞像迷宮一樣，找了半天也沒找到洗手間，而且巧的是，剛才進來時她明明還看到不少服務生進進出出，現在卻一個人都沒遇到。

又拐過一個彎，感覺和剛才走過的地方沒什麼不同，還好迎面走來一個服務生，她連忙走上去問洗手間的方向。

服務生手上端著要送往某個包廂的水果拼盤，替江美希指路說：「前面左轉再右轉，就能看到洗手間的指示牌了，跟著指示牌走就能找到。」

江美希道了謝，按照服務生描述的先左轉，就在這時，口袋裡的手機突然響了，是陸時禹，江美希皺了皺眉，最終還是接通電話。

「沒在忙吧？」

江美希對他沒什麼耐心：「說吧，什麼事？」

「妳猜我現在和誰在一起？」

江美希翻了個白眼，剛想說你跟誰在一起跟我有什麼關係啊，但是下一秒，當一個可能的答案浮上心頭後，她突然就不說話了。

她和陸時禹都認識的人，值得他專門打個電話來跟她說一聲的人，會是誰、能是誰，恐怕也只有那個人了。

片刻後，她說：「我這裡挺吵的，聽不清楚你在說什麼，沒重要的事我就先掛了。」

陸時禹正想再賣個關子，聽到的卻是「嘟嘟」的忙音，不由得愣了下。

他略微尷尬地抬頭看了眼對面的人，對面的人垂著眼給他倒茶，看不出喜怒。

「她不會猜到了吧？」

對面的人沒說話。

「確定你們好幾年沒聯絡過了？」

這一次，那人倒是「嗯」了一聲。

陸時禹點了點頭：「這個缺心眼的，可能真的是因為吵就掛電話，我再打一次！」

然而對面的人卻突然抬手制止他：「算了，等一下要登機了，下次回北京還有機會。」

「也是，你總算回來了，我們來日方長。」

江美希掛斷電話時，才發現自己迷路了。

她左轉再右轉，終於眼前豁然開朗，出現了一家小超市。

超市裡肯定有人吧？

但正當她想進去問問洗手間位置時，卻看到了站在超市裡面說話的男女。

她幾乎要懷疑自己眼花了，這段日子怎麼到哪都能看到那兩個人？

此時石婷婷背對著門口沒有看到她，但面對玻璃門的葉栩明顯已經看到了。就這樣，江美希打消了進去問收銀員洗手間位置的念頭，假裝沒看到他們兩個一樣逕自從小超市門前走過。

為什麼一家 KTV 可以把洗手間放得這麼隱密？

當江美希第二次從小超市門口走過時，她徹底憤怒了！

葉栩拎著一筐剛結完帳的啤酒從裡面走出來，此時他身邊沒有任何人，所以看她的目光也是肆無忌憚的。

「妳這樣有意思嗎？」他問。

「什麼意思？」江美希被問得一愣，找不到洗手間的憤怒也頓時忘了。

「妳是故意的吧？」葉栩輕笑，「既然拒絕了，就保持好拒絕的姿態，這樣三番兩次假裝偶遇是不是手段太拙劣了點？」

「啊？」

「是看到我和別人走得近所以不舒服嗎？」

到了這個時候，江美希總算明白葉栩的意思了，而明白之後，直接被氣笑了。

葉栩被她笑得有點懵，江美希見他這神情就笑意更甚了。

這時候，一個服務生從超市裡面小跑出來，怯生生地問江美希：「那個……您該不會還沒找到吧？我看您在這裡繞了好幾圈了。」

江美希回過頭，認出來是剛才給她指過路的服務生：「是還沒找到。」

服務生說：「要不我帶您過去吧？洗手間大門裝潢得和正常的走廊轉角有點像，好多客人都走過去了還沒認出來。」

葉栩再遲鈍也明白江美希究竟為什麼總是在他面前繞了，尷尬地低咳了幾聲。

等兩人從他面前走過，他說：「等一下。」

江美希和服務生雙雙回頭，葉栩面不改色地說：「我帶她去吧。」說著便把手上那筐酒遞給服務生，「你把這些酒送到 236 包廂去。」

江美希連忙說：「不用了，他帶我過去就行。」

葉栩不容置疑地對那服務生說：「去吧。」

等人離開，他回頭看了眼身邊人說：「走吧。」

突然就剩下他們兩個人了，尤其還是兩個人一起去洗手間，這就換成江美希局促不安了。然而再看身邊的人，他早就沒了剛才的尷尬，換上了一派從容的模樣。

「芯薪的事情你注意到了嗎？」江美希隨便找了個話題。

葉栩點頭。

江美希說：「有點可惜，但這就是資本市場，沒有辦法。」

「妳對阿奇法瞭解多少？」他問。

「看過今年的財報，業績普普通通，但對外把自己包裝得不錯。」她回頭看他，見他皺著眉頭，於是問，「怎麼了？」

他想了想說：「我就是覺得要在短期內吃下那麼多芯薪的股份並不容易，而且在那麼緊要的關頭能說服通達科技和自己合作，他們憑的是什麼？」

這也是江美希想不通的地方。

正說著話，葉栩突然停了下來，江美希這才注意到一個很不顯眼的洗手間標示，還真的就像服務生說的那樣，遠遠看著就像個普通轉角，所以她剛才明明路過兩次卻沒認出來。

她飛快地看了眼身邊的人，見他朝她揚了揚下巴，於是也沒再說什麼，轉身進了粉紅色的那個門。

再出來時，她沒想到葉栩還在。

她隨口問道：「你怎麼還在？」

「怕妳走到明年都走不回去。」說著，他把抽到一半的菸按滅在旁邊的垃圾筒裡，「走吧。」

江美希確實沒什麼方向感，所以也沒反駁什麼，跟在葉栩身後問他：「什麼時候回來的？」

「今天上午。」

「哦。」

「怎麼？」

「怎麼不在家裡多休息一下？」

葉栩頓了頓，只是說：「接到電話就來了。」

江美希不由得又想起穆笛擠著眼睛說邀請葉栩另有原因時的曖昧神色，於是也就明白了。看來正如 Linda 所說，他和那個石婷婷一個有情，另一個也不是沒那個意思，也挺好。

說話間兩人已經走到了包廂門口，葉栩卻沒急著進去，轉過身看她一眼說：「沒想到妳也會來參加今天這種活動。」

要是一般人的生日聚會，她的確是不會來的，但是他不是早就知道她和穆笛的關係了嗎？然而，她還沒來得及反問，卻見他突然勾了勾唇角：「所以是篤定我不會來才敢來的嗎？」

心事被說中，她一時之間不知道該怎麼回應。

葉栩臉上的笑意更甚：「其實我本來不想來的，但一想到這個，我還是決定來了。」

江美希怔怔地仰頭看著面前的年輕男人，突然有點搞不清楚他了。

而就在這時，身邊的包廂門被人突然打開。

石婷婷站在門口傻愣了片刻才小聲說：「你們怎麼還不進來？我正想去找你們呢，要切蛋糕了。」

江美希從葉栩臉上收回視線，回頭對石婷婷笑了笑走進門去。

石婷婷一直站在一旁，直到葉栩進門後，她才跟著進來。她覺得江美希好像有些不對勁，就想問問葉栩之前是不是發生了什麼不愉快的事，於是就去拉他的袖子。

江美希無意間回頭時看到的就是這樣一幕——石婷婷不知道拉著葉栩在說什麼，可能是因為包廂內太吵，葉栩微微彎著腰聽她說話。兩人離得很近，從某個角度看，還以為是女孩在親吻男孩的臉。

生日歌響起，眾人圍到桌前，穆笛被簇擁著坐在最中間的位置，穆笛旁邊的位置，大家留給了江美希。

聽到穆笛叫自己，江美希走過去坐下。

燈光暗了，音樂聲音也漸漸小了，穆笛雙手合十閉著眼睛一臉虔誠地許下心願。片刻後，她一口氣將蠟燭吹滅。

說完了「生日快樂」，眾人開始七嘴八舌地問穆笛許了什麼願望，大家本來也就是隨便問問的，沒想到她還真的說了。

「當然是希望早點擺脫單身狗的身分囉！」

一個經理開玩笑道：「在座年紀最小的人有什麼資格許這種願望？」

穆笛臉不紅心不跳地說：「你們就是飽人不知餓人飢[22]！在座的各位要麼早就不是單身了，要麼就是已經心有所屬了，只有我什麼都沒有呢！」

江美希瞬間抓到重點。她抬頭看向對面的葉栩，腦中全是他和石婷婷出雙入對的畫面。再想到元旦在他家的那個早晨，還說什麼不要曖昧，如今想想她竟然無比慶幸當時自己的果決。

年輕人的感情還真是說來就來，說走就走。

當然也有人抓到了其他重點——穆笛說的所有人中，自然也包含了江美希。

江美希自己知道穆笛為什麼會有這樣的誤會，但是其他人不知道。

一個和江美希關係還不錯的經理聽了穆笛的話，驚喜地看向她：「Maggie，妳什麼時候告別單身的？」

論單身資歷，公司裡誰不知道她江美希是最資深的那一個，再配合上她平日裡禁欲肅殺的氣質，大家似乎早就認定了她單身是正常的，不單身了反而不正常。

江美希立刻否認：「放心吧，還單身呢。」

22 飽人不知餓人飢：吃飽的人不知道飢餓者的難過滋味，比喻不知他人的苦痛。

她是想替自己澄清的，但這話聽在別人耳裡卻有另一種意思。

有人說：「那就是還在觀察期吧！」

她想再次否認，但抬頭看到葉栩，就把要說的話又咽了回去。

其他同事也好奇起來，問穆笛：「對方是什麼人啊？我們認識嗎？」

因為穆笛確實不知道對方是什麼人，說認識或者不認識那都不適合，萬一不久之後她那位准小姨夫肯露臉了，那她今天說的這些話都有可能替江美希引來麻煩。

然而她這麼一遲疑，就讓眾人遐想連篇。

有人立刻說：「那就是認識的囉，不然這有什麼不好回答的。」

大家的注意力又轉移到江美希那高富帥「男友」的身分上來。

劉剛是之前和江美希一起做過芯薪 IPO 專案的人，他清楚記得江美希曾經講過一個故事，講她曾經是小朋友時有一次因為工作壓力太大，險些裝病請假，但是她被同專案組的另一個男生的敬業精神打動，這才堅持了下來。

劉剛一直記著江美希曾對同事動過心，他猜測，讓江美希動心的或許就是當時打動她的那個同事。

「Maggie，七年前，妳是不是曾經和 Kevin 一起做過哈爾濱紅蓮科技的專案？」

眾人雖然不知道劉剛為什麼突然問這麼個問題，但直覺這跟他們關心的八卦有關，也就都等著江美希回答。

江美希一時沒反應過來怎麼回事，回憶了一下說：「是啊。」

劉剛一拍手，眉飛色舞地看著眾人。

石婷婷第一個回過味兒來：「原來如此，好感動啊！」

眾人也明白了什麼，連連表示羨慕和恭喜，只有當事人江美希一臉懵。

再抬頭時，目光竟撞上了對面那人。

兩人對視間，她見他緩緩勾起唇角，像是在笑，但那雙黑漆漆的眼中卻又分明沒有笑意。

有那麼一瞬間，她突然覺得——算了吧，這樣也挺好的，至少大家各自有各自的位置。

吃完蛋糕，眾人繼續唱歌、玩遊戲，江美希對這些毫無興趣，囑咐了穆笛別太晚回家後，就提前告別了眾人。

從 KTV 大廈出來的一瞬間，一陣冷風襲來，讓她不禁打了個寒顫。

此時夜已深，街上更是人影寥寥。停車場的位置有點遠，她拉了拉大衣快步走過去。

短短幾十公尺的距離，她整個人被冷風吹得透心涼，當她迅速上車，顫抖著凍僵的手指去發動引擎時，車窗突然被人敲了敲。

車窗玻璃上一片白茫霧氣，一轉頭映入眼簾的就是車窗外的白色影子，她不由得嚇了一跳，還沒等她回過神來，又是一陣焦躁的敲打玻璃聲。

她猶豫了一下，伸手去抹車窗上的霧氣，真擔心等一下看到什麼可怕的情形，然而隨著視線逐漸清晰，看見的景象並不可怕，反而很好看。

葉栩今天穿了件白色的短版羽絨外套，寬寬大大的，看著就很暖和。她伸手擦車窗時，他就雙手插兜半彎著腰看向車內的她，然後又指了指她旁邊的副駕駛座。

江美希鬆了口氣，點了點頭，按下解鎖。

車門拉開的一剎那，男人挾帶著凜冽的寒風坐了上來。因為他身形高大，瞬間讓車內的空間變得局促起來。

放他上車不代表她會給他好臉色。

「幹什麼？」她口氣冷淡地問。

「搭個順風車。」他無所謂地說。

「他們說要通宵，你怎麼不多玩一會兒？」

「有點累了，想早點回去休息。」

「哦。」江美希了然地點了點頭，然後看了眼 KTV 大門的方向，「就你一個人嗎？」

沒有人再從 KTV 大門裡走出來，也沒有人回應她的問話。她轉頭去看葉栩，卻發現他正似笑非笑地看著她，一雙黑漆漆的眼睛在夜色中分外明亮。

「妳還希望有誰？」他問。

「婷婷她……」

江美希話沒說完就被葉栩不耐煩地打斷：「我和她沒關係。」

「……」江美希面無表情地收回視線，低頭扣上安全帶，發動車子。

夜晚的三環路上難得空曠清靜，兩人各懷心事，誰也沒說話。

江美希偶爾藉著轉彎或者是併線的機會朝身邊掃一眼，發現他始終看著窗外，若有所思。

這樣的葉栩真的有些不一樣，平常看見的那些鋒芒與倒刺，在此時此刻都不見了。

或許是真的累了吧，也就放下盔甲、放下戒備了。

過沒多久車子就進了社區，江美希先把車子開到葉栩家門前，想到上次也是差不多的場景，兩人說了幾句不歡而散。

她原本還擔心會像上次一樣，沒想到她剛停下車，他就只是說了聲「走了」，便推門下車。

她怔怔地看著年輕男人修長的身影漸漸消失在夜色中，好一會兒才緩緩吁出一口氣。不知道還要這樣彆扭多久，但是如果真的不彆扭了……江美希設想了一下，竟然發現自己有一點點失落。

江美希入住社區比較晚，所以只來得及租到一個平面停車位，所幸停車的地方並不算遠，走個幾十公尺就是大樓大門。

天氣太冷了，江美希一邊停好車，一邊想著家裡溫暖的浴缸，幾乎是小跑著衝向大樓門口。

然而，人剛跑到門口，就被暗處突然出現的人猛地一拽，一陣天旋地轉後，她整個人被那人按在了旁邊的牆壁上。

這麼晚了，怎麼還會有人躲在這裡？

她正要大叫出聲，但很快又意識到來人的氣息好像有點熟悉，正這麼想著，江美希就聽到葉栩略微沙啞的聲音在耳邊響起：「是我。」

江美希的心還在「怦怦」地跳著，完全不知道為什麼已經回到家的人怎麼又突然出現在這裡。

葉栩微微彎腰，把頭埋在她的肩膀上——離得近了，江美希這時才想起來，他今晚喝了酒。

熟悉又凜冽的氣息讓她在這個深夜裡有一瞬間的恍惚，但很快的她回過神來，正想伸手將他推開，卻聽到他模糊不清地問：「江美希，妳到底想要我怎麼樣？」

「什麼怎麼樣？」江美希有點火大，「你先放開我。」

葉栩稍稍站直，看向江美希。

江美希沒好氣地拂開他握著她手臂的手：「你鬧夠了沒有？你是不是以為我不會生氣，就這樣一次又一次的亂搞？到底懂不懂得尊重人啊？更何況我還是你老闆……」

她正義憤填膺地罵著，然而抬頭對上葉栩的目光時，所有的理直氣壯都消失不見了。

她從來沒有在這個年輕男人的臉上看到過這種神情——委屈、隱忍，像受了傷的幼獸般直直地望著她，江美希明顯感覺到自己的心跳紊亂了一拍。

她錯開視線，輕咳一聲掩飾尷尬，想著還是當今天的事情沒有發生過吧。

「你喝酒了。」再抬頭時，她給彼此找了個臺階，「趕快回去吧。」

他就那樣直直地看著她，過了好一會兒，他的回答卻是：「沒喝多少。」

江美希愣了一下：「所以呢？」

「我知道自己在做什麼……我喜歡妳，江美希。」

江美希靜靜消化了片刻，雖然對他的態度早有準備，但是已經很多年沒聽過別人告白的她在聽到這句話時，還是覺得有點不真實，但很快她就冷靜了下來了。

她點了點頭說：「我知道了。」

葉栩對她的反應似乎很意外，而江美希沒看他，逕自轉身去按密碼鎖。

就在門打開的一剎那，葉栩再度拉住她：「妳什麼意思？」

她回頭看著他，表情不冷不熱：「什麼意思？就是『我已經知道了』的意思啊，你說完了就趕快回去吧。」

「江美希！」

江美希背對著他深吸一口氣，然後把自己的手從他手中一點點地慢慢抽出來：「你是男人，不應該在這種事情上糾結太久。你想要回應，那我就說清楚，今天穆笛不是說了嗎？我有喜歡的人了。」

葉栩張了張嘴，最終卻什麼也沒說。

又是那樣的神情，江美希看著就覺得不舒服。她嘆了口氣：「好了、你也喝了點酒，早點回去睡吧。明天起來，我們就當今天晚上的事情沒有發生過。」

過了許久，身邊的男人依舊沒有說話，江美希不由得又抬起頭看向他。只見他若有所思地看著她，然後緩緩地勾起嘴角：「什麼時候的事？」

「什麼什麼時候？」江美希被他問得一頭霧水。

「妳喜歡的那個人。」葉栩說。

江美希不自覺地眨了下眼：「我應該沒有必要什麼事情都向你報告吧。」

葉栩卻彷彿沒聽到這句話，而是點了點頭說：「沒關係，反正也沒在一起。」

江美希一聽又有點來氣，沉下臉來說：「這與你無關，不管我和別人怎麼樣，我和你之間都是不可能的！」

「為什麼？」

江美希都要被氣笑了：「還有為什麼？我今年都已經三十歲了，那你呢？我和穆笛的關係你也知道，只要想到我和她的同學……」她沒有繼續說下去，頓了頓才看著他，「總之我接受不了。」

她說完，兩人誰也沒再說話，唯有夜風呼嘯而過的聲音。

過了好一會兒，葉栩再度抬眼看向她，說話前，江美希明顯看見他的喉間微微滾動，然後用略微嘶啞的聲音問她：「那我問妳，妳真的對我一點感覺也沒有嗎？」

理智上應該直接回答「沒有」的，但江美希卻在開口那一剎那猶豫了。

就是因為她的猶豫，年輕男人再度逼近她，略微帶著薄繭的手指抬起她的下巴，與此同時，他微微側過頭，在她唇上輕輕一吻，然後稍稍離開半寸，讓彼此呼吸相互交纏著。

「這樣呢？」他啞聲問。

江美希的腦袋有些淩亂，真要說一點感覺都沒有，那顯然也不是。可是讓她昧著良心說沒感覺，她怕一啟齒，就早已洩露了一切。

那只原本捏著她下巴的手順著她的脖頸緩緩下滑，帶著重量和熱度一路向下，最後在她臀上輕輕捏了下。

她立刻抬眼瞪向面前的男人，卻見他唇角帶笑，眼裡染上了幾分渴望：「這樣呢？」

「無聊！」江美希深吸一口氣，伸手推開他。她沒用多少力氣，但他好像也沒打算抵抗，被她推得往後踉蹌了一步，但神情看起來似乎很高興。

江美希斂起神色，低頭整理了一下自己的衣服，再開口時話語裡已經不帶什麼溫度：「該說的我已經說完了，你現在明白也好、不明白也好，我希望明天早上醒來，今晚的事情不要影響到工作。不過……」她話鋒一轉，無所謂地笑了笑，「你一開始就知道我當初就是不想讓你進公司的，至於為什麼，我怕我們的事情影響我升職，這只是其中之一；之前那段時間你工作表現優異，我們相處也算融洽，我就改變最初的想法了，認為我們還是可以相安無事的。但是現在看來，我最初的顧慮不是沒有道理的。」

葉栩神色不明：「所以呢？妳現在打算怎麼辦？」

江美希很遺憾地說：「以後工作之餘我希望我們不再有任何交集，至於工作中，我會儘量避免和你接觸。不過有時候沒人有精力去管這些，所以我想，你其實更適合換一個環境展現你的能力。」

「我覺得現在很好，公司好、同事好……老闆好。」

江美希不為所動：「有時候不是你想留就能留的。」

「所以說，Maggie 妳是下定決心要親手替我做一雙小鞋了嗎？」

江美希微笑：「如果你需要。」

這明顯就是赤裸裸的威脅，他不乖乖就範，她就讓他離開公司，但葉栩卻也不生氣，笑著點了點頭說：「那我等著。」

兩人對視片刻，江美希用面無表情掩飾著內心的慌亂與無措，然而對面男人看向她的那雙眼睛，卻彷彿能看到她內心的想法，最終還是她先別開了目光。

葉栩沒再繼續堅持，伸手按下他才剛看到的密碼，門「喀嚓」的一聲開了。他替她拉開開門，朝著有橘紅色燈光的走廊揚了揚下巴：「這裡冷，妳回去吧。等妳想好了我們再聊。」

江美希迅速整理好思緒：「不用，我認為我的態度已經很明確了。」

葉栩挑著眉：「態度？是妳嘴上的態度，還是妳身體表現出的態度？」

就算是這麼冷的天，江美希還是能感覺得出來自己的臉在發燙。所以她只能等著他，讓他和她自己都明白，這只是出於憤怒。

葉栩卻彷彿沒看見，只是柔聲說：「快進去吧。看妳進去，我就走了。」

所有的脾氣和戒備在這一刻都很不爭氣地被耗盡了，她也沒再多說什麼，頭也不回地踏進走廊。

這一天晚上，江美希又失眠了。

其實她已經很久沒有像這樣心煩意亂了，她記得上次這樣的時候，還是季陽跟她說分手的那天。

那天她正在財經大學裡準備新生招募的演講，U記名聲在外，偌大的階梯教室裡，距離演講開始還有半小時就差不多已經坐滿了人，也就是在那個時候，她突然接到他的電話說要分手。

那其實已經不是他第一次提分手了，他第一次提分手是一個月前的事。那時的他們已經遠距離戀愛兩年了，最近一次見面還是半年前的事情，而且只有兩小時。

那兩年兩個人都很忙，好不容易有一次他來北京出差，但是她又不得不立刻飛往深圳，最後討論半天，兩個人也只能把機票買在同一天，如果飛機不誤點就可以爭取兩個小時的見面時間。

慶幸的是那天是個大晴天，他飛來北京的飛機沒有誤點，兩人終於有了好不容易擠出來的兩小時。但是當他們真的見到彼此之後，卻又發現他們不知道從什麼時候開始已經漸行漸遠，遠到竟然無話可說。

那天她第一次覺得，兩個小時居然可以這麼漫長，那時候她就有了不好的預感。當他送她進安檢時，她看著人群外的他突然害怕了起來，害怕這一次分開後，就真的分別了，所以從來不會撒嬌的她，又跑回到他的身邊，迎著他詫異的目光問他：「能再抱抱我嗎？」

事實證明，女人可能真的有什麼第六感。那天她飛機一落地，手機開機卻沒有收到他的任何訊息，晚上她傳訊息問他工作是否順利也石沉大海。

第二天早上醒來，她看到他半夜發來的簡訊，說要分手。

雖然早有預感，但她還是慌了，哭著打給他跟他說了好久的電話，終於說服他再想想。

那之後她不管多忙，每天都會和他講一次電話，有一次週末不用加班，她提議說「我飛去上海找你吧」，卻被他以加班為理由拒絕了。

半個月之後，他第二次說分手。她知道，這次她說什麼都沒有用了。

季陽是那種如果沒想好，絕不會把想法說出來的人，更何況是分手這種事，他已經為她彷徨不定一次，這一次他肯定是下定了決心。

雖然知道，但她無論如何也做不到漠然接受。

所有認識江美希的人，都不會想到過去的她也曾卑微地乞求一份感情。她蹲在階梯教室外的花圃旁，近乎懇求地說：「你能不能先不要這樣，我們在一起這麼多年了，怎麼說分就分？你希望我怎麼做，我聽你的還不行嗎？」

聽季陽的聲音，他明顯也很難過，但他還是說：「妳不要這樣。」

當時江美希還想再說些什麼，可是演講馬上就要開始，她聽到有同事在不遠處找她，她不得已只好掛斷電話，迅速整理好自己的情緒，走進教室。

那一個多小時，她始終保持著微笑，可是具體講了什麼，她自己都不清楚。

終於熬到眾人離開，冷靜下來的她想到剛才季陽在電話裡的話，再也控制不住哭出聲來。

想到過往，江美希在月色中悠悠嘆氣。

眾人都希望自己是那個身披鎧甲、百毒不侵的人，在面對愛與被愛能坦然享受，面對背叛與拋棄時能夠決絕轉身，得與失都是那麼的理所當然，好像這是別人的事，只有自己站在上帝的視角漠然窺視一切。

可是誰又知道擁有這一份淡然和決絕的人曾經經歷了什麼？

江美希覺得自己的程度還不到，不然面對葉栩她不應該害怕的。

其實也不只是葉栩，在任何一份不夠篤定的感情面前，她都是躊躇不前、患得患失的，更何況對方是葉栩，還沒有開始，就可以想見前方危機四伏，全身而退和修成正果一樣，困難重重。

終於有了點睡意，她翻了個身，迷迷糊糊地想著，還是離他遠一點吧。

第二天江美希是被電話吵醒的，她看了眼時間，早上九點多。

她皺著眉頭接通電話，她姊焦急的聲音立刻傳了過來：「小笛和妳在一起嗎？」

江美希反應了片刻，立刻坐起身來：「她還沒回去？」

「是啊！她昨晚說和同事們夜唱，我想著一大早也該回來了，等到這時候還沒見她回來，打電話過去，手機也關機了……」

江美希連忙安撫她姊：「妳先別緊張，可能在外面吃早餐，等我問問其他人。」

電話另一邊還在埋怨：「妳這個做阿姨的怎麼可以提早走呢！」

江美希皺眉掛斷電話，立刻打電話給石婷婷，電話也是關機狀態。她又打給另外一個經理，那經理說她昨晚比較早離開，也不清楚最後穆笛什麼時候離開的。

剩下幾個人的電話關機的關機、沒人接的沒人接。

江美希迅速穿上衣服，一邊想著還能聯絡誰，一邊又想著穆笛可能的遭遇。

她愈想愈害怕，而就在這時，她的手機響了，她正穿著衣服，也沒去看來電顯示，但她聽到電話裡穆笛的聲音時，懸著的一顆心才終於落下。

「妳這丫頭死去哪裡了！」

話筒裡傳來風聲，她似乎還在外面：『就和他們夜唱啊，然後又去吃點東西，正準備回家呢。』

「唱到幾點，現在都幾點了？」她其實就是氣頭上隨口一問，那邊卻突然沉默了。

江美希以為穆笛是被嚇到了，煩躁地說：「好了、好了，趕快打電話給妳媽。」

這一次穆笛很迅速地說了聲「好」。

昨晚沒睡好，江美希的頭還是昏昏沉沉的，掛斷電話後她又脫掉了衣服，重新回到床上醞釀睡意。

這一覺，自然就睡到了下午，難得睡到自然醒，她舒服地伸了個懶腰，伸手撈過一旁的手機，沒有未接來電和簡訊，是個難得閒適的下午。

她赤腳下了床，好在春日暖陽已經將地板烤得暖烘烘的。

書桌上的筆電還開著，她打開上次重溫到一半的《六人行》，又順便登錄了騰訊，就開始忙碌地打掃房間。

《六人行》她不知道看了多少遍，開著就把劇當作背景音樂放著了，至於騰訊，以前的老同學多半都靠它聯絡，所以沒事的時候會登錄一下。

把髒衣服扔進洗衣機，江美希幫自己倒了杯紅茶，坐回書桌前。

大學同學的那個群裡，此時大家正聊得歡，江美希掃了眼聊天紀錄，原來是他們班上當初的「班對」傳了寶寶的照片。

那女生的室友開玩笑說：「真沒想到你們兩個能在一起這麼多年。」

這句話像是打開了大家記憶的閘門，他們紛紛開始翻起兩人當年的窘事來。

因為會計系是典型的陰盛陽衰，所以「班對」很少。畢業多年，如今碩果僅存的也就是曬寶寶的這對了，而當年除了他們，還有江美希和季陽。

與現在的情況截然相反，當年那兩個人整天吵吵鬧鬧，女孩嬌生慣養、男孩幼稚魯莽，所有人都覺得他們最後不可能在一起，反而是江美希和季陽，幾乎成了全班人眼中最郎才女貌、最前途無量的。

而事實上，當年的江美希也是這麼認為的。

有人說不要把校園愛情當一回事，因為修成正果的沒有幾對，當然也有人說不要不把校園裡的愛情當一回事，因為這可能是你最後一次見到純粹的愛情。

江美希顯然是更相信後者，那時候的她想，這一輩子或許就這樣嫁給愛情了。

大家七嘴八舌地稱讚孩子漂亮，並恭喜那對老同學，她也跟著說了句恭喜，但很快就被淹沒在眾人的聊天之中。

她也不在意，關閉對話視窗看了眼在線的人，但她卻破天荒地發現，那個總是暗著的頭像，此時竟然是亮著的。

有人顯然也注意到了這一點，不知是誰提醒大家：「喲、我是不是眼花了，季陽竟然上線了！」

江美希關閉了聊天介面，正想順便把騰訊給關掉，又看見穆笛的頭像此時也是亮著的，她點開對話視窗，正要問問她今天回家後的情況，結果還沒等她打完字，對方就下線了。

敢情是在躲她呢？江美希冷笑一聲，不屑於拆穿那丫頭。

她關閉視窗前，發現那丫頭萬年不變關於吃吃喝喝的簽名訊息，竟然破天荒地文藝了起來：『原本以為只是我一個人的兵荒馬亂，可是你來了，就是我們兩個人的繁華盛世。』

更新時間是昨天凌晨三點半。

「嘶……」全身起雞皮疙瘩的江美希搓了下手臂，關掉通訊軟體，而就在這時，江美希的手機突然響了，來電人是Amy。

Amy的口氣有點小心翼翼，江美希一聽就知道，可能是她負責的某個專案又出事了。

江美希已經做好了心理準備替她收拾爛攤子，但這次事情還不算太大，有一個專案在清理問題的過程中發現有些資料需要進一步核對，需要派人去現場抽樣，並且再次確認資料。其實這種事Amy自己就可以安排了，但她之前已經派人回去過兩趟了，事情卻沒有一次解決。

這樣浪費資源的行為，要是在以前，江美希肯定也會說她幾句，但這一次，她只是點了點頭說：

「我記得這個專案之前清Q[23]時，是葉栩留在客戶那裡的，那這次還是派他過去吧。」

Amy 要的就是這句話，連忙說：「好的，我現在就通知 Daniel 再辛苦跑一趟。」

掛斷電話，江美希卻開始發愁——像這樣有事沒事把葉栩支開畢竟不是長久之計，他始終還是在公司裡，她也還是他的老闆，只要他一天沒有死心，他們之間的事情就沒辦法解決。

江美希嘆了口氣，難道真的要讓他離開公司嗎？可是他如果能力不夠或者工作態度不佳也就罷了，偏偏這個人能力很強不說，還很拚，短短半年的時間就成長迅速，和他共事過的同事或是上司都說他表現得不錯。這樣的工作能力比有些已經進公司三、四年的人都還要強，這樣的情況下，要用什麼理由名正言順地讓他走呢？

江美希愈想愈頭疼，索性想著走一步是一步吧。

週一一早，江美希在茶水間遇到穆笛。

女孩正哼著歌替自己煮咖啡，江美希勾起嘴角瞥她了一眼，她脖子上的項鍊在陽光照耀下顯得分外耀眼。

「項鍊還不錯看。」江美希說，「卡地亞的新款，真的假的？」

穆笛抬頭看了下四周，見四下無人便很得意地說：「怎麼可能是假的！」

江美希點頭：「那不少錢呢。」

23 清Q：行業術語，資深經理在確認專案問題時，需要有人來回答問題的過程。

穆笛嘿嘿一笑：「朋友送的生日禮物。」

不知道怎麼了，江美希突然想到穆笛那則很文藝的簽名檔。

她不動聲色地端起馬克杯輕啜了口咖啡：「那妳這個朋友還蠻大方的，男朋友？」

穆笛愣了一下，什麼也沒說。

不過不用她說什麼江美希也已經明白，就算不是男朋友也離男朋友不遠了。

「恭喜妳啊。」她說。

穆笛卻突然有點猶豫：「不過小阿姨，如果妳不喜歡他怎麼辦？」

江美希失笑：「又不是我男朋友，只要智商正常、四肢健全，妳自己喜歡就好。」

「真的？」小姑娘眼睛亮亮的。

「當然。」她雖然這麼說著，但想起穆笛剛才的表情，心裡隱約有些不好的預感，於是又補充道，「要不然這樣，妳看什麼時候妳那個男朋友方便，我請你們兩個吃飯，這樣也順便幫妳把關。」

聽見這句話，穆笛卻突然咳嗽了起來，咳了好一會兒，才勉強直起身來，朝江美希擺手：「先不用了，我和他還沒穩定呢，我再觀察觀察。」

「也是可以。」見有人朝她們這邊走來，江美希轉身出了茶水間。

剛一出來，又聽見有人叫她，她熟悉的一個 Senior 正朝她招手。那人負責她手上的一個專案，兩人剛才還討論了一下報告的細節。

江美希端著咖啡走過去，結果還是剛才的問題。兩人正討論著，就見 Amy 舉著手機跑了過來，走到她面前一臉無奈地對她指了指耳邊的手機。

江美希微微挑眉：「什麼事？」

Amy 捂著話筒：「客戶那邊的財務總監。」

江美希瞬間明白過來，可能是葉栩在那邊遇到什麼事了。

她拿過電話，瞬間換上江式笑容：「張總。」

下一刻，被稱作「張總」的財務總監強忍憤怒的埋怨聲瞬間傳遞到了她的耳中，她應付這種情況早已駕輕就熟，一邊安撫著對方，一邊快步往辦公室走去，但是所有人都能從她略重的腳步聲中聽出她正壓抑著火氣。

瞭解完事情的始末，江美希給對方賠禮道歉，又再三保證會處理好剩下的事情，總算把對方安撫下來。

掛上電話，她一抬頭看到的是 Amy 那一臉「跟我沒關係」的表情，剛滅了的火又冒了起來，怎麼就沒一個能讓她省心的！

「現在打電話給他！」江美希對 Amy 說，「他以為他是誰？只要沒有大問題，小事情也一定要和客戶商量，這要我說幾遍？」

「是啊、我也這麼說的，可是他不聽。」Amy 一邊拿出手機一邊還不忘抱怨。

要是平時，江美希可能會直接忽略她抱怨的這些話，但是她本來就在生葉栩的氣，此時聽 Amy 這麼一說就更氣了：「不是都說他能力很強嗎？怎麼突然就這麼冥頑不靈了？我讓他去是去解決問題的，不是讓他去得罪客戶的！」

Amy 的電話已經撥通，她把江美希的意思一句不差地轉達給了電話對面的人，包括江美希對他能力的質疑，可是對面的葉栩不知道說了什麼，只見Amy神色緊張地瞥了眼江美希，支支吾吾地說：「這個跟東秦的事情不一樣吧？」

江美希一聽到「東秦」就再也無法冷靜了，這兩個能一樣嗎？一個是蓄意捏造利潤，一個是財務記錯帳、搞錯發票，這完全是兩種不同類型的事！

江美希走上前從Amy手上搶過電話，也不管葉栩說什麼，直接怒道：「兩天內搞定這些事，搞不定你也別回來了！」

吼完，又擔心葉栩真的幹出什麼讓她不好收拾的事情，於是她轉過身避開Amy，壓低聲音問：「一碼歸一碼，你能不能不要這麼幼稚？」

葉栩卻笑了：「我這不是體諒妳嗎？我工作表現太優異，怎麼給妳機會在『小黑會』上抹黑我？」

心思被說中，江美希一時語塞，她咬著嘴唇掃了眼窗外探頭探腦的眾人，和門口眼神裡帶著探究的Amy，最後只是壓著火氣說：「趕快把事情處理完回來！」

江美希離開後，穆笛躲在茶水間裡傳訊息：『時間不多了，限你一個月內搞定我小阿姨！』

過了好一會兒，對方回覆說：『十幾年都沒搞定的事讓我一個月內搞定，有點難吧？』

『會嗎？那我們兩個也蠻困難的了。』

『等等、妳先冷靜，我再想想辦法！』

第一天晚上還像中了頭獎樂得開花的陸時禹，此時已經一個頭變兩個大了。早知道會有今天，過去那些日子裡，他一定不會和江美希槓上，才不管她是蠻橫跋扈還是不擇手段。

他走到窗前，兩指扒開百葉窗的空隙朝外面看了一眼——江美希怒氣衝衝地從人群中走出，Amy戰戰兢兢地尾隨其後。

他立刻打開門，果然就聽到江美希訓人的聲音斷斷續續從隔壁傳了過來，他朝路過的林佳勾了勾手指：「怎麼回事？」

林佳聳聳肩，一副「這還不清楚嗎」的意思。

陸時禹問：「這次是誰？」

林佳說：「好像是 Daniel。」

陸時禹若有所思地「哦」了一聲，然後很八卦地說：「Maggie 對這個 Daniel 好像很不滿意啊。」

林佳沒說話。

陸時禹突然想起之前在樓梯間看到的那一幕，不確定地問林佳：「難道那傳聞是真的？」

林佳愣了愣：「你說哪件？」

陸時禹說：「Daniel 看上了 Maggie，Maggie 煩不勝煩？」

同為男人，雖然很不理解，但陸時禹還是能感覺到葉栩對江美希的感情不太一樣。只是他之前一直不太確定江美希的態度，如今看來，幾乎可以確定了。

林佳問：「這又是從哪兒流傳出來的版本？」

陸時禹愣了一下：「不是妳說的嗎？」

林佳咽了口口水，丟下一句「我可什麼都沒說」就溜之大吉了。

陸時禹也沒管林佳，不由得嘆了口氣。葉栩這小夥子什麼都好，就是沒見過什麼世面！先不說江美希那女人根本沒什麼女人味，現在連她是不是喜歡男人他都不清楚了，就算是喜歡，他猜想，她心裡掛念的人應該還是季陽。

聽著隔壁罵聲不斷，陸時禹也跟著唉聲嘆氣。

但很快，他突然意識到一點——別人的困境就是他自己的生機啊！如果他能作為老同學出手，幫江美希解決個人問題，她感情生活只要一順遂，可能也就能理解他和穆笛了。

這麼想著，陸時禹就行動了起來。

葉栩出差回來的第一天，陸時禹就把人叫到了辦公室。名義上說是要跟他聊聊後面的一個專案，實際上就是想找個機會探探他對江美希到底有多執著。

陸時禹洋洋灑灑介紹著專案作為正題的鋪墊，可說到一半，發現葉栩只是勾著嘴角心不在焉地翻了翻手上的材料。

陸時禹瞬間有點心虛，不確定地問：「有什麼問題嗎？」

「Kevin，我只是個 SA1[24]。」

一個專案裡最關鍵的還是能挑大樑的 Senior，至於給專案派發的小朋友，都是誰有空就讓誰來，當然也不排除有些表現特別優異的會被老闆們記住，但是這麼鄭重其事地叫個小朋友來講專案背景，不能說不奇怪。

---

24 SA1：staff assistant 1，即助理。

陸時禹輕咳一聲，找了個冠冕堂皇的理由：「我這邊熟悉的 Senior 都很忙，不確定的專案暫時也不好占用他們太多時間。但是專案前期的工作量很大，而你的綜合能力很強，雖然進入公司不久，但做的專案已經不少，所以我沒把你當普通的小朋友看待。」

這一番話說得倒是無可挑剔。

葉栩點點頭，依舊保持著微笑，但就是他那洞察一切的笑容，讓做賊心虛的陸時禹很不舒服。他想了想，決定換個輕鬆的環境，再進行下一步計畫。

他抬手看了眼時間，放下手上的東西說：「正好中午了，走吧。一起吃個午飯，邊吃邊聊。」

本來還擔心葉栩會拒絕，但沒想到他卻爽快地答應了。

陸時禹找了家公司附近的速食店，因為經濟實惠，又是午餐時間，速食店裡人滿為患。

兩人好不容易找到一個位置坐下，陸時禹很客氣地把菜單遞給葉栩，葉栩沒有接，示意他決定就好，陸時禹也就隨便點了兩份套餐。

等待餐點的時間，他便開始循序漸進地以上司的身分體恤起下屬來：「專案的資料我晚點寄給你，之前一直忙，沒時間跟你聊聊，來公司這麼久了，有什麼不適應的嗎？」

「沒有，都還好。」

「哦……手上的專案都做完了嗎？」

「暫時是。」

「前幾天我聽 Maggie 說你們某個專案好像有點不順利，後來解決了吧？」

「嗯。」

陸時禹問什麼、葉栩就答什麼，對話毫無內容，完全沒營養，這樣下去怎麼打探對方隱私？

陸時禹想了想只好進一步把話題引向江美希：「Maggie 那個人啊，什麼都好，就是脾氣不太好，一般人都受不了她。」

果然葉栩的神色有了變化，他挑眉看他，似笑非笑：「是嗎？」

「是啊，我跟她認識這麼多年了，知道她沒有惡意，不跟她計較，要是別人肯定會受不了。所以她說的話，如果是工作上的事情，你就聽她的，一方面她是你老闆，她的要求你該聽；另一方面，她工作能力和經驗有目共睹，聽她的多半準沒錯。但如果她的話中有什麼讓你不舒服的，你直接略過就好了。」

陸時禹是真的很看好葉栩，雖然主要目的是套話，但說起工作方面的事也忍不住流露出點真情意來，希望能幫到葉栩。

可是他這一番經驗之談過後，非但沒見葉栩感激，反而見他神色比剛才更冷了。

陸時禹也沒意識到自己說錯了什麼，不自在地輕咳了一聲，然後說：「其實在工作這方面，我一直很欣賞你。」

一般的新人能得到上司這樣的肯定，應該是件很值得高興的事情，但是葉栩知道，他們要談的不是工作，他索性直接問：「那其他方面呢？」

陸時禹聞言先是一愣，旋即笑了笑，虧他還想方設法引出話題，這種婆婆媽媽的事情他還真的很不擅長，還好葉栩也不是一般人，倒是讓他輕鬆不少。

他乾脆開門見山地說：「你對 Maggie 有什麼想法？」

葉栩笑：「公司上下不是都知道嗎？」

公司流傳最廣的那個謠言版本是葉栩想找靠山才找到江美希，只是最初不瞭解情況，沒想到自己遇上了一尊大佛，得罪了江美希，從此兩人水火不容。

陸時禹聞言哈哈大笑：「我還是有腦的。」

先不說葉栩有沒有必要用這種不入流的手段，就算是要找靠山，他又不是傻子，要找也得找個在公司裡有權限的。

陸時禹還在笑：「現在的人想像力可真豐富。」

葉栩垂眼看著馬克杯中緩緩舒展的茶葉，也在笑。

笑過之後，陸時禹說：「那你對 Maggie……」

他話還沒來得及問出口，葉栩直接給了他答案：「你不是都看到了嗎？」

陸時禹怔了一下。他見過葉栩強吻江美希兩次，一次是他們新人培訓時，一次是在公司的樓梯間。一開始他還覺得這會不會是惡作劇或者某種報復，但是當他一次次看到葉栩對他的敵意時他就知道，這孩子怕是對江美希動了真心。

此時的他無比後悔，早知道會有今天，之前幹嘛去弄他呢，他跟江美希可是一點關係也沒有啊！先不說他的品味沒有那麼獨特，就算之前跟她前男友是好朋友，現在跟她外甥女有關係，兩個人也還是清白的，但是此時此刻他也不好直接澄清，在一個小朋友面前示弱，陸時禹覺得很沒面子。

可是，眼前這傢伙是正常人嗎？這是繼季陽之後，第二個讓他有這種感慨的人。

男人不都是喜歡漂亮可愛的女孩子嗎？就算笨了一點，那更能展現男人存在的價值啊？喜歡江美希這種女人究竟是出於什麼心理才會喜歡她的啊？以前他以為身邊有季陽這個奇葩就夠了，如今看來，眼前的葉栩比學生時代的季陽更出眾，肯定也有更多的選擇，可是他怎麼就想不開呢？

陸時禹憐憫地看著對面的年輕男人，這口味有點重啊。

江美希在辦公室裡連打了幾個噴嚏，林佳進來看到，問她是不是生病了，江美希只是擺擺手，問她什麼事。

林佳把一份文件遞給她：「這是 Kevin 讓我轉交給妳的，前兩天我忘了。」

江美希接過文件看了眼文件名字，是一份合作簽約。

她不由得皺眉：「這是他那邊的專案，給我幹什麼？」

「Kevin 說妳看了就知道了。」

江美希翻了兩頁，是一份三方合約，除了U記，另外兩方是一家上市公司，以及一家叫摯戎的諮詢公司，沒什麼特別的。

江美希隨口問林佳：「他什麼時候給妳的？」

「上週六晚上打電話跟我說，當時妳辦公室門是鎖著的，就先放我那裡了。」

江美希愣了愣：「上週六？他不是在出差嗎？」

林佳皺眉：「是啊，說是臨時有事趕回來，第二天一早又飛回去了。」

江美希沒多想，手已經翻到合約的最後一頁，蒼勁有力的兩個字立刻映入眼簾——「季陽」。

葉栩看著陸時禹的眼神，自嘲地笑了笑，陸時禹把這個笑容理解為，葉栩也知道他能打動江美希的希望很渺茫。

陸時禹嘆了口氣，抬手拍了拍葉栩的肩膀：「別鬱悶了，天涯何處無芳草嘛！這朵不是你的，還有下朵。下次多約一些你們同年齡的女孩子一起聚會、聯誼什麼的，時間久了，這件事也就過去了。」

此時此刻，拋開討好江美希的目的，他是真的站在男人的角度去替葉栩考慮的，相信他能聽得出來他話語中的情真意切。

可是葉栩好像並不領情，目光冷冷地掃過他放在他肩膀上的手，毫無預兆地突然站起身來。

陸時禹被他這個舉動嚇了一跳：「怎麼了？」

葉栩居高臨下看著他，像是極力隱忍著什麼，片刻後他才丟了句「洗手間」，然後轉身離開。

陸時禹呼出一口氣，一邊叨念著「嚇我一跳」，一邊趁機撥電話給穆笛。

「吃飯了嗎？」他問穆笛。

「正在吃。對了，辦法想到了嗎？」

陸時禹得意地笑了笑：「放心，包在我身上。」

穆笛在電話那邊誇張地「哇哦」一聲：「你怎麼這麼厲害？我都快煩死了，還好有你！」

陸時禹聽著穆笛的誇讚和依賴，頓時覺得很有面子。

兩個人又聊了一下天，最後才依依不捨地掛斷電話。

本來以為葉栩應該要回來了，可是陸時禹左等右等都等不到人，他打個電話給葉栩，卻沒人接。

眼看午休時間就要結束了，他只好去櫃檯結帳買單，剛拿出錢包，卻聽服務生說帳已經結過了。

陸時禹愣了愣：「什麼時候的事？」

「半個小時前，一個帥哥結的。」服務生說。

什麼情況？所以他早就走了，是故意把他晾在這的？可是他為什麼要這麼做？

陸時禹又氣又不解地走出速食店，快到公司樓下時，手機終於又有了反應。是葉栩的簡訊。

『剛才有點急事要回來處理，一急忘了跟你打招呼，抱歉。』

有時間結帳，沒時間跟他說一聲？他一個大男人就坐在那裡，他還可以把他忘記？說忘記不如說是要想方設法躲著他吧？陸時禹愈想愈氣，正想著怎麼回簡訊，葉栩又傳了訊息過來：『哦、對了，我買過單了，畢竟這種速食店的消費更適合我們這種小朋友。』

陸時禹徹底氣炸了，這是在笑他摳門嗎？

以前他也聽過那幫小崽子私底下說他摳門，他一直不以為然，誰說老闆帶大家一起去吃飯就得讓老闆自掏腰包了？誰吃飯誰付錢，AA 制難道不是最合理的嗎？

今天他願意請葉栩吃飯，也是付出了極大的誠意，沒想到這傢伙竟然用這種方式嘲笑他，虧他當初惜他是個人才，不顧江美希的反對力挽狂瀾留下他，結果就換得他這樣的回報？

陸時禹覺得自己作為男人和作為上司的尊嚴都被挑戰了，他生平第一次跟江美希感同身受，跟這傢伙過招，沒一顆強大的心臟真的不行。

可憐向來奉行「職場不交心」的 Kevin，叱吒 U 記近十年來第一次肯如此掏心掏肺地和一個小朋友聊天，但在那小朋友眼裡，他的每一句話竟然只是一種宣示主權的炫耀。

陸時禹按著太陽穴回到U記，遠遠看到葉栩，他果然像沒事一樣坐在辦公桌前翻閱文件。

因為沒看路，迎面差點撞到人，還好他反應夠快，連忙把人扶住。

再抬頭一看，對方竟然是江美希，手上還拿著他和季陽簽的那份合約。

他笑：「看到了？」

江美希瞥他一眼：「東西不要亂放，不然下次我直接丟垃圾筒。」

「他回來了。」

江美希把合約拍在他手上，沒接他的話，直接繞過他。

陸時禹還不想放棄：「好多年沒見了，什麼時候我請客，一起吃個飯吧。」

江美希背對著他擺手：「我很忙。」

陸時禹跟著她：「都已經四月底了，妳還有什麼事要忙？」

江美希聞言停下腳步，回頭掃了眼他懷裡的合約：「你向我透露你幫公司簽下一筆，難道不是希望我更有壓迫感嗎？」

陸時禹愣了愣：「不是，那個……妳有沒有看到最後啊？」

然而江美希根本懶得搭理他，人已經走遠了。

回到辦公室，陸時禹把合約丟在桌上，左思右想，既然這第一步「勸退」的計畫已經功虧一簣，就只能儘快展開第二步計畫了——和摯戎合作的這個專案，他打算帶上葉栩。他既然還不死心，那就只能帶他去見黃河了。

幾天後，陸時禹以談專案為由帶著葉栩去見了季陽。

季陽公司的所在地離U記不遠，幾人就約在季陽公司樓下的星巴克見面。

天氣轉暖，又是陽光明媚的好時節，星巴克店外的桌邊坐滿了附近的上班族，有三三兩兩坐在一起聊天的，也有抱著筆電工作的，氣氛很輕鬆。

季陽對陸時禹的突然造訪並不意外，但他沒想到陸時禹會帶著其他人來，尤其還是一個剛進公司不久的小朋友。

無論是老同學敘舊還是談日後的合作，這小朋友似乎都插不上手，而且這小朋友本身也很奇怪，完全沒有新人謙卑惶恐的一面，無論是對他老闆陸時禹還是對他這個合作公司的總經理，自始至終態度都很疏離客氣，不過，多年的職場經驗讓季陽把自己的情緒隱藏得很好。

季陽和陸時禹這次的合作，是季陽的公司摯戎作為協力廠商替陸時禹和另外一家上市公司牽線。這種合作非常簡單，合約一簽，幾乎就沒有什麼季陽的事了，但是幾人坐下之後，陸時禹卻還圍繞著那個專案聊個沒完。

季陽猜測，他是有什麼目的，可能和那個叫葉栩的小夥子有關，所以他也不著急，配合著他聊著專案，耐心地等他切入主題。

葉栩一直沉默地聽著兩人的對話，只有在陸時禹問他話時，他才會回答一下，漸漸地，他也發現了，陸時禹和季陽聊的東西似乎跟他沒什麼關係。

這時候，陸時禹看似無意地笑著對葉栩說：「其實季總還有個身分，就是我的大學同學。」

葉栩握著馬克杯的手微微一僵。

他抬頭看向對面不過三十歲的男人，從剛才見面起他的話就不多，但是沒有一句是廢話。聽陸時禹介紹他才剛進U記沒多久時，他分明也是意外的，但那之後並沒有表現出對他任何的輕視與不在乎。

葉栩並沒有因此對季陽有什麼好感，反而是他身上那種歷經商場世故圓滑的感覺讓他不太喜歡。

陸時禹說他是他的大學同學，那麼也就是說，他同樣也是江美希的大學同學。

葉栩看了陸時禹一眼，總覺得有哪裡不對勁，但究竟是哪裡，他又說不上來。

陸時禹繼續說：「說來我們同學也好幾年沒見過了，之前還真巧，我們兩個都到上海出差，上海那麼大，竟然也能遇到。」說著又轉向季陽，「你說回北京了大家一起吃個飯，要不擇日不如撞日？」

季陽微微挑眉：「就這個月，你來我這裡的次數還嫌少嗎？」

陸時禹不以為然地笑著低頭去翻手機通訊錄：「我們兩個是聚了，但美希不在啊，今天正好週五，公司應該不忙，我打電話給她看看。」

季陽正要說什麼，陸時禹直接抬手制止他：「雖然我和美希在公司裡有著競爭關係，但除此之外我們還是老同學啊！所以你這麼好的一個資源，說什麼我也要跟她分享一下，省得她又怪我小氣。」

季陽沒再說什麼，朝葉栩無奈地笑了笑，葉栩沒有任何回應，之前心裡那種奇怪的感覺更甚了。

就在這短時間裡，陸時禹打給江美希的電話已經接通了，但他沒有直接提季陽的名字，而是不緊不慢地和江美希聊著工作上的事。

「聽說那家連鎖超市最近在找合作方，妳也在關注這件事？」

江美希回道：「你問這個幹什麼？」

「妳放心，我最近簽下的專案都夠我忙的了，可以想像到今年年底又是一天不休了，再說我是那種搶人專案的人嗎？」

電話那邊的江美希冷笑，每一個音節都在說他就是那種人。

陸時禹說：「我看妳最近毫無進展，也替妳有點緊張。」

江美希毫不客氣：「我沒時間聽你廢話，有事就說，沒事我掛電話了。」

陸時禹的電話聲音不小，周遭又比較安靜，聽江美希說話毫不留情面，他難免尷尬地瞥了眼身邊的兩個人。

季陽笑容和煦，像是早有預料，而葉栩微微蹙眉，不知在想些什麼。

陸時禹輕咳一聲引入正題：「我今天約個朋友談事情，正好說起那家連鎖超市的上司集團，我這朋友跟他們那個集團有業務往來，說不定能在那邊說上話，妳要不要過來聊聊？」

江美希原本都打算掛電話了，可是一聽他這麼說，又有點猶豫。她最近跟了幾個新專案，可是沒有一個敲定的，不用刻意去打聽也知道，業績肯定落後陸時禹不少。

U記每年宣布員工升職的時間是八到九月，江美希如果想在之後挽回局面，那只能簽一、兩個大單，而這家連鎖超市在全國大小門市眾多，如果能談下來，為公司帶來的收益絕對能比過好幾個中小型公司。

她當然不相信陸時禹會這麼好心，但她也瞭解陸時禹，他絕對不會編造那些毫無意義的謊言，所以他肯定是想用那資源跟她交換什麼。

她稍稍權衡，最後決定去一趟。

陸時禹掛斷電話，對同桌的另外兩個男人說：「她馬上就來。」

季陽無奈搖頭：「我可不認識什麼連鎖超市集團的高層，人來了你想辦法安撫她吧。」

陸時禹無所謂地說：「這個專案不行，你再介紹一個別的給她，還是一樣。」

此時的葉栩已經可以斷定，這個季陽和江美希肯定有關係，而陸時禹叫他來，就是想讓他知道這件事。

葉栩之前一直沒往這方面想的原因也是他覺得奇怪的地方——陸時禹如果對江美希有一點意思，又怎麼可能把自己放在局外人的位置，把江美希和其他男人的糾葛當成熱鬧來看呢？

陸時禹對她沒感情，那她呢？

想到那個人，他緩緩勾起嘴角，她看人還是那樣，一如既往地讓人認為不行。

他再抬頭時，竟對上了對面季陽探究的目光。

兩個男人對視片刻，季陽溫和地笑了笑，葉栩則是平靜無波地勾了勾嘴角。

一旁的陸時禹看到兩個男人光是對視片刻就火光四射，內心簡直激動得為自己這個安排連連叫好！用年輕優秀的葉栩去喚醒季陽對江美希的愛和占有欲，用事業有成的季陽去逼退葉栩，還有誰能想出這招？再說，有葉栩這麼好的對手做襯托，絕對能讓季陽在江美希心中的形象再提升十倍，再說了她本身也還惦記著季陽。

這麼一來，無論當年兩人之間發生了什麼事，都無法阻止現在這兩人再在一起。更何況，據他所知，當年他們兩人之間也沒發生什麼事情，最大的阻礙也就是遠距離吧。

掛斷陸時禹的電話，江美希走到洗手間對著鏡子裡的自己重新把頭髮打理一下，還稍稍補了個妝，覺得勉強能見人了，這才拎著包包出門。

陸時禹傳來的地址離U記不算遠，江美希開車不過十幾分鐘的時間就到了。停好車子，她一邊走向對面的星巴克，一邊在店外那些人群中搜索著陸時禹的身影。

她在人群中掃了一眼，就看到了陸時禹，她快步朝那桌走去，走近一看又看見了坐在陸時禹身邊的葉栩。

這還是葉栩告白之後，他們第一次見面。有那麼一瞬間，一向自詡不會讓私人感情影響工作的江美希此時竟然有些不知所措。她是很想轉頭就走，但是已經來不及了，因為年輕男人已經抬起頭來，正隔著人來人往的行人與她遙遙對望。

陸時禹終於注意到了葉栩的不對勁，順著他的目光看過去，就看到不遠處的江美希。他瞬間眼前一亮，似乎是怕她看不到他們，還特地站起身來叫了聲「Maggie」。

江美希深呼吸，調整好狀態。

她又掃了陸時禹身邊一眼，除了葉栩，還有一個人此時正背對著她，想必就是陸時禹說的那個朋友。

她快步走過去，走到那人身邊時臉上已經帶著她標準的江式笑容，然而當她看清那個人的臉時，臉上的笑容卻在瞬間凝固了。

陸時禹在一旁哈哈笑著打圓場：「是不是很驚喜？」

江美希臉上的笑容早就消失不見了，她轉頭問對面眉飛色舞的陸時禹：「這就是你跟我說的那個很有人脈的朋友？」

「對啊！」陸時禹面不改色地說，「但我忘了說，也是妳的朋友。」

江美希幾乎都要氣笑了。

而此時，她身邊的季陽已經站起身來，笑容和煦地對她說：「好久不見，美希。」

如果不是她記性好，還記得當年他說過那些決絕的話，如果不是有這幾年毫無來往的時間，她真的要懷疑，這個對她笑得很溫柔的男人其實對她還有感情。

江美希迅速平復了情緒，將視線重新移回到季陽的身上，也笑著說：「是啊，好久不見。」

陸時禹似乎很高興，笑著招呼她：「別站著啊，快快快、坐下來說。」

江美希只是短暫猶豫了一下，就拉開椅子坐下。她一坐下，陸時禹就開始感慨緣分多麼奇妙。

陸時禹從他是怎麼在上海遇到也在那裡出差的季陽，講到兩個人又怎麼達成了第一次合作，眉飛色舞，滔滔不絕，而季陽只是聽著，偶爾笑笑，隨口附和他幾句。

江美希雙腿交疊，雙手環胸，手指有一下沒一下地在手臂上輕敲著，像是在傾聽，目光卻不曾停留在周遭任何一個人的身上。

今天也不知道是遇上了什麼「好運」，三個她不想見的人，竟然讓她一次見個著。

就在此時，她蹺著的腳被人在桌下輕輕踹了一下，她以為是誰不小心，也沒當作一回事，調整了一下坐姿。

但是過沒有多久，她又被踹了，但這次讓她鬱悶的是，那只腳在碰到她之後也不躲了，一點也不客氣地直接靠在她腳上。

江美希有些惱火，剛想躲開，可是身後是另一桌客人，而左右分別是季陽和葉栩。墨綠色的桌布遮擋住了她的視線，她也不知道那隻腳究竟是誰的，但從距離上來看，肯定不是陸時禹的。

她看向季陽，他似乎一直在看著她，視線對上的一剎那，他緩緩回以一笑，見狀她面無表情地移開視線，又看向葉栩。

他對陸時禹說的那些似乎一點都不感興趣，垂下雙眼，像是在走神。

「去幫我買杯咖啡吧。」江美希突然打斷陸時禹的話，卻是對著季陽說的。

身旁的幾人都是微微一愣，還是陸時禹先反應過來：「光顧著聊天了，都忘了給美希點杯咖啡。」說著，他就要起身，但有人比他動作更快。

「還是我去吧。」季陽率先站起身來，轉頭詢問江美希，「焦糖拿鐵嗎？」

「什麼？」江美希愣了一下，「你說口味啊？美式不加糖和奶，謝謝。」

「嘖嘖！」季陽離開後，陸時禹嫌棄地瞥了眼江美希，「喝個咖啡都這麼男人，妳到底是不是女人啊？」

江美希無所謂地掃了眼他面前的杯子：「原來喝什麼還跟性別有關啊，那某人杯子裡的果汁是怎麼回事？」

身邊傳來葉栩的低笑聲。

陸時禹被噎得說不出話來，還好他手機突然響了，給了他一個臺階。

他看了眼來電顯示，朝著桌邊的兩人微微一笑：「我去接個重要電話。」說著，他一邊起身往遠處走，一邊接通了電話。

而此時，靠在江美希腳上那只腳還在，而且似乎沒有要拿開的意思。

她緩緩轉過頭，微笑地看著對面的年輕男人。

葉栩就那麼坦坦蕩蕩地迎接著她的目光，嘴角微微勾起，帶著一絲痞氣的笑。

兩人就這樣對視片刻後，江美希開口：「走開。」

葉栩懶懶地靠在椅背上：「不要。」

江美希斂起笑容：「你知道你這種行為叫什麼嗎？」

「什麼？」

「性騷擾。」

葉栩失笑：「這樣就算性騷擾？那我都不知道被妳騷擾多少次了。」

江美希被他的話一噎，沒好氣地在桌下狠狠踹了他一腳，然後換了個坐姿，離他遠遠的。

葉栩也不生氣，風輕雲淡地笑著伸手撣了撣褲腿上的灰塵。

這時候，季陽已經買完咖啡回來，只不過是兩杯，他把其中一杯遞給江美希。

江美希道了謝，端起來喝了一口。

還真苦。

陸時禹也打完了電話，回來時看到桌上多出來的咖啡問季陽：「這是給誰的？」

季陽看向江美希：「萬一妳那杯不好喝，可以換這杯，焦糖拿鐵。」

葉栩冷笑，而陸時禹誇張地「哇哦」一聲，感慨季陽真是個好男人。

江美希直接打斷他：「說正事吧。」

季陽坦白：「你說的那個集團高層，我不太熟。」

其實江美希在見到他的那一刻就知道自己是被陸時禹騙了，所以此時聽他這麼說，她也不意外。

她點點頭，表示在意料之中。

季陽卻話鋒一轉：「不過我手上確實有一些公司有審計這方面的業務需求。」

陸時禹在一旁幫腔：「我就說肯定不會讓妳白跑一趟嘛！」

江美希笑了笑：「U記也不是什麼公司的專案都接的，有一個資料，我不知道季總是不是清楚，這些有審計需求的公司裡，U記的客戶只占其中的百分之三，但是U記賺取了整個市場百分之四十四的收入，簡而言之就是，U記只需要優良的客戶。」

江美希說話時，季陽就那麼盯著她，聽她說完也不生氣，反而頗為認同地點了點頭：「抓住優良客戶，走高檔路線，不愧是U記。」

「既然如此……」江美希抬手看了眼時間，顯然她沒有要繼續待下去的意思了，「謝謝咖啡，我還有事，就先走了。」說著她就起身離開。

陸時禹沒想到她對季陽的客戶一點興趣都沒有，問都不問一句，說走就走，而且季陽就那麼讓她走，一句挽留的話都沒有。

他連忙起身追上江美希，瞥了眼她身後不遠處的季陽說：「這麼久沒見，除了工作就沒有別的可以聊聊嗎？」

「聊什麼？」江美希問。

「老同學見面就真的沒話題可聊？」

江美希又看向那一桌，除了季陽還有葉栩：「也不全都是老同學啊？」

「妳說 Daniel 啊？」陸時禹摸著鼻子笑了笑，還好吧，你來之前，我們三個聊得挺融洽的。」

「你確定？」江美希看他，「陸時禹，明人不說暗話，你今天特地搞這齣到底想幹什麼？」

「我說了但怕妳不相信。」

「什麼？」

「想討好妳啊。」

這個回答倒是讓江美希有點意外，她狐疑地看著他：「你又做了什麼虧心事？」

「其實不算虧心事，就是……」他有點猶豫，他和穆笛的事情要不要先給江美希一點暗示。

「算了。」江美希很快地打斷他，「你還是什麼都別說了。不管你做了什麼或者想做什麼，你記住，我不同意，也不原諒。還有……」她又看了一眼葉栩，他正在和季陽說話，「我和季陽已經是過去式了，就算要掘往事的墳，也別把其他人牽扯進來。」

江美希和陸時禹離開後，桌上就只剩了季陽和葉栩。

季陽問葉栩：「剛才聽時禹說你是去年到U記的？」

「嗯。」

「難怪，看著很年輕。」

葉栩沒有回答。

季陽繼續問：「哪個學校畢業的？」

葉栩答：「財經大學。」

季陽微微蹙眉想了下：「我有個外甥女也是你們學校的，會計系，如果是去年畢業，她和你應該是同一屆的。哦、對了，她叫穆笛，你認識嗎？」

葉栩有點意外地看著對面的男人：「你說她是你的外甥女？」

季陽笑了笑：「看來你們認識。」

葉栩看向不遠處的江美希：「是啊，而且彎彎繞繞的關係不少。」

季陽對他這個回答似乎也有點好奇，但是他沒有多問。

此時江美希已經離開，陸時禹皺著眉頭回到了座位上，葉栩見狀不由得彎了彎嘴角。

陸時禹看向季陽，想說什麼，最後卻什麼也沒說，只能嘆了口氣。

倒是季陽，無所謂地笑了笑說：「沒關係，來日方長。」

後來季陽還約了個客戶要見，陸時禹就帶著葉栩回了公司。

很顯然，他的第二步計畫也失敗了。

回去的路上，他左思右想，雖然覺得有點不厚道，但還是決定啟動第三步計畫。

他看了眼身邊神情冷漠的年輕男人，斟酌再三問道：「你知不知道我今天為什麼帶你過來？」

葉栩聞言不疾不徐地回頭看他一眼，似乎不感興趣。

陸時禹只好繼續引導：「其實這個專案到了現階段已經不需要摯戎參與了。」

「我知道。」

就是這麼輕飄飄的一句話，倒是讓陸時禹有些意外：「那你就不好奇我們為什麼還要來這一趟嗎？」

這一次，葉栩沉默了片刻說：「想替她拉業務，討好她。」

「這你都猜到了？」路時禹一聽他完全是篤定的語氣更加意外了。

但他轉念一想又覺得不對，他和穆笛的事應該還沒有人知道，正想再問問他是怎麼猜到的，就聽他再次開口：「你到底喜不喜歡她？」

陸時禹一時沒反應過來：「你說誰？」

「江美希。」

陸時禹聞言一愣，然後哈哈大笑起來：「你不是早就認定我們兩個的關係曖昧不明了嗎？」

葉栩皺眉，看向窗外。

陸時禹索性直截了當地擺了擺手：「算了吧，她那樣的女人我可吃不消，我這種類型的人她也不喜歡。我們兩個水火不容這麼多年了，是真的很看不慣彼此的。」

葉栩回過頭，眼睛亮了亮，但轉瞬又黯淡下來：「那她和今天那位季總是什麼關係？」

這個問題換來陸時禹一個欣賞的眼神：「觀察力不錯啊，他們兩個是前男女朋友。」

葉栩怔了怔，像是想到了什麼：「三年前和她分手的那個？」

陸時禹意外：「這你都知道，Maggie 跟你說的？不對啊，她不像是那種會跟人講自己情史的人啊？哎、你知道多少？」

葉栩沒有回答他，他的臉色不太好看：「所以你做這些就是為了撮合他們舊情復燃？」

「『撮合』這個詞用得不對，『舊情復燃』倒是不錯。兩個本來就有感情的人再見面，哪還需要人家撮合？我要做的就是給我那兩個老同學遞個臺階。」

「這對你有什麼好處？」

陸時禹臉不紅心不跳：「我就是這麼助人為樂。」

「你怎麼知道不是你自作多情？」葉栩冷笑，「誰說他們還對彼此有感情？」

「唉、你不知道他們當初……再說我和季陽是多年的兄弟，他只要一個眼神遞過來我都明白是什麼意思。」

「那江美希呢，你真的瞭解她嗎？」

陸時禹正要回答，但又止住了話語。

他看了一眼身邊的人，到了這一刻，葉栩才算是第一次露出了他這個年齡該有的樣子，不再是過於沉著冷靜、淡定自持、讓人捉摸不透，而是顯而易見的慌張、難過和不甘。

他突然有點同情他了，緩了口氣說：「我呢，和Maggie也鬥了這麼多年，論瞭解，我覺得在公司裡真的沒人比我更瞭解她。她看起來好像是個思想開放、包容的人，但對待感情就比較傳統。就算是沒有季陽，那個人也不會是你，你們不適合。」

「為什麼？」

「你何必這麼固執呢？其實你這種類型的男人放在同年齡或者再年輕一點的女孩子眼中，那肯定是炙手可熱啊！但是美希是個對感情很保守的人，你對她而言太年輕了，太年輕的男人讓她沒有安全感。」

「呵。」葉栩輕笑，看向窗外，「原來安全感是要看年齡的。」

陸時禹也知道，這或許是一種偏見，但這就是他瞭解的江美希。

陸時禹還是嘆氣，騰出一隻手拍了拍葉栩的肩膀，頗有老大哥的模樣：「真的、還是那句話，天涯何處無芳草，那麼多人喜歡你，總能遇到一個適合你的。」

葉栩從窗外收回視線，笑著看他：「是嗎？那你覺得穆笛怎麼樣？」

「咳咳咳咳……」陸時禹險些沒穩住方向盤，「怎麼想到她？」

葉栩面不改色：「看到你就想到了。」

陸時禹不由自主地咽了咽口水，那種被這小狼崽子洞穿一切的感覺又來了。但他猶豫了一下，覺得就算承認也無所謂，畢竟他和穆笛的事情遲早要公開。

「你什麼時候知道的？」陸時禹問。

「隨便猜的。」

陸時禹微微挑眉：「你剛才不是還覺得我喜歡 Maggie 嗎？怎麼又會想到穆笛？」

葉栩說：「以前看你對穆笛不一樣以為是為了江美希，既然不是，還有什麼不好猜的。」

轉眼間，他們已經回到公司。

陸時禹還在試圖勸說葉栩：「我說真的，你們兩個真的不適合。再說作為過來人，好心提醒你一句，你確定你對她的感情是愛嗎？」

葉栩腳步一頓，片刻後卻說：「為什麼不是？」

陸時禹皺眉：「不可能啊！」

兩人出了電梯，一路路過其他部門。U記的女員工遠遠多於男員工，而且有八成都是年輕人，這一路走來遇到的都是年輕女孩，認識陸時禹的會怯生生地跟他打招呼，也有暗自喜歡葉栩的，大老遠看到他們就紅著臉和身邊的人竊竊私語起來。

陸時禹說：「是男人就應該喜歡這種類型的啊，年輕、柔弱的！你想，如果這個時候江美希突然出現，穿得跟黑無常一樣，一派肅殺，那多煞風景……」

他話沒說完，就被葉栩冷冷掃來的眼神制止了。

陸時禹只好悻悻地換了個角度：「我也不是說她不好，就是覺得你對她的感情有可能只是一種征服欲。要不你先多嘗試一下，再……」

「我懂了。」一直隱忍不發的葉栩突然開口。

陸時禹大喜：「懂了就好！」

此時兩人已經走到了審計部，葉栩回頭看他一眼，笑了笑：「我終於知道她為什麼覺得你很煩了。」說完，不等陸時禹反應過來，他朝著江美希的辦公室走去。

葉栩走進江美希的辦公室，直接將門關上。

很少有人會這麼不客氣地不請自來，甚至連門都不敲。

她不悅地從桌案上抬起頭，待看清來人時，身體的神經瞬間緊繃了起來。

她掃了眼辦公室窗外，其他人似乎還沒注意到什麼，可是陸時禹正端著手臂看向這邊，難道是他和葉栩說了什麼？

心裡突然有點不安，她皺眉看向葉栩：「有事嗎？」

沉默了片刻，葉栩問：「你說你喜歡的那個人是他嗎？今天的那個季陽。」

果然是這件事，好在此時，江美希已經調整好了自己。

她冷聲說：「這與你無關。」

又是一段長時間的沉默，他再度開口，聲音卻有點沙啞：「我比他好。」

江美希聞言一愣，但很快明白過來他這話的意思，心裡頓時湧上一股說不清道的情緒。但她沒時間去仔細琢磨這到底是什麼樣的情緒，她擔心的是，此時不知道有多少人正看著他們，稍微讓他們看出一點不對勁，這可能又是一場讓她頭痛的風波。

「現在是上班時間。」她的聲音依舊沒什麼溫度。

「我至少不會讓我愛過的人，獨自承受傷害，甚至放棄自尊，卑微地放低姿態。這不應該是一個男人的所作所為。」葉栩說著，又向前走了一步，走到了午後的陽光下。

江美希不知道他為什麼會說這樣的話，但是多年前她和季陽分手的那段過往卻被掀開了一角。

她想起那時候的自己夜夜以淚洗面，整天顧影自憐，找到機會就想打電話給季陽，祈求他收回分手的話。

後來她為了轉移注意力，全心全意地投入到了工作之中，這也要感謝在U記的工作強度如此之大，讓她暫時忘記了季陽，忘了分手所帶給她的傷痛。

那之後，她也很少去想那段時間的事情，那段記憶除了讓她痛苦外，還讓她覺得難堪，難堪到無法直視那時候的自己。

時至今日，再度想起那個時候的事情時，她突然發現，痛苦不見了，難堪依舊在。

她正想說點什麼，但見葉栩突然向前走了兩步，她心中立刻警鈴大作，生怕他在眾目睽睽之下做出什麼無法收場的事情。

好在，他就停在原地，再沒上前。但是他那是什麼表情？不是平時的冷漠倨傲，也不是偶爾的憤懣或者不耐煩，他看她的眼神中有期待、有隱忍、有害怕，甚至還有點委屈。

江美希的心像是被什麼東西狠狠地撞了一下，但是她不能表現出來。她知道，有些事情必須做個了斷了。

她別開目光看向辦公室外，肉眼可見地幾個黑黝黝的小腦袋在她目光掃向他們的那一刻迅速低了下去。陸時禹依舊還在，無所謂地迎接著她不滿的目光。

她收回視線，嘆了口氣：「你知道你現在像什麼樣子嗎？」

葉栩沒有說話，似乎也意識到自己在這種情況下闖進來和她討論這樣的事情，是有些衝動了。

江美希看向他繼續說：「你說你比他好？」

葉栩依舊沉默著，只是一動不動地望著她。

「他就從來不會這樣。」她也回視他，「你讓我太失望了。」

江美希眼睜睜地看著那雙漆黑如墨的瞳仁中最後一點光彩消失殆盡的。她看著葉栩怔了片刻，然後緩緩地垂下頭，點了點。然後似乎是笑了，但那雙眼眸中始終飽含著失望和委屈。

相處這麼久，這是她第一次見到這樣的他。

有那麼一刻，她突然有點後悔，但是她讓自己什麼都不說、什麼也不做，明明知道是沒有結果的事情，何必白費力氣。

就在這時，辦公室的門被人敲響，然後還沒等江美希反應過來，門就被人推開了。

Linda 看到辦公室裡的兩個人，先是一愣，然後用目光徵詢江美希，這是什麼情況？

江美希還沒出聲，葉栩已經轉身走了出去。

辦公室裡再度陷入沉默，片刻後，Linda 看了看葉栩離開的方向又看向江美希：「妳罵他了？」

江美希回過神來，含含糊糊地應了一聲。

Linda 挑眉：「看這樣子，稍微罵兩句妳還心疼他了。」

江美希看她一眼：「什麼啦？」

Linda 笑：「我差點忘了，妳之前跟他可是傳過緋聞的啊，但他好像和我們組裡的另一個女孩處得還不錯，妳就沒什麼想法？」

「我應該要有什麼想法？」江美希半真半假地說，「不然老闆妳給我放個假吧，讓我好好處理私人感情。」

這話反而讓 Linda 否定了她之前的說法。

她以一副過來人的姿態說：「也是，能活著過了旺季就不錯了，誰還顧得上談情說愛呢。」

江美希趁機轉了話題：「對了，找我什麼事？」

「北右集團妳聽過吧？」

北右科技有限公司簡稱北右集團，成立於一九九六年，最初是研究新能源起家，在得到政府支持後，迅速拓展業務領域，於二〇〇一年正式掛牌上市。

這樣的公司對U記而言絕對是非常優質的客戶，但是誰都知道，北右有自己固定合作的會計師事務所，而且從建立合作到今天已經八年之久了。這個過程中，北右集團內所有分公司的審計業務全部都由那家事務所包攬，其他事務所根本沒有機會。

「當然聽過，怎麼了？」

「我聽說北右和他們現在聘用的會計師事務所的合作不太順利，這對我們來說或許是個機會。」

江美希有點意外：「不是都說他們合作得很好嗎？」

Linda笑了笑：「時間長了，總有些矛盾。最近我聽說他們有拓展智慧家電領域的意思，最簡單的就是投資幾家有潛力的公司。」

Linda說到這裡，江美希已經明白了：「他們看中的公司裡面有我們的客戶嗎？」

Linda很欣賞地點點頭：「消息沒錯的話，他們和阿奇法那邊已經接觸過了。後期如果決定要投，估計會委託我們出個盡調報告。那麼有過這次的合作，後續無論是競標還是其他，這對我們都是個加分項。」

江美希點頭：「我明白。」

不過，怎麼又是阿奇法？

江美希微微皺眉，心裡有種怪怪的感覺卻說不上來，但又擔心是自己想多了。

Linda見狀，問她：「有什麼問題嗎？」

「沒有，我會留意阿奇法那邊的情況。」

Linda滿意地點頭，臨出門前又想起什麼：「對了、下週可能要開會，對大家的工作狀況進行評估考核，你最近有空該找人聊就聊一下。」

「好的。」

又到了一年一度的五月「小黑會」，U記員工們忙碌了一整年，工作做得怎麼樣，老闆們是否滿意，全看這次的評分。

五分代表優秀，只有大約一成的員工能拿到這個分數，四分代表良好，占兩成；三分代表合格，大概占六成，至於兩分和一分只占一成，意思就是不能升級。

如果江美希真的想讓葉栩的日子不好過，小黑會上的評分其實不用真的給到一分或者兩分，而且這種分數也不太符合他平時的表現，只需要給一個不算公允的分數，比如三分，年輕人多半心浮氣躁，搞不好一氣之下就決定離開公司。

但是，她突然有些猶豫——真的要那麼做嗎？

——未完待續

高寶書版集團
gobooks.com.tw

YH 013
戀愛吧，江小姐（上）
作　　者　烏雲冉冉
責任編輯　高如玫
封面設計　謝佳穎
內頁排版　賴姵均
企　　劃　鍾惠鈞

發 行 人　朱凱蕾
出　　版　英屬維京群島商高寶國際有限公司台灣分公司
　　　　　Global Group Holdings, Ltd.
地　　址　台北市內湖區洲子街88號3樓
網　　址　gobooks.com.tw
電　　話　(02) 27992788
電　　郵　readers@gobooks.com.tw（讀者服務部）
　　　　　pr@gobooks.com.tw（公關諮詢部）
傳　　真　出版部(02) 27990909　行銷部 (02) 27993088
郵政劃撥　19394552
戶　　名　英屬維京群島商高寶國際有限公司台灣分公司
發　　行　英屬維京群島商高寶國際有限公司台灣分公司
初　　版　2020年 7 月

國家圖書館出版品預行編目(CIP)資料

戀愛吧，江小姐（上）／烏雲冉冉著; -- 初版. --
臺北市：高寶國際出版：高寶國際發行, 2020.07
面；　公分. --

ISBN 978-986-361-861-4（平裝）

857.7　　109007386